OS MISTÉRIOS DE SIR RICHARD

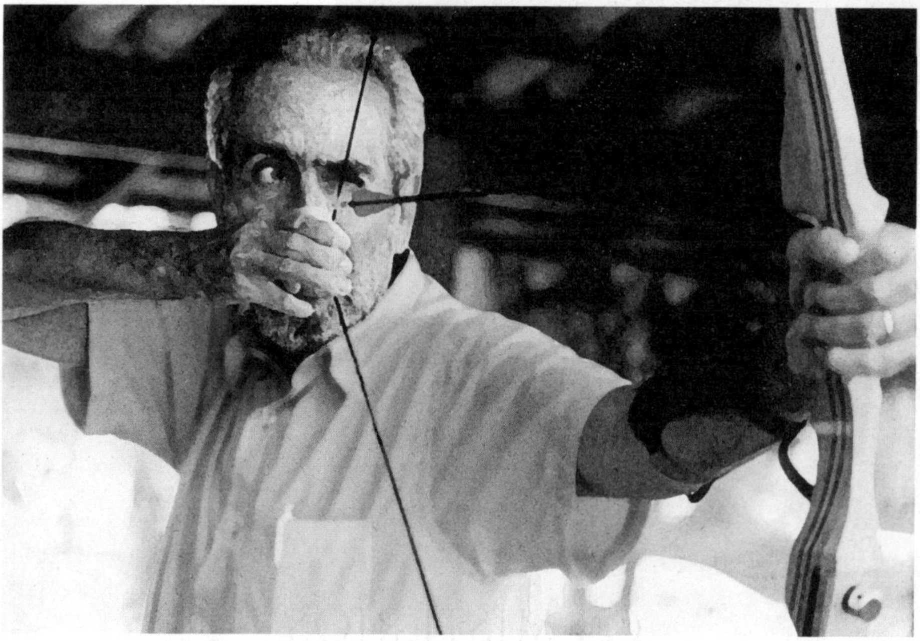

O Arqueiro

Geraldo Jordão Pereira (1938-2008) começou sua carreira aos 17 anos, quando foi trabalhar com seu pai, o célebre editor José Olympio, publicando obras marcantes como *O menino do dedo verde*, de Maurice Druon, e *Minha vida*, de Charles Chaplin.

Em 1976, fundou a Editora Salamandra com o propósito de formar uma nova geração de leitores e acabou criando um dos catálogos infantis mais premiados do Brasil. Em 1992, fugindo de sua linha editorial, lançou *Muitas vidas, muitos mestres*, de Brian Weiss, livro que deu origem à Editora Sextante.

Fã de histórias de suspense, Geraldo descobriu *O Código Da Vinci* antes mesmo de ele ser lançado nos Estados Unidos. A aposta em ficção, que não era o foco da Sextante, foi certeira: o título se transformou em um dos maiores fenômenos editoriais de todos os tempos.

Mas não foi só aos livros que se dedicou. Com seu desejo de ajudar o próximo, Geraldo desenvolveu diversos projetos sociais que se tornaram sua grande paixão.

Com a missão de publicar histórias empolgantes, tornar os livros cada vez mais acessíveis e despertar o amor pela leitura, a Editora Arqueiro é uma homenagem a esta figura extraordinária, capaz de enxergar mais além, mirar nas coisas verdadeiramente importantes e não perder o idealismo e a esperança diante dos desafios e contratempos da vida.

QUARTETO SMYTHE-SMITH

Julia Quinn

OS MISTÉRIOS DE SIR RICHARD

Traduzido por
Simone Lemberg Reisner

LIVRO QUATRO

ARQUEIRO

Título original: *The Secrets of Sir Richard Kenworthy*

coordenação editorial: Taís Monteiro
produção editorial: Ana Sarah Maciel
preparo de originais: Gabriel Machado
revisão: Flávia Midori, Jean Marcel Montassier e Taís Monteiro
diagramação: Ana Paula Daudt Brandão
capa: Renata Vidal
imagens de capa: Alex_Bond | Shutterstock (ornamento de fundo); Zirconicusso | Freepik (violoncelo); Zaie | Shutterstock (notas musicais)
impressão e acabamento: Lis Gráfica e Editora Ltda.

CIP-BRASIL. CATALOGAÇÃO NA PUBLICAÇÃO
SINDICATO NACIONAL DOS EDITORES DE LIVROS, RJ

Q64m
Quinn, Julia, 1970-
Os mistérios de sir Richard / Julia Quinn ; tradução Simone Reisner. - 1. ed. - São Paulo : Arqueiro, 2025.
288 p. ; 23 cm. (Quarteto Smythe-Smith ; 4)

Tradução de: The secrets of Sir Richard Kenworthy
ISBN 978-65-5565-829-3

1. Romance americano. I. Reisner, Simone. II. Título. III. Série.

25-97797.0 CDD: 813
CDU: 82-31(73)

Meri Gleice Rodrigues de Souza - Bibliotecária - CRB-7/6439

Todos os direitos reservados, no Brasil, por
Editora Arqueiro Ltda.
Rua Artur de Azevedo, 1.767 – Conj. 177 – Pinheiros
05404-014 – São Paulo – SP
Tel.: (11) 2894-4987
E-mail: atendimento@editoraarqueiro.com.br
www.editoraarqueiro.com.br

Para Tillie, minha irmã do coração.

E também para Paul,
apesar de ainda achar que ele daria um excelente Jedi.

CAPÍTULO 1

Casa Pleinsworth
Londres
Primavera de 1825

De acordo com aquele livro que sua irmã já lera mais de vinte vezes, é uma verdade universalmente aceita que um homem solteiro, possuidor de boa fortuna, necessita de uma esposa.

Sir Richard Kenworthy não tinha uma grande fortuna, mas era solteiro. Quanto à esposa…

Bem, *isso* era complicado.

"Necessitar" não era a palavra correta. Quem *necessitava* de uma esposa? Homens apaixonados, talvez, porém não se tratava do seu caso. Além disso, nunca ficara enamorado nem pretendia ficar em nenhum momento próximo.

Não que ele fosse fundamentalmente contrário à ideia. Apenas não tinha tempo para isso.

A esposa, por outro lado…

Ele se acomodou melhor na cadeira, baixando os olhos para o programa que tinha em mãos:

O senhor está cordialmente convidado
para o 19º Recital Anual das Smythe-Smiths,
com a apresentação de um competente quarteto
de dois violinos, violoncelo e piano.

Ele teve um mau pressentimento.

– Muito obrigado, *mais uma vez*, por me acompanhar – disse Winston Bevelstoke.

Richard lançou um olhar cético para o amigo.

– Estou achando inquietante você me agradecer tanto.

– Sou conhecido por meus modos impecáveis – respondeu Winston, dando de ombros.

Winston sempre tivera esse hábito. A maior parte das lembranças que Richard guardava do amigo envolvia algum tipo de movimento com os ombros, como se dissesse "o que posso fazer?".

"Na realidade, não importa se eu me esqueço de fazer meu teste de latim. Sou o segundo filho, não cobram tanto de mim." *Um dar de ombros.*

"O bote já estava virado quando cheguei à beira do rio." *Um dar de ombros.*

"Como em quase tudo na vida, a melhor solução é culpar minha irmã." *Um dar de ombros (além de um sorriso maligno).*

No passado, Richard já havia sido tão despreocupado quanto Winston. Adoraria voltar a ser assim.

Mas não tinha tempo para isso. Só tinha duas semanas. Três, supôs. Quatro seriam o limite máximo.

– Você conhece alguma delas? – indagou ele a Winston.

– Alguma delas?

Richard ergueu o programa.

– As musicistas.

Winston pigarreou, desviando o olhar com certa culpa.

– Não tenho certeza se posso chamá-las assim...

Richard olhou para a área do salão dos Pleinsworths onde se daria a apresentação.

– Você as conhece? – insistiu. – Já lhe foram apresentadas?

Tudo bem, Winston podia fazer seus comentários enigmáticos, mas Richard tinha seus motivos para estar ali.

– As garotas Smythe-Smiths? – Winston deu de ombros. – A maioria. Deixe-me ver, quem vai tocar este ano? – Ele consultou o programa. – Lady Sarah Prentice ao piano... Que estranho, ela é casada.

Maldição.

– Em geral, são apenas as solteiras que tocam no quarteto – explicou Winston. – Quando se casam, não participam mais.

Richard sabia muito bem disso. Inclusive, essa fora a principal razão para ter aceitado aquele convite. Na verdade, isso era até um tanto óbvio. Quando um cavalheiro de 27 anos, ainda solteiro, reaparecia em Londres após três anos fora... não era preciso ser uma casamenteira para saber as intenções dele.

Só não esperava ser obrigado a agir com tanta pressa.

Franzindo a testa, Richard olhou para o piano. Parecia de boa qualidade. Caro. Definitivamente, melhor do que o seu em Maycliffe Park.

– Quem mais? – murmurou Winston, lendo os nomes impressos com letras elegantes no programa. – Srta. Daisy Smythe-Smith ao violino. Ah, sim, eu já a conheci. É terrível.

Dupla maldição.

– O que há de errado com ela? – indagou Richard.

– Não tem senso de humor. Isso até poderia não ser tão ruim... nem todo mundo vive rindo... Mas ela é tão... óbvia nesse aspecto.

– Como alguém pode ser óbvio em relação à *falta* de humor?

– Não faço a menor ideia – admitiu Winston. – Mas ela é. Só que é muito bonita. Tem cabelos louros, cheios de cachos saltitantes.

Ele gesticulou com as mãos junto às orelhas, representando o movimento de mola dos cachos louros. Richard não sabia explicar por quê, mas a pantomima conseguia frisar que eram cabelos louros, não castanhos.

– Lady Harriet Pleinsworth, também ao violino – prosseguiu Winston. – Acho que não a conheço. Deve ser a irmã mais nova de lady Sarah. Creio que seja recém-saída da sala de estudos, na verdade. Não deve ter mais que 16 anos.

Tripla maldição. Talvez fosse melhor Richard ir embora.

– E, ao violoncelo... – Winston deslizou o dedo pelo papel grosso do programa até encontrar o nome que procurava. – A Srta. Iris Smythe-Smith.

– O que ela tem de errado? – indagou Richard, pois provavelmente haveria algo errado com ela também.

Winston deu de ombros.

– Nada. Pelo menos não que eu saiba.

Isso significava que ela devia cantar como uma tirolesa no seu tempo livre. Quando não estava praticando taxidermia.

Em crocodilos.

Richard costumava ser um sujeito de sorte. *Costumava.*

– Ela é muito pálida – acrescentou Winston.

Richard encarou o amigo.

– Isso é um defeito?

– É claro que não. É que... – Winston fez uma pausa, franzindo profundamente a testa, concentrado. – Bem, para falar a verdade, é só disso que eu me lembro dela.

Richard assentiu devagar, pousando o olhar no violoncelo que estava apoiado em um suporte. Parecia um exemplar caro – embora ele não soubesse nada sobre manufatura de instrumentos.

– Por que tanta curiosidade? – perguntou Winston. – Sei que está em busca de um casamento, mas, sinceramente, você pode conseguir coisa melhor do que uma Smythe-Smith.

Isso teria sido verdade duas semanas antes.

– Além do mais, você precisa de alguém que tenha um dote, não é mesmo?

– Todos nós precisamos de alguém que tenha um dote – retrucou Richard, num tom sombrio.

– Verdade, verdade.

Winston era filho do conde de Rudland, mas apenas o *segundo* filho. Não herdaria nenhuma fortuna espetacular. Não com um irmão mais velho saudável, que, por sua vez, tinha dois filhos.

– A mocinha Pleinsworth deve ter umas 10 mil libras – disse Winston, fitando de novo o programa. – Mas, como eu falei, ela é muito nova.

Richard fez uma careta. Até ele tinha limites.

– As flores…

– As flores? – interrompeu-o Richard.

– Sim, as moças com nomes de flor. Iris e Daisy: íris e margarida. E as irmãs delas, Rose e Marigold: rosa e calêndula. E… não lembro quem mais. Tulip? Jasmine? Espero que a pobrezinha não se chame Chrysanthemum.

– O nome da minha irmã é Fleur, que é "flor" em francês… – Richard sentiu-se compelido a mencionar.

– E é uma moça encantadora – comentou Winston, embora nunca a tivesse conhecido.

– Mas você estava dizendo… – Richard induziu o amigo a continuar.

– O quê? Ah, sim, lembrei. As flores. Não sei o valor de seus dotes, mas não devem ser vultosos. Acho que são cinco filhas ao todo. – Winston torceu os lábios enquanto calculava. – Talvez mais.

Isso não significava necessariamente que os dotes fossem baixos, pensou Richard, com mais esperança do que qualquer outra coisa. Ele não conhecia muito aquele ramo da família Smythe-Smith – para falar a verdade, nenhum ramo dela; só sabia que, uma vez por ano, todos se juntavam, escolhiam quatro musicistas e organizavam um recital ao qual a maioria de seus amigos relutava em comparecer.

– Pegue isto – disse Winston de repente, segurando dois chumaços de algodão. – Você vai me agradecer mais tarde.

Richard encarou o amigo como se ele tivesse enlouquecido.

– Para os seus ouvidos – explicou Winston. – Confie em mim.

– *Confie em mim.* Vindas de você, essas palavras me dão um frio na espinha.

– Neste caso, não estou exagerando.

Richard olhou discretamente ao redor. Winston não estava fazendo o menor esforço para ocultar suas ações; por certo era uma grosseria tapar os ouvidos em um recital. Mas as poucas pessoas que pareciam observá-lo exibiam uma expressão de inveja, não de censura.

Richard deu de ombros e fez o que o amigo sugeriu.

– Que bom que você está aqui – comentou Winston, inclinando-se para que Richard pudesse ouvi-lo apesar do algodão. – Não sei se teria suportado o concerto sem um reforço.

– Reforço?

– A pesarosa companhia de solteiros sitiados – gracejou Winston.

A pesarosa companhia de solteiros sitiados? Richard revirou os olhos.

– Imagine você tentando formar frases embriagado.

– Ah, você terá esse prazer em breve – replicou Winston, mantendo aberto o bolso do casaco com o dedo indicador, mas apenas o suficiente para revelar um pequeno frasco de metal.

Richard arregalou os olhos. Embora não fosse uma pessoa tão correta, até ele sabia que não era apropriado beber abertamente durante uma apresentação musical de adolescentes do sexo feminino.

E, então, começou.

Depois de um minuto, Richard se viu ajustando o algodão nos ouvidos. Ao fim do primeiro movimento, ele podia sentir uma veia pulsando dolorosamente em sua testa. Mas foi quando chegaram a um longo solo de violino que ele se deu conta da verdadeira gravidade da situação.

– O frasco – pediu, quase arquejando.

Winston nem mesmo deu um sorrisinho.

Richard tomou um bom gole do que ele percebeu ser vinho, mas não conseguiu aplacar sua dor.

– Podemos ir embora no intervalo? – sussurrou para Winston.

– Não há intervalo.

Richard olhou para o programa com uma expressão de horror. Ele não era músico, mas, sem dúvida, as Smythe-Smiths deveriam saber que o que estavam fazendo… que o pretenso recital…

Era uma verdadeira afronta à dignidade humana.

Segundo o programa, as quatro jovens no palco improvisado interpretavam um concerto para piano de Wolfgang Amadeus Mozart. Mas, pelo que Richard sabia, alguém deveria estar realmente tocando piano. A mulher sentada diante do requintado instrumento tocava apenas metade das notas requeridas, talvez menos. Ele não conseguia enxergar seu rosto, porém, pelo modo como se encurvava sobre as teclas, parecia ser uma musicista de grande concentração.

Embora não de grande habilidade.

– Aquela ali é a que não tem senso de humor – avisou Winston, indicando com a cabeça uma das violinistas.

Ah, a Srta. Daisy, dos cachos louros saltitantes. Dentre as quatro, era claramente a que mais se considerava uma musicista. Ela se inclinava e oscilava como se fosse a mais competente virtuose, seguindo o arco que voava pelas cordas. Seus movimentos eram quase hipnotizantes, e Richard imaginou que um surdo a descreveria como uma garota com música na alma.

Na verdade, estava mais para desafinação.

Quanto à outra violinista… só ele percebia que ela não sabia ler música? Ela olhava para todos os lugares, menos para o suporte da partitura, e não havia movido uma só página desde o início do recital. Passava todo o tempo mordendo os lábios e lançando olhares frenéticos para a Srta. Daisy, tentando imitar seus movimentos.

Assim, sobrava apenas a violoncelista. Richard sentiu os olhos pousarem na moça que movia o arco pelas longas cordas do instrumento. Era extraordinariamente difícil ouvir o som que ele produzia sob o barulho dos dois violinos, mas, de vez em quando, uma baixa nota lúgubre escapava de toda aquela loucura, e Richard não pôde evitar pensar…

Ela é muito boa.

Ficou fascinado pela moça, por aquela pequena mulher que tentava se esconder atrás de um grande violoncelo. Ela, pelo menos, tinha consciência de que o conjunto era horrível. Sua tristeza era intensa, quase palpável. Cada vez que a jovem chegava a uma pausa na partitura, parecia se encurvar, como se pudesse se encolher até desaparecer com um *puff*.

Era a Srta. Iris Smythe-Smith, uma das flores. Era assombroso que fosse parente de Daisy, que estava alegremente alheia a tudo e seguia se contorcendo com o violino.

Iris. Era um nome estranho para uma garota tão pálida. Ele sempre havia pensado na flor de íris como a mais brilhante, com profundos tons de roxo e azul. Entretanto, aquela moça era extremamente pálida, para não dizer quase incolor. Seus cabelos não podiam ser descritos como louros de verdade porque eram um tanto ruivos, mas "louro-avermelhados" tampouco os definia com total precisão. Como estava mais ou menos no meio do salão, Richard não conseguia enxergar os olhos da jovem, porém, levando em conta suas outras características, só podiam ser claros.

Ela era o tipo de garota que não chamava atenção.

Entretanto, Richard não conseguia tirar os olhos dela.

Porém, para onde mais poderia olhar? Estava num recital.

Além disso, havia algo tranquilizador em focar um ponto fixo qualquer. A música era tão desentoada que ele ficava tonto cada vez que olhava para outra direção.

Quase riu. A Srta. Iris Smythe-Smith, a moça com pele brilhante e pálida, com um violoncelo grande demais para seu tamanho, acabara se tornando a sua salvadora.

Sir Richard Kenworthy não acreditava em presságios, mas em relação àquele, ele ficaria atento.

Por que aquele homem a observava tanto?

O recital já era uma tortura, Iris sabia muito bem – era a terceira vez que a empurravam até o palco e a obrigavam a fazer papel de ridículo diante de um seleto grupo da elite londrina. O público das Smythe-Smiths era sempre uma interessante mescla. Em primeiro lugar, havia a família, embora fosse preciso dividi-la em duas partes distintas: as mães e todo o resto.

As mães contemplavam a apresentação com um sorriso beatífico, seguras de que todas as outras mulheres invejavam o raro talento musical de suas filhas.

– Tão habilidosas... – cantarolava a mãe de Iris, ano após ano. – Tão serenas...

"Tão cega..." era a resposta que Iris guardava para si mesma. "Tão surda..."

Já os outros Smythe-Smiths – os homens em geral e a maioria das mulheres que já haviam se sacrificado no altar da incapacidade musical – trincavam os dentes e faziam o possível para preencher todos os assentos, a fim de limitar o ciclo de mortificação.

A família era incrivelmente fecunda e Iris rezava para que um dia tivesse tantos membros a ponto de impedir que as mães convidassem pessoas que não fossem parentes. "Não há lugares suficientes", ela já podia se ouvir dizendo.

Infelizmente, também imaginava que a mãe pediria que o secretário do pai pesquisasse o aluguel de salas de concertos.

Um bom número de pessoas de fora da família vinha todos os anos. Uns poucos, suspeitava Iris, por bondade. Alguns, sem dúvida, só para zombar das meninas. E havia também os inocentes despreparados, que claramente viviam isolados em cavernas. No fundo do oceano.

Em outro planeta.

Iris não podia *conceber* que nunca tivessem ouvido falar do concerto anual das Smythe-Smiths, ou melhor, que ninguém os houvesse advertido a respeito, mas, todos os anos, havia algumas infelizes caras novas.

Como aquele homem sentado na quinta fileira. Por que ele a estava encarando?

Iris tinha certeza absoluta de que nunca o vira. O cabelo dele era escuro, do tipo que anelava quando a umidade do ar aumentava, e o rosto parecia esculpido, elegante e bastante agradável. Era um homem bonito, embora não lindo.

Provavelmente não tinha título. A mãe dela sempre tivera muito cuidado com a educação social das filhas. Dificilmente existiria um nobre solteiro com menos de 30 anos que Iris e as irmãs não pudessem reconhecer de imediato.

Mas quem sabe seria um baronete. Ou um cavalheiro recém-chegado. Ele devia ser bem-relacionado, já que Iris identificou seu companheiro: o filho mais novo do conde de Rudland. Ela já o havia encontrado em várias ocasiões – mas isso não significava nada além do fato de que o honorável Sr. Bevelstoke podia convidá-la para dançar caso estivesse inclinado a fazê-lo.

Só que nunca estava.

Iris não ficava ofendida por causa disso, pelo menos não muito. Não costumava ser convidada para dançar nem metade das músicas nos bailes e gostava de ter a oportunidade de observar todos rodopiando. Frequentemente, imaginava se as estrelas da alta sociedade de fato *notavam* o que acontecia a seu redor. Se uma pessoa estava sempre no centro de uma tormenta, perceberia a inclinação da chuva, sentiria o fustigar do vento?

Realmente ela não era muito convidada para dançar. Não havia nenhuma vergonha nisso. Sobretudo porque ela gostava de ficar à parte. Ora, alguns dos...

– *Iris* – sibilou alguém.

Era sua prima Sarah, inclinando-se sobre o piano com uma expressão urgente.

Ah, maldição, ela perdera a hora de entrar.

– Sinto muito – murmurou Iris, apesar de ninguém poder ouvi-la.

Isso nunca acontecera antes. Não importava que o resto das musicistas fosse tão horrível que não faria nenhuma diferença entrar ou não na hora certa – tratava-se de uma questão de princípios.

Alguém precisava tentar interpretar bem.

Iris tocou violoncelo ao longo das páginas seguintes da partitura, fazendo todo o possível para ignorar Daisy, que vagava pelo palco com seu violino. Entretanto, quando chegou à outra pausa longa da sua parte, acabou olhando para a plateia.

Ele ainda a encarava.

Haveria algo em seu vestido? No cabelo? Sem pensar, ergueu a mão para mexer no penteado, meio que esperando encontrar ali um graveto.

Nada.

Iris se enfureceu. Ele estava tentando perturbá-la. Não poderia haver outra explicação. Que camponês grosseiro! Além de idiota. O homem achava que era capaz de irritá-la mais do que a própria irmã? Seria necessário aparecer o Minotauro tocando acordeão para superar Daisy na escala de incômodo e atingir o sétimo círculo do inferno.

– Iris! – sussurrou Sarah.

– Arrrrgh – grunhiu Iris.

Ela havia perdido a entrada de novo. Bom, ora essa, quem era Sarah para se queixar? Ela pulara duas páginas do segundo movimento.

Iris localizou o ponto certo na partitura e recomeçou a tocar, aliviada ao perceber que estavam se aproximando da conclusão do recital. Ela só precisava tocar as notas finais, fazer uma reverência como se realmente estivesse agradecida e tentar sorrir em meio aos constrangidos aplausos.

Então, poderia alegar uma dor de cabeça, voltar para casa, fechar a porta do quarto, ler um livro, ignorar Daisy e fingir que não precisaria fazer tudo de novo no ano seguinte.

A menos, é claro, que se casasse.

Era a única forma de escapar. Todas as mulheres solteiras da família Smythe-Smith eram obrigadas a participar do quarteto quando surgia uma possibilidade de tocar o instrumento eleito. Permaneciam no grupo até caminhar pelo corredor da igreja direto para os braços do noivo.

Só uma prima conseguira se casar antes de ser forçada a subir ao palco. Fora uma incrível convergência de sorte e astúcia. Frederica Smythe-Smith, agora Frederica Plum, aprendera violino, assim como a irmã mais velha, Eleanor.

Mas Eleanor não havia sido "arrebatadora", segundo a mãe de Iris. A jovem fizera parte do quarteto por sete anos, um verdadeiro recorde, antes de se apaixonar perdidamente por um amável clérigo, que teve o incrível bom senso de amá-la com igual entrega. Iris gostava de Eleanor, mesmo quando ela se definia como uma musicista de talento – o que não era.

Quanto a Frederica... O atrasado êxito de Eleanor no mercado matrimonial significou que a cadeira de violinista já estava ocupada quando a irmã menor debutou. E se Frederica se assegurasse de encontrar um marido com a maior rapidez possível...

Ela era uma lenda. Pelo menos aos olhos de Iris.

Frederica agora vivia no sul da Índia, e Iris suspeitava que, de algum modo, isso estava relacionado com sua fuga do recital. Fazia muitos anos que ninguém da família a via, embora às vezes uma carta chegasse a Londres trazendo notícias sobre o calor, as especiarias e um ocasional elefante.

Iris odiava o calor e não gostava muito de comida picante, mas, quando se sentava no salão de baile de suas primas tentando fingir que não havia cinquenta pessoas observando-a fazer papel de ridículo, não podia deixar de pensar que a Índia era uma ideia bastante agradável.

Ela não tinha nenhuma opinião formada sobre elefantes.

Talvez pudesse encontrar um marido ainda naquele ano. Para falar a verdade, não havia se esforçado tanto em suas duas temporadas sociais. Mas achava difícil ter ânimo quando se era uma garota invisível – um fato que ninguém poderia negar.

Exceto por aquele estranho homem da quinta fileira. Ela fitou a plateia e, imediatamente, baixou o olhar outra vez. *Por que* ele a estava encarando?

Aquilo não fazia nenhum sentido. Iris *odiava* coisas sem sentido, até mais do que a vergonha de ser ridicularizada.

CAPÍTULO 2

Estava claro para Richard que Iris Smythe-Smith planejava fugir do recital assim que pudesse. Não era algo muito evidente, mas ele já a observava havia uma hora, pelo menos era o que parecia, e se considerava capaz de compreender as expressões e os gestos da relutante violoncelista.

Teria que agir com rapidez.

– Apresente-nos – pediu a Winston, fazendo um sinal discreto com a cabeça na direção dela.

– Sério?

Richard assentiu.

Winston deu de ombros, obviamente surpreso pelo interesse do amigo na pálida Srta. Iris Smythe-Smith. Mas, além da pergunta inicial, não demonstrou nenhuma curiosidade. Ele foi atravessando o aglomerado da plateia com seu jeito suave de sempre. Embora a jovem em questão estivesse ao lado da porta com uma postura constrangida, seus olhos aguçados observavam o salão, as pessoas ali presentes e suas interações.

Ela estava calculando o momento certo para escapar, Richard não tinha dúvida.

Entretanto, sua tentativa seria frustrada. Winston parou de repente diante dela, antes que a moça pudesse se mover.

– Srta. Smythe-Smith – disse, bem-humorado e amável. – Que maravilha vê-la de novo.

Ela fez uma reverência desconfiada. Era evidente que não tinha nenhum nível de intimidade com Winston que justificasse uma saudação tão afetuosa.

– Sr. Bevelstoke – murmurou ela.

– Posso lhe apresentar meu bom amigo, sir Richard Kenworthy?

Richard fez uma mesura.

– É um prazer conhecê-la.

– O prazer é todo meu.

Os olhos da moça eram tão claros quanto ele imaginara, embora, apenas à luz de velas agora, não fosse possível discernir a cor exata. Cinza, talvez, ou azul, emoldurados por cílios muito claros, que só não eram invisíveis por serem tão longos.

– Minha irmã envia suas desculpas – comunicou Winston.

– Sim, ela costuma vir, não? – murmurou a Srta. Smythe-Smith, com apenas um esboço de sorriso. – Ela é muito amável.

– Ah, não acredito que isso tenha a ver com amabilidade – replicou ele cordialmente.

A Srta. Smythe-Smith arqueou uma sobrancelha pálida e encarou Winston.

– Na verdade penso que a amabilidade tem tudo a ver.

Richard estava inclinado a concordar. Não conseguia imaginar por que outro motivo a irmã de Winston se submeteria àquela apresentação mais de uma vez. Ele admirou a perspicácia da Srta. Smythe-Smith.

– Ela me enviou em seu lugar – acrescentou Winston. – Disse que nossa família não poderia ficar sem representante este ano. – Ele olhou para Richard. – Ela foi inflexível.

– Por favor, transmita-lhe a minha gratidão – pediu a jovem. – Mas, se me derem licença, preciso...

– Posso lhe fazer uma pergunta? – interrompeu-a Richard.

Iris ficou imóvel, já meio virada na direção da porta. Ela o encarou com certa surpresa, assim como Winston.

– É claro que pode – murmurou ela, o olhar nem de longe tão sereno quanto o tom de voz.

A Srta. Smythe-Smith era uma jovem bem-educada, e ele, um baronete. Ela não poderia dar outra resposta, e ambos sabiam disso.

– Há quanto tempo a senhorita toca violoncelo? – questionou Richard de supetão.

Foi a primeira pergunta que lhe veio à mente e, só depois que ela saiu de seus lábios, ele se deu conta de que fora bastante rude. A jovem sabia que o quarteto era horrível e que ele devia compartilhar da opinião geral. Indagar sobre sua formação chegava a ser cruel. Mas ele estava sob pressão. Não podia deixá-la ir embora. Não sem ao menos uma rápida conversa.

– Eu... – balbuciou ela por um momento.

Richard sentiu um conflito interno. Não tivera a intenção de... Mas que inferno!

– Foi uma atuação encantadora – comentou Winston, olhando para Richard como se quisesse lhe dar um chute.

Richard falou rapidamente, ansioso para se redimir aos olhos dela:

– O que eu quis dizer foi que a senhorita parecia um pouco mais preparada do que suas primas.

Iris piscou várias vezes. Maldição, agora ele acabara de insultar as primas dela, mas supôs que era melhor isso do que insultá-la.

– Eu estava sentado no lado do salão mais perto da senhorita – continuou Richard – e, de vez em quando, podia ouvir o som do violoncelo acima dos outros instrumentos.

– Entendo – disse ela lentamente, e talvez com certa cautela.

Ela não sabia o que pensar sobre aquele interesse repentino, isso estava bem claro.

– A senhorita é muito talentosa – completou Richard.

Winston olhou para o amigo com incredulidade. Richard podia imaginar muito bem o porquê. Não teria sido fácil discernir as notas do violoncelo em meio àquele estardalhaço e, para um ouvido não treinado, Iris devia parecer tão ruim quanto o resto. Para Winston, o fato de Richard dizer o contrário soava como o pior tipo de falsa adulação.

Entretanto, a Srta. Smythe-Smith tinha plena consciência de que tocava melhor do que as primas. Ele percebeu isso em seus olhos, pela maneira como ela reagiu às suas palavras.

– Nós todas estudamos desde muito jovens – explicou Iris.

– É evidente – concordou ele.

É claro que ela não diria nada diferente disso. Não insultaria a própria família na frente de um estranho.

Um silêncio incômodo se abateu sobre o trio e a Srta. Smythe-Smith abriu mais um sorriso amável, com a evidente intenção de pedir licença para sair.

– A violinista é sua irmã? – quis saber Richard, antes que ela pudesse falar qualquer coisa.

Winston lançou um olhar curioso ao amigo.

– Uma delas, sim – respondeu ela. – A loura.

– Sua irmã mais nova?

– Quatro anos mais jovem, sim – respondeu ela, a voz cada vez mais áspera. – É sua primeira temporada, apesar de já ter atuado no quarteto no ano passado.

– Por falar nisso – interrompeu-a Winston, livrando Richard de pensar em outra pergunta inoportuna –, por que lady Sarah estava ao piano? Pensei que o quarteto fosse formado apenas por moças solteiras.

– Falta-nos uma pianista. Se Sarah não tivesse participado, o recital teria sido cancelado.

A pergunta óbvia pairava no ar: teria sido tão ruim?

– O cancelamento partiria o coração de minha mãe – esclareceu a Srta. Smythe-Smith, e era impossível dizer exatamente que emoção sua voz expressava. – E o de minhas tias.

– Muito amável da parte dela ceder seu talento – afirmou Richard.

E então a Srta. Smythe-Smith murmurou algo surpreendente:

– Ela nos devia.

– O que disse? – perguntou Richard.

– Nada – respondeu ela, exibindo um sorriso alegre… e falso.

– Não, devo insistir – falou ele, intrigado. – Não há como fazer tal declaração e deixá-la sem um esclarecimento.

Os olhos dela se desviaram para a esquerda. Talvez para se assegurar de que a família não pudesse ouvir. Ou talvez apenas estivesse se contendo para não revirar os olhos.

– Não é nada, de verdade. Ela não tocou ano passado. Retirou-se no dia da apresentação.

– O recital foi cancelado? – quis saber Winston, franzindo a testa enquanto tentava se lembrar.

– Não. A governanta das irmãs dela tocou conosco em seu lugar.

– Ah, é verdade – disse Winston, assentindo. – Agora me lembro. Quanta gentileza. De fato é impressionante que a governanta conhecesse a peça tocada.

– Sua prima estava doente? – indagou Richard.

A Srta. Smythe-Smith abriu a boca para responder, mas, no último instante, mudou de ideia a respeito do que ia dizer – Richard estava certo disso.

– Sim – falou ela. – Estava enferma. Agora, se me dão licença, há um assunto que preciso resolver.

Os três fizeram uma reverência e ela se foi.

– O que foi tudo isso? – perguntou Winston no mesmo instante.

– O quê? – indagou Richard, fingindo ignorância.

– Você praticamente se lançou contra a porta para evitar que ela fosse embora.

Richard deu de ombros.

– Eu a achei interessante.

– Ela? – Winston olhou para a porta pela qual a Srta. Smythe-Smith acabara de sair. – Por quê?

– Não sei – mentiu Richard.

Winston se voltou para o amigo, olhou de novo para a porta e, em seguida, outra vez para Richard.

– Devo dizer que ela não é o tipo que você costuma apreciar.

– Não – concordou Richard, apesar de nunca ter refletido sobre suas preferências. – Não, não é.

Mas a questão é que ele nunca fora obrigado a encontrar uma esposa. Agora seu prazo era de apenas duas semanas, nem um dia a mais.

No dia seguinte, Iris estava na sala com a mãe e Daisy, esperando a inevitável fila de visitantes. Por insistência da mãe, elas eram *obrigadas* a ficar em casa para receber as pessoas que desejavam felicitá-las por seu desempenho.

Iris imaginou que as irmãs casadas também apareceriam e, muito provavelmente, algumas poucas damas. As mesmas que assistiam ao recital todos os anos por pura bondade. O restante evitaria a casa das Smythe-Smiths – qualquer uma das casas – como se fugissem de uma praga. A última coisa que um ser humano queria fazer era ter uma conversa educada sobre um desastre sonoro.

Era como se os penhascos de Dover despencassem sobre o mar e todo mundo se sentasse em volta para tomar chá e comentar: "Ah, sim, que maravilhoso espetáculo. Uma lástima, porém, o que aconteceu à casa do vigário."

Porém, era cedo e elas ainda não tinham sido agraciadas com nenhuma visita. Iris havia levado algo para ler, mas Daisy continuava radiante de alegria e triunfo.

– Acho que estávamos esplêndidas – anunciou ela.

Iris tirou os olhos do livro por tempo suficiente para dizer:

– Não estávamos esplêndidas.

– Talvez você não, escondida atrás do violoncelo, mas eu nunca me senti tão viva e em tanta sintonia com a música.

Iris mordeu o lábio. Havia muitas maneiras de responder. Era como se a irmã mais nova lhe *implorasse* para que fizesse uso de todas as palavras de seu arsenal de sarcasmos. Mas ela permaneceu em silêncio. O recital sempre a deixava irritada e, por mais enervante que Daisy fosse – e ela era, ah, como era –, não tinha culpa do mau humor de Iris. Bem, não inteiramente.

– Havia muitos cavalheiros bonitos na apresentação – comentou Daisy. – A senhora reparou, mamãe?

Iris revirou os olhos. É claro que a mãe tinha reparado. Era sua função observar todos os cavalheiros adequados do salão. Não, mais que isso: era sua vocação.

– O Sr. St. Clair estava lá – continuou Daisy. – Tão elegante com aquele rabo de cavalo…

– Ele nunca vai olhá-la duas vezes – afirmou Iris.

– Não seja cruel, Iris – ralhou a mãe, e logo se voltou para Daisy. – Mas ela tem razão. E nós também não o desejamos. Ele é muito devasso para uma senhorita decente.

– Ele estava conversando com Hyacinth Bridgerton – observou Daisy.

Iris encarou a mãe, ansiosa – e, para falar a verdade, divertindo-se – para ver como ela reagiria. Ninguém era mais popular ou respeitável do que os Bridgertons, mesmo que Hyacinth, a caçula, fosse conhecida como uma garota terrível.

A Sra. Smythe-Smith fez o que sempre fazia quando não queria responder: ergueu as sobrancelhas, baixou o queixo e bufou com desdém.

Fim da conversa. Pelo menos fim daquele assunto.

– Winston Bevelstoke não é libertino – disse Daisy, girando um pouco para a direita. – Ele estava sentado quase na frente.

Iris bufou.

– Ele é deslumbrante! – exclamou Daisy.

– Eu nunca disse que não era – retrucou Iris. – Mas deve ter quase 30 anos. E estava na quinta fileira.

A precisão pareceu desconcertar a mãe:

– Na quinta…?

– Certamente não era na frente – interveio Iris.

Que inferno, ela odiava quando as pessoas se enganavam nos pequenos detalhes.

– Ora, pelo amor de Deus – retrucou Daisy. – Não importa onde ele estava sentado. Tudo o que importa é que ele estava *lá*.

Isso era verdade, mas, ainda assim, não se tratava do cerne da questão.

– Winston Bevelstoke nunca se interessaria por uma garota de 17 anos – insistiu Iris.

– Por que não? – questionou Daisy. – Acho que você está com inveja.

Iris revirou os olhos.

– Isso está tão longe de ser verdade que nem sei por onde começar a explicar.

– Ele ficou me olhando – garantiu Daisy. – O fato de ainda estar solteiro demonstra a sua seletividade. Talvez esteja esperando que a moça perfeita apareça.

Iris inspirou profundamente, contendo a réplica que já coçava em seus lábios.

– Se você se casar com Winston Bevelstoke – afirmou, com muita calma –, serei a primeira a felicitá-la.

Os olhos de Daisy se estreitaram.

– Ela está sendo sarcástica de novo, mamãe.

– Não seja sarcástica, Iris – pediu Maria Smythe-Smith, sem afastar os olhos de seu bordado.

Iris fechou a cara.

– Quem era o cavalheiro que acompanhava o Sr. Bevelstoke ontem à noite? – perguntou a Sra. Smythe-Smith. – Aquele de cabelos escuros.

– Ele falou com Iris depois da apresentação – informou Daisy.

A mãe lançou um olhar perspicaz para a filha mais velha.

– Eu sei.

– Era sir Richard Kenworthy – respondeu Iris.

As sobrancelhas de sua mãe se levantaram.

– Tenho certeza de que estava apenas sendo educado – acrescentou Iris.

– Estava sendo educado por um tempo bem longo – observou Daisy, rindo.

Iris a encarou, incrédula.

– Nós conversamos durante cinco minutos. Se tanto.

– É mais tempo do que os cavalheiros costumam lhe reservar.

– Daisy, não seja cruel – pediu a mãe. – Mas devo concordar. Acredito que foram mais de cinco minutos.

– Não foram – murmurou Iris.

Só que a mãe não a ouviu. Ou, mais provavelmente, optou por ignorá-la.

– Teremos que investigá-lo.

A boca de Iris se abriu em uma expressão indignada. Ela havia passado cinco minutos em companhia de sir Richard e sua mãe já começara a tramar o destino do pobre homem.

– Você não vai ser jovem para sempre – comentou a Sra. Smythe-Smith.

Daisy sorriu com malícia.

– Ótimo – afirmou Iris. – Vou tratar de captar o interesse dele por um quarto de hora da próxima vez. Isso deve ser suficiente para obter uma licença especial de matrimônio.

– Ah, você acha? – perguntou a irmã. – Seria muito romântico.

Iris só fez encará-la. *Agora* Daisy resolvera não entender o sarcasmo?

– Qualquer pessoa pode contrair matrimônio em uma igreja – acrescentou a mais jovem. – Mas uma licença especial é mesmo especial.

– Daí o nome – resmungou Iris.

– Custa muito caro e não a concedem a qualquer um.

– Suas irmãs se casaram adequadamente na igreja, e com vocês acontecerá assim também – sentenciou a mãe.

Isso pôs fim à conversa durante pelo menos cinco segundos, que era todo o tempo que Daisy conseguia ficar sentada em silêncio.

– O que você está lendo? – perguntou ela, esticando o pescoço para Iris.

– *Orgulho e preconceito*.

Ela nem ergueu a vista, mas resolveu marcar a página com o dedo só para garantir.

– Mas você já não leu esse livro?

– É um bom livro.

– Como um livro pode ser tão bom para dar vontade de lê-lo duas vezes?

Iris deu de ombros, um gesto que uma pessoa menos obtusa teria interpretado como um sinal de que ela não desejava continuar a conversa.

Mas não Daisy.

– Eu também já o li.

– É mesmo?

– Sinceramente, não achei tão bom.

Iris enfim levantou os olhos.

– Perdão?

– É muito pouco realista – opinou Daisy. – Devo acreditar que a Srta. Elizabeth rechaçaria a proposta matrimonial do Sr. Darcy?

– Quem é a Srta. Elizabeth? – quis saber a mãe, a atenção finalmente arrancada de seu bordado. Ela olhou de uma filha para a outra. – E quem é esse tal de Sr. Darcy?

– Era evidente que ela nunca teria uma oferta melhor que a do Sr. Darcy – insistiu Daisy.

– Foi isso que o Sr. Collins disse quando propôs casamento a ela – replicou Iris. – E então o Sr. Darcy propôs também.

– *Quem é o Sr. Collins?*

– São personagens fictícios, mamãe – explicou Iris.

– Muito tolos e idiotas, se quer saber minha opinião – retrucou Daisy, com altivez. – O Sr. Darcy é muito rico. E a Srta. Elizabeth não tem dote. Que coragem a dele de propor a ela...

– Ele a amava!

– É óbvio que sim – concordou Daisy, zangada. – Por que motivo ele iria pedi-la em casamento? E ela o rejeitou!

– Elizabeth tinha suas razões.

Daisy revirou os olhos.

– Ela teve sorte de ele ter insistido. Isso é tudo o que tenho a dizer sobre o assunto.

– Acredito que eu deveria ler esse livro – disse a Sra. Smythe-Smith.

– Pode pegar – falou Iris, sentindo-se repentinamente desanimada. Ela estendeu o volume para a mãe. – Leia este.

– Mas você está na metade.

– Já o li antes.

A Sra. Smythe-Smith pegou o livro, folheou até a primeira página e leu a primeira frase, que Iris sabia de cor:

É uma verdade universalmente aceita que um homem solteiro, possuidor de boa fortuna, necessita de uma esposa.

– Bom, isso é verdade mesmo – comentou a mãe para si mesma.

Iris suspirou, perguntando-se como iria se manter ocupada agora. Imaginou que poderia buscar outro livro, mas estava muito bem acomodada no sofá para pensar em se levantar. Ela suspirou.

– O quê? – quis saber Daisy.

– Nada.

– Você suspirou.

Iris lutou contra o impulso de gemer.

– Nem todos os suspiros têm a ver com você.

Daisy fungou e se virou.

Iris fechou os olhos. Talvez pudesse tirar uma soneca. Não havia dormido bem, algo normal na noite que se seguia ao recital. Sempre dizia a si mesma que conseguiria descansar, pois teria um ano inteiro pela frente antes de se aterrorizar com outra apresentação.

Porém, o sono não era seu amigo, não quando o cérebro repetia cada momento passado, cada nota mal tocada. Os olhares de zombaria, piedade, choque e surpresa... Ela quase podia perdoar a prima Sarah por fingir uma enfermidade no ano anterior só para não se apresentar. Dava para entender. Por Deus, ninguém compreenderia a situação melhor do que ela.

E, então, sir Richard Kenworthy havia pedido para falar com ela. O que fora aquilo? Iris não era tola para pensar que ele estava interessado. Ela não era nenhum diamante de alto quilate. É verdade que esperava se casar algum dia, mas, quando isso ocorresse, não seria porque um cavalheiro a vira e se apaixonara.

Ela não tinha encantos. Segundo Daisy, nem tinha cílios.

Não, quando Iris se casasse, seria por uma proposta sensata. Um cavalheiro comum iria considerá-la uma moça agradável e decidiria ser vantajoso ter a neta de um conde na família, mesmo com um dote modesto.

E ela tinha cílios, sim, pensou, zangada. Só que eram muito claros.

Precisava saber mais sobre sir Richard. Porém, mais importante ainda, precisava encontrar uma maneira de fazer isso sem chamar atenção. Não seria bom que a vissem correndo atrás dele. Especialmente quando...

– Chegaram algumas visitas, madame – anunciou o mordomo.

Iris se sentou. *Hora de adotar uma boa postura*, pensou ela, com falsa alegria. Ombros retos, costas eretas...

– O Sr. Winston Bevelstoke.

Daisy se endireitou e se pavoneou, mas não antes de lançar à irmã um olhar que declarava "eu não disse?".

– E sir Richard Kenworthy.

CAPÍTULO 3

– Sabe – disse Winston, enquanto se detinham no pé da escada da casa dos Smythe-Smiths –, não é bom alimentar as esperanças da jovem.

– E eu pensando que visitar uma jovem era um costume bem-visto… – falou Richard.

– E é, mas essas são as Smythe-Smiths.

Richard tinha começado a subir as escadas, mas parou.

– Há algo excepcional a respeito dessa família? – perguntou ele, num tom suave. – Além de seus talentos musicais únicos?

Ele precisava se casar logo, mas também precisava que as intrigas e – que Deus não permitisse – os escândalos repercutissem o mínimo possível. Se os Smythe-Smiths tinham segredos obscuros, Richard deveria saber.

– Não – respondeu Winston, balançando a cabeça, distraído. – Não. É só… Bem, suponho que se poderia dizer…

Richard aguardou. Winston acabaria revelando.

– Esse ramo particular da família Smythe-Smith é um tanto…

Winston suspirou, incapaz de terminar a frase. Era mesmo um sujeito agradável, pensou Richard com um sorriso. Ele podia até tapar os ouvidos com algodão e tomar vinho durante um recital, mas não se atrevia a falar mal de uma dama, mesmo que o único insulto fosse chamá-la de impopular.

– Se você cortejar uma das jovens Smythe-Smiths – continuou Winston por fim –, as pessoas vão ficar curiosas.

– Porque sou um bom partido? – indagou Richard, com a voz seca.

– E não é?

– Não – respondeu Richard. Só mesmo Winston para ficar alheio a isso. – Não sou, não.

– Ora, as coisas não podem estar tão ruins.

– Mal consegui salvar as terras de Maycliffe da negligência e má gestão de meu pai, uma ala inteira da casa está inabitável e sou o tutor de minhas duas irmãs. – Richard deu um sorriso gentil. – Não, eu não diria que sou um grande partido.

– Richard, você sabe que eu… – Winston franziu a testa. – Por que Maycliffe está inabitável?

Richard balançou a cabeça e subiu os degraus.

– Não, sério, estou curioso. Eu…

Mas Richard já tinha batido à porta com a aldrava.

– Inundação – explicou ele. – Insetos. Talvez um fantasma.

– Se é tão grave – disse Winston rapidamente, fitando a porta –, você vai precisar de um dote maior do que o que encontrará aqui.

– Talvez – murmurou Richard.

Mas ele tinha outras razões para procurar Iris Smythe-Smith. Ela era inteligente – não precisara passar muito tempo em sua companhia para se assegurar disso. E valorizava a família. Só podia. Caso contrário, por que teria participado daquele terrível recital?

Será que ela poderia valorizar a família *dele* tanto quanto a própria? Seria necessário se o casamento se confirmasse.

A porta foi aberta de repente por um mordomo corpulento, que tomou os cartões de Winston e Richard com uma rígida reverência. Pouco depois, eles foram conduzidos até uma sala pequena, mas elegante, decorada em tons de creme, dourado e verde. Richard percebeu imediatamente que Iris estava no sofá, olhando-o em silêncio através dos longos cílios. Em outra mulher, a expressão poderia ter parecido coquete; em Iris, era mais vigilante. Avaliadora.

Ela o estava examinando. Richard não tinha certeza de como se sentia a respeito disso. Ele *precisava* se mostrar deleitado.

– O Sr. Winston Bevelstoke e sir Richard Kenworthy – anunciou o mordomo.

As damas se levantaram para saudá-los e eles dedicaram sua atenção, em primeiro lugar, à Sra. Smythe-Smith, como era apropriado.

– Sr. Bevelstoke – disse ela, sorrindo para Winston. – Já se passou muito tempo. Como está sua querida irmã?

– Muito bem. Ainda está no período de resguardo, quase no fim, caso contrário teria ido ao recital ontem à noite. – Ele gesticulou na direção de Richard. – Acredito que não conheça meu bom amigo, sir Richard Kenworthy. Estudamos juntos em Oxford.

Ela sorriu educadamente.

– Sir Richard.

Ele inclinou a cabeça numa reverência.

– Sra. Smythe-Smith.

– Minhas duas filhas mais jovens – apresentou ela, apontando para as duas moças atrás de si.

– Tive a honra de conhecer a Srta. Smythe-Smith ontem à noite – disse Richard, cumprimentando Iris com uma leve mesura.

– Sim, é claro que sim.

A Sra. Smythe-Smith abriu um sorriso que não chegou a se irradiar para os olhos. Uma vez mais, Richard teve a clara impressão de que estava sendo analisado. Com que critérios, entretanto, não tinha como saber. Era algo bastante incômodo. Não pela primeira vez, pegou-se pensando que Napoleão poderia ter sido derrotado antes de Waterloo se tivessem enviado as mães londrinas para cuidar das estratégias.

– Minha filha mais nova – disse a Sra. Smythe-Smith, inclinando a cabeça para Daisy –, a Srta. Daisy Smythe-Smith.

– Srta. Daisy – falou Richard, inclinando-se sobre a mão da moça.

Winston fez o mesmo.

Feitas as apresentações, os dois cavalheiros se sentaram.

– O senhor gostou do recital? – perguntou a Srta. Daisy.

Ela parecia dirigir sua pergunta a Winston, e Richard ficou imensamente agradecido.

– Muito – respondeu Winston, depois de pigarrear seis vezes. – Não me recordo da última vez que, ahn...

– Imagino que o senhor nunca tenha ouvido Mozart ser tocado com tanto fervor – interveio Iris em seu socorro.

Richard sorriu. Havia uma astúcia bastante atraente nela.

– É verdade – concordou Winston rapidamente, com evidente alívio. – Foi uma experiência singular.

– E quanto ao senhor, sir Richard? – perguntou Iris.

Ele a olhou nos olhos – como finalmente pôde perceber, eram de um tom de azul bem claro – e, para sua surpresa, viu ali um brilho de impertinência. Estaria tentando provocá-lo?

– Fiquei muito satisfeito por ter comparecido.

– Isso não é resposta – replicou ela, a voz baixa para não ser ouvida com clareza pela mãe.

Ele arqueou a sobrancelha.

– É a única a que vai obter.

Iris abriu a boca como se fosse ofegar, mas ao final disse apenas:

– Muito bem, sir Richard.

A conversa descambou para temas previsíveis – o clima, o rei, o clima outra vez –, até que Richard se aproveitou da banalidade geral para sugerir um passeio pelo Hyde Park, que ficava bem perto dali.

– Porque o clima está agradável – concluiu.

– Sim, exatamente como eu disse! – exclamou Daisy. – O sol está brilhando de forma extraordinária. Está quente lá fora, Sr. Bevelstoke? Ainda não saí de casa.

– Um calor tolerável – respondeu Winston, antes de lançar a Richard um olhar rápido, porém letal.

Estavam empatados agora, ou talvez Richard ainda estivesse em dívida com ele. O recital das Smythe-Smiths não poderia ser tão desagradável quanto passar uma hora de braço dado com a Srta. Daisy. E ambos sabiam que Winston não seria o acompanhante de Iris.

– Fiquei surpresa por voltar a vê-lo tão pouco tempo depois do concerto – comentou Iris quando já tinham saído, dirigindo-se ao parque.

– E eu estou surpreso por ouvi-la dizer isso. Não dei a impressão de estar desinteressado.

Os olhos dela se arregalaram. Normalmente ele não seria tão ousado, mas não havia tempo para uma corte sutil.

– Não tenho certeza do que possa ter feito para ganhar sua consideração – falou Iris com cautela.

– Nada. Mas consideração nem sempre é obtida por meio de atitudes.

– Não? – Ela pareceu assustada.

– Não de imediato. – Ele sorriu, satisfeito porque a aba do chapéu que ela usava era estreita o suficiente para que ele visse seu rosto. – Não é esse o propósito da corte? Não é para determinar se vale a pena a consideração inicial?

– Acredito que o que o senhor chama de consideração eu chamo de atração.

Ele riu.

– A senhorita tem razão, é claro. Por favor, aceite minhas desculpas e meu esclarecimento.

– Então estamos de acordo. Não tenho a sua consideração.

– Mas me atraiu – murmurou ele, com audácia.

Richard percebeu que, quando Iris Smythe-Smith enrubescia, cada centímetro da pele ficava corado.

– O senhor sabe que não foi isso que eu quis dizer – murmurou ela.

– A senhorita tem minha consideração – garantiu ele com firmeza. – Se não a tivesse conquistado ontem à noite, isso aconteceria esta manhã.

O olhar de Iris exibiu uma expressão de surpresa e ela balançou um pouco a cabeça antes de voltar a fitar o caminho à frente.

– Não sou um homem que valoriza mulheres tolas – comentou Richard, quase como se comentasse sobre algo exposto em uma vitrine.

– O senhor não me conhece bem o suficiente para medir minha inteligência.

– Conheço-a bem o suficiente para saber que não é tola. Se sabe falar alemão ou fazer cálculos de cabeça, isso eu vou descobrir em breve.

Ela pareceu se conter para não sorrir, então disse:

– Sim para um, não para outro.

– Alemão?

– Não, cálculos.

– Mas que lástima. – Ele a encarou com um ar de cumplicidade. – O alemão seria muito prático para conversar com a família real.

Iris tornou a rir.

– Acho que agora todos falam inglês.

– Sim, mas continuam a se casar com alemães, certo?

– Sendo mais objetiva: não espero ter nenhuma audiência com o rei em breve.

Richard deu uma risadinha, desfrutando do raciocínio rápido da moça.

– Mas sempre nos resta a pequena princesa Vitória.

– Que provavelmente *não* fala inglês – admitiu Iris. – A mãe dela sem dúvida não fala.

– A senhorita a conhece? – perguntou Richard, seco.

– É evidente que não.

Iris o fitou e ele teve a sensação de que, caso se conhecessem melhor, ela teria lhe dado uma amistosa cotovelada nas costelas.

– Muito bem, estou convencida. Preciso encontrar bem depressa um professor de alemão.

– A senhorita tem facilidade com idiomas?

– Não, mas todas nós fomos obrigadas a estudar francês até mamãe decidir que era antipatriótico.

– Ela ainda pensa assim?

Meu Deus, a guerra terminara havia quase uma década.

Iris lhe lançou um olhar atrevido.

– Ela é muito rancorosa.

– Lembre-me de nunca deixá-la zangada.

– Eu não recomendaria – murmurou ela distraidamente. Sua cabeça se inclinou um pouco para o lado e ela fez uma careta. – Temo que esteja na hora de resgatar o Sr. Bevelstoke.

Richard olhou para Winston, que caminhava uns 5 metros à frente. Daisy agarrava seu braço e falava com tanta animação que seus cachos louros ricocheteavam.

Winston mantinha uma fisionomia relaxada, mas parecia vagamente enjoado.

– Eu amo Daisy – disse Iris com um suspiro –, só que demora um tempo até se chegar a esse ponto. Ah, Sr. Bevelstoke!

Ela soltou o braço de Richard e correu para Winston e a irmã. Richard apertou o passo e a seguiu.

– Queria saber qual é sua opinião sobre o Tratado de São Petersburgo – comentou Iris.

Winston a olhou como se ela estivesse falando outro idioma. Alemão, talvez.

– Saiu no jornal de ontem – prosseguiu Iris. – Com certeza o senhor leu.

– É claro que sim – afirmou Winston, demonstrando claramente que mentia.

Iris abriu um largo sorriso, ignorando a expressão zangada da irmã.

– Parece que todos ficaram satisfeitos. O senhor não concorda?

– Ahn... sim – respondeu Winston, mostrando-se mais entusiasmado. – Sim, é claro. – Ele captou a intenção de Iris, mesmo sem ter ideia do que ela estava dizendo. – Concordo.

– Do que estão falando? – perguntou Daisy.

– Do Tratado de São Petersburgo – explicou Iris.

– Sim, isso você já mencionou. Mas o que é isso?

Iris ficou paralisada.

– Ora, bem, é, ahn...

Richard sufocou uma risada. Iris não sabia do que se tratava. Levantara o assunto para salvar Winston da irmã, mas não sabia a resposta para a própria pergunta.

Era impossível não admirar seu descaramento.

– É um acordo entre a Grã-Bretanha e a Rússia – completou Iris.

– De fato – disse Winston, para ajudar. – É um tratado. Creio que foi assinado em São Petersburgo.

– É um grande alívio. Não lhe parece?

– Ah, sim. Todos nós poderemos dormir mais tranquilos agora.

– Nunca confiei nos russos – interveio Daisy, com uma fungada.

– Bem, eu não iria tão longe – retrucou Iris.

Ela olhou para Richard, mas ele só deu de ombros, divertindo-se muito para interceder.

– Minha irmã quase se casou com um príncipe russo – revelou Winston de repente.

– É mesmo? – perguntou Daisy, mostrando-se subitamente radiante.

– Bom, não, não foi bem assim. Mas ele queria se casar com ela.

– Ah, que divino! – exclamou Daisy, eufórica.

– Você acabou de dizer que não confia nos russos – lembrou Iris.

– Eu não me referia à realeza – replicou Daisy com desdém. – Conte-me – pediu, dirigindo-se a Winston –, ele era incrivelmente bonito?

– Acho que não sou a pessoa mais indicada para julgar – afirmou Winston, e acrescentou: – Mas ele era muito louro.

– Ah, um *príncipe*. – Daisy suspirou, pousando uma das mãos no coração. Então, seus olhos se estreitaram. – Mas por que raios ela não se casou com ele?

Winston deu de ombros.

– Acho que não quis. Acabou se casando com um baronete. Estavam apaixonados de uma forma nauseante. Contudo, não se pode negar que Harry é um bom sujeito.

Daisy ofegou tão alto que Richard teve certeza de que a ouviram em Kensington.

– Ela escolheu um baronete em vez de um príncipe?

– Algumas mulheres não se deslumbram com títulos – comentou Iris. Ela se virou para Richard e disse em voz baixa: – Acredite se quiser, é a segunda vez que temos essa conversa hoje.

– Verdade? – As sobrancelhas dele se levantaram. – De quem estavam falando antes?

– De personagens de um livro que eu estava lendo.

– Qual?

– *Orgulho e preconceito* – disse ela, abanando a mão. – Tenho certeza de que o senhor não o leu.

– Na verdade, li, sim. É um dos livros favoritos de minha irmã e pensei que seria prudente me familiarizar com suas opções de leitura.

– O senhor sempre tem uma visão tão paternal a respeito de suas irmãs? – perguntou ela, com malícia.

– Sou o tutor delas.

Os lábios de Iris se entreabriram e ela hesitou um pouco antes de falar:

– Desculpe-me. Foi rude de minha parte. Eu não sabia.

Ele aceitou suas desculpas com um gracioso meneio de cabeça.

– Fleur tem 18 anos e é meio romântica. Se pudesse, ficaria lendo melodramas o dia inteiro.

– *Orgulho e preconceito* não é um melodrama – protestou Iris.

– Não – concordou Richard, rindo –, mas não tenho nenhuma dúvida de que Fleur conseguiu convertê-lo em um na sua cabeça.

Ela sorriu.

– Há quanto tempo o senhor tem a tutela dela?

– Há sete anos.

– Ah! – Iris levou a mão à boca e parou de caminhar. – Sinto muito. É uma carga inimaginável para um homem tão jovem.

– Lamento dizer que considerei a situação como uma carga naquele momento. Tenho duas irmãs mais novas e, depois que meu pai morreu, eu as enviei para morar com uma tia.

– Teria sido difícil agir de outra maneira. O senhor ainda devia estar estudando.

– Estava na universidade. Não sou tão duro comigo mesmo a ponto de acreditar que deveria ter cuidado delas pessoalmente naquele período, mas deveria ter sido um tutor mais participativo.

Ela pousou a mão no braço dele em um gesto de consolo.

– Tenho certeza de que fez o melhor possível.

Richard sabia que não, mas apenas agradeceu:

– Obrigado.

– Que idade tem sua outra irmã?

– Marie-Claire tem quase 15 anos.

– Fleur e Marie-Claire – murmurou Iris. – Bem francês.

– Minha mãe era uma mulher extravagante. – Ele sorriu, depois encolheu de leve os ombros. – E também era meio francesa.

– Suas irmãs estão em casa agora?

– Sim. Em Yorkshire.

Ela assentiu, pensativa.

– Eu nunca estive tão ao norte.

– Não? – indagou ele, surpreso.

– Passo o ano inteiro em Londres. Meu pai é o quarto de cinco filhos. Não herdou terras.

Richard se perguntou se a afirmação fora um tipo de advertência. Se ele fosse um caça-fortunas, seria melhor procurar em outro lugar.

– Visito meus primos, é óbvio – prosseguiu Iris –, mas todos vivem no sul da Inglaterra. Acredito que nunca tenha viajado para além de Norfolk.

– A paisagem do norte é muito diferente. Pode ser bastante erma e sombria.

– O senhor não está se mostrando um embaixador entusiasta do próprio condado – repreendeu ela.

Ele deu uma risadinha.

– Nem tudo é ermo e sombrio. E algumas partes são belas à sua maneira.

Iris sorriu.

– De qualquer forma – continuou ele –, Maycliffe fica em um vale bastante aprazível. É tudo muito tranquilo se comparado ao resto do condado.

– E isso é bom? – perguntou ela, arqueando a sobrancelha.

Richard riu.

– Na verdade, não fica muito longe de Darlington e da ferrovia que estão construindo lá.

Os olhos azuis de Iris brilharam em assombro.

– É mesmo? Adoraria ver isso. Li que, quando tudo estiver pronto, será possível viajar a 25 quilômetros por hora, mas não consigo acreditar. Deve ser terrivelmente perigoso.

Ele assentiu com ar ausente, olhando para Daisy, que seguia interrogando o pobre Winston sobre o príncipe russo.

– Suponho que sua irmã pense que a Srta. Elizabeth não deveria ter rechaçado a primeira proposta de Darcy.

Iris ficou olhando fixamente para Richard antes de piscar e confirmar:

– Ah, sim, o livro. O senhor tem razão: Daisy achou que Lizzy foi muito tola.

– E a senhorita? – indagou ele, percebendo que queria de verdade saber a opinião dela.

Iris fez uma pausa, escolhendo as palavras. Richard não se importava com o silêncio: dava-lhe a oportunidade de observá-la enquanto pensava. Era mais bonita do que tinha suposto. Havia uma agradável simetria em seus traços e os lábios eram muito mais rosados do que imaginara, levando-se em consideração a palidez do resto do corpo.

– Tendo em vista o que ela sabia no momento – declarou Iris por fim –, não vejo como poderia ter aceitado a proposta. O senhor se casaria com alguém que não pudesse respeitar?

– É claro que não.

Ela assentiu distraidamente e franziu a testa enquanto olhava para Winston e Daisy outra vez. De alguma maneira, eles haviam se colocado bem mais à frente. Richard não podia ouvir o que conversavam, mas o amigo tinha o aspecto de um homem em apuros.

– Vamos ter que salvá-lo de novo – afirmou Iris com um suspiro. – Mas agora é a vez do senhor. Já esgotei meus conhecimentos sobre política russa.

Richard se inclinou na direção dela, ficando próximo o suficiente para murmurar em seu ouvido:

– O Tratado de São Petersburgo define o limite entre a América Russa e os Territórios do Noroeste.

Ela mordeu o lábio, tentando não sorrir.

– Iris! – chamou Daisy.

– Parece que não teremos que criar uma interrupção – comentou Richard quando alcançaram o outro casal.

– Convidei o Sr. Bevelstoke para o sarau de poesia na próxima semana, na casa dos Pleinsworths – anunciou Daisy. – Insista para que ele vá.

Iris olhou para a irmã com uma expressão de horror antes de se voltar para Winston.

– Eu… insisto que vá?

Daisy bufou com petulância diante da falta de disposição da irmã e se virou para Winston.

– O senhor precisa ir, Sr. Bevelstoke. Simplesmente precisa. Sem dúvida será edificante. Poesia sempre é.

– Não – rebateu Iris, com a testa franzida –, na realidade não é.

– É claro que estaremos lá – assegurou Richard, e os olhos de Winston se estreitaram perigosamente. – Não perderíamos por nada neste mundo – acrescentou ele.

– Os Pleinsworths são nossos primos – disse Iris com um olhar mordaz. – O senhor deve se lembrar de Harriet. Ela estava tocando violino...

– O *segundo* violino – interveio Daisy.

–... no recital de ontem à noite.

Richard engoliu em seco. Ela só podia estar se referindo àquela que não sabia ler partitura. Entretanto, não havia nenhuma razão para pensar que isso fosse um mau presságio para um sarau de poesia.

– Harriet é entediante – afirmou Daisy –, porém suas irmãs mais jovens são adoráveis.

– Eu gosto de Harriet – retrucou Iris com firmeza. – Gosto muito dela.

– Então estou certo de que será uma noite agradável – concluiu Richard.

Daisy abriu um sorriso radiante e deu o braço a Winston mais uma vez, liderando o caminho de volta ao Cumberland Gate, através do qual tinham entrado. Richard seguiu com Iris, só que em um ritmo mais lento para que pudessem conversar de maneira particular.

– Se eu fosse visitá-la amanhã – perguntou em voz baixa –, a senhorita estaria em casa?

Ela não o encarou, o que era uma pena, já que ele teria gostado de ver seu rubor de novo.

– Estaria – sussurrou ela.

Esse foi o momento em que ele se decidiu: iria se casar com Iris Smythe-Smith.

CAPÍTULO 4

Mais tarde na mesma noite
Em um salão de baile de Londres

– Eles ainda não chegaram – disse Daisy.

Iris fingiu sorrir.

– Eu sei.

– Estava vigiando a porta.

– Eu sei.

Daisy brincava com a renda do vestido verde.

– Espero que o Sr. Bevelstoke goste do meu vestido.

– Não vejo como poderia não considerá-lo encantador – comentou Iris, sincera.

Daisy a deixava louca na maior parte do tempo e Iris nem sempre tinha palavras amáveis para a irmã, mas estava disposta a fazer elogios quando eram merecidos.

Daisy era adorável, sempre fora, com seus cachos dourados e brilhantes e a boca como um botão de rosa. As duas não tinham uma cor de pele tão distinta, mas o que brilhava como ouro em Daisy tomava um efeito esbranquiçado e desbotado em Iris.

A babá das meninas dissera uma vez que Iris poderia desaparecer em um balde cheio de leite, e essa afirmação não estava muito longe de ser verdadeira.

– Você não deveria ter usado essa cor – comentou Daisy.

– Justo quando eu estava tendo pensamentos benevolentes… – murmurou Iris.

Ela gostava do azul glacial da seda de seu vestido. Achava que a cor lhe ressaltava os olhos.

– Você devia usar cores mais escuras. Para contrastar.

– Contrastar?

– Bem, você precisa de *alguma* cor.

Iris acabaria matando a irmã qualquer dia. De verdade.

– Da próxima vez que formos às compras – prosseguiu Daisy –, deixe-me escolher os seus vestidos.

Iris a encarou durante um momento, então começou a se afastar.

– Vou pegar um pouco de limonada.

– Traga para mim também.

– Não.

Iris achou que Daisy não a ouvira, mas isso não era importante. A irmã logo perceberia não ter recebido nenhum refresco.

Assim como Daisy, Iris também ficara de olho na porta a noite inteira. A diferença era que ela procurara não chamar atenção. Quando sir Richard a levara de volta para casa, ela havia mencionado que estaria no baile dos Mottrams naquela noite. Era um evento anual e sempre muito prestigiado. Iris sabia que, se sir Richard não tivesse convite, seria capaz de conseguir um sem problemas. Ele não tinha falado que estaria presente, porém lhe agradecera pela informação. Isso só podia significar uma coisa, certo?

Iris andava pelos cantos do salão de baile, fazendo o que melhor sabia fazer em eventos como aquele: observar os outros. Ela gostava de se posicionar nos limites da pista de dança. Era uma observadora ávida de seus amigos. E dos conhecidos. E dos que não conhecia, e das pessoas de quem não gostava. Era divertido e, para dizer a verdade, na maior parte do tempo ela se animava mais assim do que se estivesse dançando. O problema era que naquela noite...

Naquela noite ela realmente desejava dançar.

Onde ele estaria? Era verdade que Iris chegara na hora exata, um costume já considerado antiquado. A mãe era obcecada por pontualidade, não importava quantas vezes Iris explicasse que o horário do convite não passava de uma referência.

Mas o salão de baile estava agora muito concorrido e qualquer um que se preocupava com o fato de chegar cedo demais não teria nenhum motivo para constrangimentos. Em uma hora, o local ficaria...

– Srta. Smythe-Smith.

Ela se virou. Sir Richard se encontrava diante dela, incrivelmente bonito em seu traje de noite.

– Não o vi entrar – disse ela, mas logo em seguida deu início à autoflagelação mental: *Estúpida, estúpida.*

Agora ele saberia que ela estava...

– Estava me procurando? – indagou ele, os lábios se curvando em um sorriso de cumplicidade.

– É claro que não – balbuciou ela, pois nunca fora boa mentirosa.

Ele se inclinou sobre a mão dela e a beijou.

– Ficaria lisonjeado se estivesse.

– Eu não estava exatamente *procurando* o senhor – replicou ela, tentando não deixar o constrangimento transparecer. – Mas olhei ao redor de vez em quando. Para ver se estava aqui.

– Então fico lisonjeado pelo seu "olhar ao redor".

Iris se esforçou para sorrir. Mas não era boa na arte de ser cortejada. Quando estava em um salão com pessoas que conhecia bem, podia conduzir uma conversa com estilo e sagacidade até o final. Seu sarcasmo impassível já era lenda na família. Mas, diante de um belo cavalheiro, sua língua se enrolava. Ela havia se saído tão bem naquela tarde apenas porque não estava segura de que havia despertado o interesse dele.

Era fácil ser natural quando as expectativas eram baixas.

– Posso me atrever a esperar que tenha reservado uma dança para mim?

– Tenho muitas danças não reivindicadas, senhor.

Como sempre.

– Não é possível.

Iris engoliu em seco. Ele a encarava com uma intensidade desconcertante. Seus olhos eram escuros, quase negros, e pela primeira vez na vida ela entendeu o que significava poder se afogar nos olhos de outra pessoa.

Ela conseguiria se afogar nos olhos *dele*. Com prazer.

– Acho difícil acreditar que os cavalheiros de Londres sejam tão tolos a ponto de deixá-la fora da pista de dança.

– Eu não me importo – garantiu ela, então acrescentou, ao perceber que ele não acreditara: – De verdade. Gosto muito de observar as pessoas.

– Gosta? – murmurou sir Richard. – E o que a senhorita vê?

Iris observou o salão. A pista de dança era um redemoinho de cores enquanto as damas giravam ao sabor da música.

– Ali – disse ela, referindo-se a uma jovem a uns 5 metros de distância. – Ela está sendo repreendida pela mãe.

Sir Richard se inclinou ligeiramente para um lado, para enxergar melhor.

– Não vejo nada fora do comum.

– Pode-se argumentar que ser repreendida pela mãe não é nada fora do comum, mas olhe com mais cuidado. – Iris apontou tão discretamente quanto pôde. – Ela vai ter problemas piores mais tarde. Não está ouvindo.

– A senhorita pode afirmar isso a esta distância?

– Tenho alguma experiência em matéria de repreensões.

Ele riu alto.

– Suponho que devo ser cavalheiro e não perguntar o que a senhorita fez para merecer uma reprimenda.

– Deve mesmo – respondeu ela, com um largo sorriso.

Talvez estivesse finalmente aprendendo a ser cortejada. Na verdade, estava achando a atividade muito agradável.

– Muito bem – falou ele com um meneio gracioso de cabeça –, a senhorita é observadora mesmo. Vou incluir essa qualidade entre as suas muitas. Mas não acredito que não goste de dançar.

– Mas eu não disse que não gosto de dançar. Disse apenas que não gosto de estar em todas as danças.

– E esteve em todas as danças esta noite?

Ela sorriu, sentindo-se valente e poderosa, muito diferente do normal.

– Eu não estou *nesta* dança.

As sobrancelhas escuras de sir Richard se ergueram diante daquela impertinência e, de imediato, ele fez uma elegante reverência.

– Srta. Smythe-Smith, me daria a grande honra de dançar comigo?

Iris sorriu amplamente, incapaz de fingir uma sofisticada indiferença. Pousou a mão na dele e o seguiu até a pista, onde os casais se alinhavam para um minueto.

Os passos eram intrincados, mas, pela primeira vez, Iris sentia que estava seguindo a dança sem ter que pensar no que fazer. Os pés sabiam aonde ir, os braços se levantavam nos momentos exatos e os olhos dele – ah, os olhos dele… – nunca deixavam os dela, nem mesmo quando a dança os levava a trocar de par.

Iris nunca havia se sentido tão estimada. Nunca havia se sentido tão…

Desejada.

Um calafrio percorreu seu corpo e ela cambaleou. Era essa a sensação de ser desejada por um cavalheiro? E de desejá-lo também? Já vira as primas se apaixonarem e balançara a cabeça, consternada, ao perceber como o amor as fazia agir de maneira ridícula. Elas descreviam uma ansiedade que lhes tirava o fôlego, beijos ardentes, até que, depois do casamento, tudo se reduzia a um sussurro entre o casal. Havia segredos - pareciam ser muito prazerosos - que não eram discutidos na frente das moças solteiras.

Iris não entendia. Quando as primas falavam sobre aquele perfeito momento de desejo que precedia um beijo, soava horrível. Beijar alguém na boca... Por que diabo iria querer fazer isso? Parecia uma atitude pouco higiênica.

Mas agora, enquanto dava voltas pelo salão segurando a mão de sir Richard e permitindo que ele a girasse, não podia deixar de olhar para seus lábios. Algo despertou dentro dela um estranho desejo, uma avidez no âmago que lhe roubava o fôlego.

Santo Deus, aquilo era desejo. Ela o desejava. Ela, que nunca tivera a mínima vontade de segurar a mão de um homem, queria *conhecê-lo*.

Iris ficou paralisada.

– Srta. Smythe-Smith? – Sir Richard se aproximou imediatamente. – Algo errado?

Ela piscou e, enfim, se lembrou de respirar.

– Nada – sussurrou. – Sinto-me um pouco tonta, só isso.

Ele a levou para longe dos outros casais.

– Permita-me trazer algo para beber.

Iris agradeceu e esperou em uma das cadeiras das acompanhantes até que ele retornasse com um copo de limonada.

– Não está gelada, mas a outra opção era champanhe, e não acredito que seja prudente, já que está tonta.

– Não. Não, é claro que não. – Ela tomou um gole, consciente de que ele a examinava com atenção. – Fazia muito calor ali – disse, sentindo necessidade de se explicar, embora com uma mentira. – Não achou?

– Um pouco, sim.

Ela tomou outro gole, contente por ter nas mãos algo no qual focar a atenção.

– O senhor não tem por que permanecer aqui e cuidar de mim.

– Eu sei.

Iris tentava não encará-lo, mas a agradável simplicidade das palavras dele lhe chamou a atenção.

Sir Richard deu um meio sorriso maroto.

– É muito agradável ficar aqui, na beira da pista de dança – ressaltou ele. – Muita gente para se observar.

Ela se voltou rapidamente para a limonada. Aquele era um elogio ardiloso, mas, por certo, um elogio. Ninguém além deles teria entendido, o que o tornava ainda mais fascinante.

– Acho que não vou ficar sentada aqui por muito mais tempo.

Os olhos dele pareceram cintilar.

– Uma afirmação como essa exige um esclarecimento.

– Agora que dançou comigo, outros sentirão a necessidade de seguir o exemplo.

Ele soltou uma risadinha.

– Srta. Smythe-Smith, então acha que nós, homens, somos tão pouco originais?

Ela deu de ombros, mantendo o olhar fixo à frente.

– Como eu disse, sir Richard, gosto muito de observar. Não posso afirmar *por que* os homens fazem isso, mas sem dúvida posso afirmar *o que* fazem.

– Seguem uns aos outros como carneirinhos?

Ela reprimiu um sorriso.

– Suponho que há algo de verdade nisso – reconheceu ele. – Preciso me felicitar por ter notado a senhorita por mim mesmo, sem imitar ninguém.

Iris o encarou.

– Sou um homem de gosto apurado.

Ela se conteve para não bufar. Agora ele começava a exagerar nos elogios. Mas isso lhe agradava. Era mais fácil permanecer indiferente quando soavam muito forçados.

– Não tenho nenhuma razão para duvidar de suas observações – continuou sir Richard, recostando-se na cadeira, enquanto contemplava as pessoas. – Mas, sendo homem e, portanto, um de seus inocentes objetos de estudo...

– Ora, *por favor*.

– Não, não, vamos ser francos. – Ele inclinou a cabeça para perto dela. – Tudo em nome da ciência, Srta. Smythe-Smith.

Ela revirou os olhos.

– Como eu estava dizendo – prosseguiu sir Richard, em um tom de voz que a desafiava a interrompê-lo –, acredito que posso lançar um pouco de luz sobre suas observações.

– Eu tenho uma hipótese.

– Ora, a senhorita falou que não sabia o motivo.

– Não de maneira conclusiva, mas minha curiosidade seria terrivelmente monótona se eu nunca tivesse refletido sobre a questão.

– Muito bem. Diga-me: por que os homens agem como carneirinhos?

– Bem, agora o senhor me colocou em apuros. Como posso responder sem ofendê-lo?

– Não pode, na verdade, exceto se eu garantir que meus sentimentos não serão feridos.

Iris suspirou, sem acreditar que estava tendo uma conversa tão estranha.

– O senhor não é tolo.

Ele piscou, surpreso.

– Como prometi, meus sentimentos não foram feridos.

– Portanto – continuou ela, sorrindo, pois quem não sorriria naquela situação? –, quando o senhor faz algo, os outros homens não pensam imediatamente que é um tolo. Imagino que alguns jovens cavalheiros por aqui o admiram.

– Quanta amabilidade de sua parte.

– Como eu ia dizendo – prosseguiu ela, ignorando a interrupção –, quando o senhor convida uma jovem para dançar… mais especificamente uma dama que quase não dança… outros homens ficam curiosos. Eles se perguntam se o senhor enxergou nela algo que eles mesmos não perceberam. Ainda que olhem mais de perto e não encontrem nada de interessante, não vão querer passar por ignorantes. Assim, também a convidam para dançar.

Ele não respondeu nada de imediato, por isso ela acrescentou:

– Suponho que me considere cínica.

– Ah, sem dúvida. Mas isso não é necessariamente algo ruim.

Iris se voltou para ele, surpresa.

– Perdão?

– Acredito que devemos conduzir um experimento científico.

– Um experimento – repetiu ela.

Que diabo ele queria dizer com aquilo?

– Já que a senhorita observou meus companheiros como se todos nós fôssemos espécimes em um laboratório grandiosamente decorado, proponho que façamos um experimento mais formal.

Sir Richard a encarou, esperando uma resposta, mas ela estava sem palavras.

– Afinal de contas – prosseguiu ele –, a ciência requer a coleta e a anotação de dados, não é mesmo?

– Suponho que sim – respondeu ela, desconfiada.

– Eu a levarei de novo para a pista. Ninguém se aproximará da senhorita aqui, nas cadeiras das acompanhantes. Todos vão supor que a senhorita se machucou. Ou que não se sente bem.

– É mesmo? – surpreendeu-se Iris.

Talvez essa fosse parte da razão pela qual não era convidada com frequência para dançar.

– Bom, pelo menos é o que sempre pensei. Por que outra razão uma jovem estaria aqui? – Sir Richard a olhou, logo Iris ficou em dúvida se era uma pergunta retórica, mas, no instante em que ia abrir a boca, ele continuou: – Vou levá-la de volta e deixá-la sozinha. Veremos quantos homens vão convidá-la para dançar.

– Não seja tolo.

– E a senhorita – continuou ele, como se ela não tivesse falado nada – precisa ser honesta comigo. Tem que me dizer a verdade: se será convidada para dançar mais vezes do que o habitual.

– Prometo dizer a verdade – afirmou Iris, contendo-se para não rir.

Ele tinha a habilidade de dizer a coisa mais tola do mundo como se fosse algo de grande importância. Ela quase podia acreditar que tudo aquilo era uma pesquisa científica.

Sir Richard se pôs de pé e lhe estendeu a mão.

– Milady?

Iris pousou o copo vazio de limonada em uma mesa e se levantou.

– Creio que não esteja mais sofrendo os efeitos da tontura – murmurou ele, conduzindo-a através do salão.

– Acredito que ficarei bem o resto da noite.

– Ótimo. – Ele fez uma reverência. – Até amanhã, então.

– Amanhã?

– Vamos passear, certo? A senhorita me concedeu permissão para visitá-la. Pensei que poderíamos dar um passeio pela cidade se o clima cooperar.

– E se o clima não cooperar? – perguntou ela, sentindo-se um pouco insolente.

– Então falaremos sobre livros. Talvez – ele aproximou a cabeça dela – algo que sua irmã não tenha lido?

Iris deu uma gargalhada.

– Estou quase esperando que chova, sir Richard, e eu...

Porém, ela foi interrompida pela chegada de um cavalheiro de cabelo cor de areia, o Sr. Reginald Balfour. Iris já o conhecia: a irmã dele era amiga de uma de suas irmãs. Mas ele nunca tinha feito nada além de cumprimentá-la com polidez.

– Srta. Smythe-Smith – disse ele, fazendo uma reverência. – A senhorita está excepcionalmente bela esta noite.

A mão de Iris ainda estava no braço de sir Richard e ela pôde perceber sua tensão ao tentar não rir.

– A senhorita está comprometida para a próxima dança? – indagou o Sr. Balfour.

– Não, não estou.

– Então posso convidá-la?

Iris olhou para sir Richard. Ele piscou.

Uma hora e meia depois, Richard estava de pé, encostado à parede, observando Iris dançar com um homem desconhecido. Apesar de toda a conversa sobre não dançar todas as músicas, Iris parecia estar a caminho de alcançar essa meta, e sinceramente surpreendida pela atenção que despertava. Richard não podia afirmar se ela estava se divertindo, mas supôs que, mesmo se não estivesse, enxergaria a noite como uma experiência interessante, digna de seu particular estilo de observação.

Não pela primeira vez, ocorreu-lhe que Iris Smythe-Smith era muito inteligente. Esse era um dos motivos pelos quais a escolhera. Era uma criatura racional. Ela entenderia.

Ninguém parecia prestar atenção em sir Richard, que permanecia nas sombras, por isso aproveitou o momento para repassar mentalmente sua lista. Ele a havia redigido enquanto retornava às pressas a Londres, alguns dias antes. Bom, na verdade não a redigira. Não seria tolo de escrever algo assim. Entretanto, durante a viagem, tivera tempo de sobra para refletir sobre o que necessitava em uma esposa.

Ela não podia ser mimada. Nem ser daquelas que gostavam de chamar atenção.

Não podia ser ignorante. Ele tinha boas razões para se casar às pressas, mas, independentemente de quem fosse a escolhida, teria que viver ao lado dela pelo resto da vida.

Seria bom que fosse bonita, porém não era algo imprescindível.

Não poderia ser de Yorkshire. Levando-se em consideração todas as questões, tudo seria muito mais fácil se ela fosse desconhecida na região.

Provavelmente não seria rica. Tinha que considerá-lo um bom partido. Sua esposa nunca precisaria dele tanto quanto ele precisaria dela, porém seria mais fácil – pelo menos no início – se ela não percebesse.

E, sobretudo, deveria compreender o que significava valorizar uma família. Essa era a única maneira de fazer com que tudo desse certo. Deveria entender *por que* ele estava fazendo aquilo.

Iris Smythe-Smith se ajustava às suas necessidades em todos os sentidos. Desde o primeiro momento em que a viu com seu violoncelo, desejando desesperadamente que as pessoas não a notassem, ela o deixara intrigado. A jovem já frequentava a sociedade havia anos, mas ele nunca ouvira dizer que ela recebera alguma proposta de casamento. Apesar de não ser rico, Richard era respeitável e não via por que a família da moça o desaprovaria, sobretudo quando não existiam outros pretendentes à vista.

E ele gostava de Iris. Sentia vontade de jogá-la sobre o ombro, desaparecer com ela e possuí-la? Não, mas também não pensava que seria desagradável quando fosse a hora.

Gostava dela. E sabia o suficiente sobre casamento para ter consciência de que isso era mais do que grande parte dos homens sentia enquanto caminhava para o altar.

Richard só gostaria de ter mais tempo. Ela era muito sensata para simplesmente aceitá-lo tão depressa, depois do primeiro encontro. E, para falar a verdade, ele não queria se casar com o tipo de mulher que agisse de forma tão precipitada. Teria que forçar a situação, o que era lamentável.

Porém, recordou a si mesmo, não havia mais nada a fazer naquela noite. Sua única tarefa era ser gentil e encantador para que, quando chegasse o momento, ninguém criasse problemas.

Ele já tinha problemas demais para o resto da vida.

CAPÍTULO 5

No dia seguinte

– Não Daisy – implorou Iris. – Por favor, qualquer pessoa, menos Daisy.

– Você não pode caminhar por Londres com sir Richard sem uma acompanhante – retrucou a mãe, ajustando os prendedores de cabelo enquanto examinava o próprio reflexo na penteadeira. – Você sabe disso.

Iris correra até o quarto da mãe assim que soubera que Daisy a acompanharia no passeio com sir Richard. Com certeza ela se daria conta da loucura de um plano assim. Mas não, a Sra. Smythe-Smith parecia perfeitamente satisfeita com a ideia e agia como se tudo já estivesse decidido.

Iris se posicionou bem perto do espelho, para não ser ignorada.

– Então eu levo minha criada. Mas não Daisy. Ela não vai ficar só uns passos atrás. Você sabe disso.

A Sra. Smythe-Smith refletiu.

– Ela vai se intrometer em cada conversa – insistiu Iris.

A mãe ainda não parecia muito convencida e Iris se deu conta de que precisaria abordar o assunto de outro ângulo e argumentar que estava ficando encalhada e que aquela poderia ser sua última chance.

– Mamãe, por favor, reconsidere – insistiu Iris. – Se sir Richard tiver a intenção de me conhecer melhor, certamente não conseguirá se Daisy estiver conosco durante toda a tarde.

A mãe soltou um pequeno suspiro.

– Você sabe que é verdade – disse Iris, sem se exaltar.

– Você tem razão – concordou a Sra. Smythe-Smith, franzindo a testa. – Embora eu não queira que Daisy se sinta excluída.

– Ela é quatro anos mais nova do que eu. Haverá tempo suficiente para que encontre um cavalheiro por si mesma. – Iris acrescentou com uma vozinha quase sumida: – Agora é a minha vez.

Ela gostava de sir Richard, embora ainda não confiasse nele. Havia algo muito estranho, inesperado, na atenção que lhe dirigia. Ele tinha claramente pedido para ser apresentado a ela no recital; Iris não conseguia lembrar quando fora a última vez que isso acontecera. E logo propôs uma visita para o dia seguinte, e passou muito tempo ao lado dela no baile dos Mottrams... De fato algo sem precedentes.

Iris não acreditava que sir Richard tivesse intenções pouco honradas; gostava de pensar que julgava bem o caráter alheio e, fossem quais fossem seus objetivos, não achava que ele desejava arruinar sua honra. Mas tampouco podia crer que o baronete fora tomado por uma grande paixão. Se ela fosse o tipo de jovem que levaria os homens a se apaixonarem à primeira vista, certamente isso já teria acontecido antes.

Entretanto, não havia nenhum mal em voltar a vê-lo. Ele pedira permissão à Sra. Smythe-Smith para sair com Iris, e a tratara com grande cortesia. Tudo muito apropriado, muito lisonjeiro e, se ela fosse dormir aquela noite com uma imagem dele na mente, não seria nada estranho. Sir Richard era um homem bonito.

– Tem certeza de que ele não vai trazer o Sr. Bevelstoke? – indagou a mãe.

– Absoluta. E, para ser honesta, não acredito que o Sr. Bevelstoke tenha interesse em Daisy.

– Não, suponho que não. Ela é muito jovem para ele. Muito bem, pode levar Nettie. Ela já fez o mesmo com suas irmãs em várias ocasiões e sabe como agir.

– Ah, obrigada, mamãe! Muito obrigada!

Surpreendendo inclusive a si mesma, Iris abraçou a mãe com entusiasmo. Em questão de segundos, ambas se enrijeceram e se afastaram; o relacionamento das duas nunca tivera muitas demonstrações de carinho.

– Tenho certeza de que tudo isso não dará em nada – disse Iris, pois não queria alimentar as esperanças de ninguém, só as próprias. – E teria ainda mais se Daisy fosse.

– Eu gostaria de saber um pouco mais sobre ele – comentou a mãe, franzindo a testa. – Ele ficou fora da cidade por três anos.

– A senhora o conheceu quando Marigold frequentava a sociedade? Ou Rose, ou Lavender?

– Acho que ele estava na cidade quando Rose debutou – respondeu a mãe, referindo-se à irmã mais velha de Iris –, mas não nos dávamos com o mesmo círculo de pessoas.

Iris não estava segura do que isso queria dizer.

– Ele era jovem – continuou a mãe, com um gesto de mão. – Não pensava em casamento.

Em outras palavras, pensou Iris com ironia, ele era um pouco rebelde.

– Entretanto, conversei com sua tia sobre ele – prosseguiu a mãe, sem se dar o trabalho de esclarecer qual tia. Iris achou que não faria diferença: todas eram boas fontes de fofocas. – Ela me informou que ele se tornou baronete há alguns anos.

Iris assentiu. Ela também sabia disso.

– O pai dele vivia acima de seus recursos.

A Sra. Smythe-Smith torceu os lábios em desaprovação. Logo, sir Richard dava a impressão de ser um caça-dotes.

– Mas – refletiu a mãe – esse não parece ser o caso do filho.

Um caça-dotes com princípios, então. Ele não havia acumulado as próprias dívidas; apenas sofrera a desventura de herdá-las.

– Ele está procurando uma esposa – continuou a Sra. Smythe-Smith. – Não há nenhuma outra razão para que um cavalheiro de sua idade volte para a cidade depois de uma ausência duradoura.

– Ele tem a custódia das duas irmãs mais novas – revelou Iris. – Talvez esteja enfrentando dificuldades para lidar com a situação sem uma influência feminina na casa.

Quando disse isso, ela só pôde pensar que a futura lady Kenworthy seria envolvida em uma situação bastante desafiadora. Ele já não contara que uma das irmãs mais jovens completara 18 anos? Idade suficiente para não desejar orientações da cunhada.

– Um homem sensato – refletiu a Sra. Smythe-Smith. – Considero uma postura admirável reconhecer que precisa de ajuda. Embora eu me pergunte por que não fez isso anos atrás.

Iris aquiesceu.

– Só podemos especular sobre o estado de seus bens, uma vez que o pai era um esbanjador, segundo os rumores. Espero que ele não pense que você tem um grande dote.

– Mamãe! – repreendeu Iris com um suspiro.

Não queria falar sobre isso. Pelo menos não naquele momento.

– Ele não seria o primeiro a cometer esse erro. Por causa de todas as nossas conexões com a aristocracia... e conexões próximas, não se esqueça disso... as pessoas pensam que temos mais do que de fato possuímos.

Sabiamente, Iris conteve a língua. Quando a mãe discorria sobre um tema de importância social, era melhor não interrompê-la.

– Já enfrentamos isso com Rose, como você sabe. Não sei por que começaram a dizer que ela possuía um dote de 15 mil. Já imaginou?

Iris não podia imaginar.

– Talvez, se houvéssemos tido apenas uma filha... mas cinco! – Ela deu uma risadinha, do tipo que demonstrava incredulidade e desejos não realizados. – Teremos sorte se seu irmão herdar alguma coisa quando todas vocês estiverem casadas.

– Estou certa de que John ficará bem.

Seu único irmão era três anos mais jovem que Daisy e ainda estava na escola.

– Se tiver sorte, *ele* encontrará uma garota com 15 mil – prosseguiu a mãe, com um sorriso cáustico. De repente, ela se levantou. – Bem, podemos passar a manhã inteira aqui sentadas especulando sobre as motivações de sir Richard ou podemos seguir com o que precisamos fazer. – Ela consultou o relógio. – Suponho que ele tenha mencionado a que horas pretende chegar.

Iris balançou a cabeça.

– Então você deve estar pronta. Sei que algumas mulheres pensam ser melhor não parecerem ansiosas, mas você sabe como acho rude deixar alguém esperando.

Quando Iris ia sair, soou uma batida à porta. Ambas se viraram e viram uma criada.

– Com seu perdão, senhora, mas lady Sarah se encontra na sala de visitas.

– Ah, que bom, uma surpresa agradável – disse a Sra. Smythe-Smith. – Tenho certeza de que ela veio para ver você, Iris. Apresse-se.

Iris desceu as escadas para saudar a prima, lady Sarah Prentice, nascida lady Sarah Pleinsworth. A mãe dela e o pai de Iris eram irmãos e, como tinham idades razoavelmente próximas, seus filhos também.

Sarah e Iris tinham menos de seis meses de diferença e sempre foram amigas, mas haviam ficado mais próximas depois do casamento de Sarah com lorde Hugh Prentice, no ano anterior. Tinham outra prima com a mesma idade, porém Honoria passava a maior parte do tempo com o marido em Cambridgeshire, enquanto Sarah e Iris viviam em Londres.

Quando Iris chegou à sala, Sarah estava sentada no sofá verde, folheando *Orgulho e preconceito*, que a mãe de Iris, obviamente, havia deixado ali no dia anterior.

– Você já leu? – perguntou Sarah, sem preâmbulos.

– Várias vezes. Prazer em vê-la também.

Sarah fez uma careta.

– Não é todo mundo que precisamos tratar com cerimônia.

– Estou brincando.

Sarah olhou para a porta.

– Daisy está por aqui?

– Estou certa de que desapareceu por vontade própria. Ela ainda não a perdoou por tê-la ameaçado, correndo atrás dela com o arco de seu próprio violino, antes do recital.

– Ah, aquilo não foi uma ameaça. Era uma verdadeira tentativa. Aquela garota é sortuda por ter bons reflexos.

Iris riu.

– A que devo a honra desta visita? Ou você estava apenas morrendo de saudades de minha faiscante companhia?

Sarah se inclinou para a frente, os olhos escuros brilhando.

– Você sabe muito bem por que estou aqui.

Iris sabia o que ela queria dizer, mas também se inclinou e encarou a prima.

– Esclareça.

– Sir Richard Kenworthy?

– O que tem ele?

– Vi que estava atrás de você no recital.

– Ele não estava atrás de mim.

– Estava, sim. Minha mãe não falava em outra coisa depois da apresentação.

– Acho difícil de acreditar.

Sarah deu de ombros.

– Temo que esteja em uma situação muito delicada, querida prima. Como me casei e nenhuma de minhas irmãs tem idade suficiente para frequentar a sociedade, minha mãe decidiu pôr todas as energias em você.

– Santo Deus! – exclamou Iris, sem nenhum sarcasmo.

Tia Charlotte levava seus deveres de casamenteira muito a sério.

– Isso para não mencionar... – prosseguiu Sarah, dizendo cada palavra com grande dramaticidade. – *O que* aconteceu no baile dos Mottrams? Eu não fui, mas percebo que deveria ter ido.

– Não aconteceu nada. – Iris exibiu a expressão de quem ouvia uma tolice. – Se está se referindo a sir Richard, simplesmente dancei com ele.

– Segundo Marigold...

– Quando foi que você conversou com Marigold?

Sarah fez um gesto de desdém.

– Isso não vem ao caso.

– Mas Marigold nem sequer estava lá!

– Ela soube por Susan.

Iris se recostou.

– Meu Deus, acho que temos primas em excesso.

– É verdade. Concordo. Mas voltemos à questão principal: Marigold disse que Susan disse que você foi praticamente a rainha da festa.

– Isso é um grande exagero.

Sarah apontou o dedo indicador para Iris com a velocidade de um interrogador experiente.

– Você nega que dançou todas as músicas?

– Claro que nego.

Ela havia ficado sentada durante um bom tempo antes da chegada de sir Richard.

Sarah fez uma pausa, piscou, e logo franziu a testa.

– Não é próprio de Marigold fazer fofocas incorretas.

– Eu dancei mais do que o habitual – admitiu Iris –, mas, sem dúvida, não todas as músicas.

– Hummm.

Iris encarou a prima com considerável suspeita. Sarah estava mergulhada em pensamentos, e isso nunca era um bom presságio.

– Acredito que sei o que aconteceu – disse Sarah.

– Por obséquio, esclareça-me.

– Você dançou com sir Richard e, depois, passou uma hora com ele em uma conversa particular.

– Não foi uma hora, e como você *soube* disso?

– Eu sei de várias coisas – respondeu Sarah, petulante. – É melhor não perguntar como. Ou por quê.

– Como é que Hugh consegue conviver com você? – perguntou Iris a ninguém em especial.

– Ele o faz muito bem, obrigada. – Sarah deu um sorriso torto. – Mas, voltando à noite de ontem… Por mais tempo que você tivesse passado na companhia do extremamente belo sir Richard… Não, não me interrompa, eu o vi por mim mesma no recital, é bastante agradável à vista e faz a pessoa se sentir…

Sarah se interrompeu e fez aquela coisa estranha de sempre com a boca, quando estava raciocinando. Meio que movia a mandíbula para um lado, deixando os dentes desalinhados, e seus lábios faziam uma curva pequena e engraçada. Iris sempre achava esse movimento desconcertante.

Sarah franziu a testa.

– Ele faz a pessoa se sentir…

– Como?

– Estou tentando encontrar a palavra certa.

Iris ficou de pé.

– Vou pedir chá.

– Sem fôlego! – exclamou Sarah. – A pessoa se sente sem fôlego. E radiante.

Iris revirou os olhos enquanto tocava a campainha.

– Você está precisando descobrir algum passatempo.

– E quando uma mulher *se sente* radiante, ela *se torna* radiante – prosseguiu Sarah.

– Isso soa desconfortável.

– E quando ela se torna…

– A pele toda formigando, ardendo – insistiu Iris. – Soa como uma erupção na pele causada por excesso de sol.

– Você poderia não ser desagradável? Iris, posso afirmar que você é a pessoa menos romântica que eu conheço.

Iris se deteve, descansando as mãos sobre o respaldo do sofá. Seria verdade? Ela sabia que não era sentimental, mas também não chegava a ser insensível. Havia lido *Orgulho e preconceito* seis vezes. Isso tinha que significar alguma coisa.

Mas Sarah nem notou sua angústia.

– Como eu ia dizendo, quando uma mulher se sente bela, surge uma aura ao redor dela.

Iris quase disse "Nunca tive essa experiência", mas se conteve. Não queria ser sarcástica. Não a respeito disso.

– E quando isso acontece – continuou Sarah –, os homens acorrem para elas. Há algo que os atrai em uma mulher confiante. Algo... Não sei... *Je ne sais quoi*, como dizem os franceses.

– Estou pensando em mudar para o alemão – Iris se ouviu dizer repentinamente.

Sarah a encarou por um momento, confusa, e logo continuou a falar, como se não tivesse feito nenhuma pausa.

– E isso, minha querida prima, é o motivo pelo qual todos os homens de Londres queriam dançar com você ontem à noite.

Iris retornou ao sofá e se sentou, cruzando as mãos no colo enquanto pensava no que Sarah dizia. Não estava convencida de que acreditava nela, mas tampouco podia descartar a ideia sem refletir.

– Você está muito silenciosa – comentou Sarah. – Eu tinha certeza de que iria discordar com veemência.

– Não sei o que dizer.

Sarah a encarou sem esconder a curiosidade.

– Está se sentindo bem?

– Perfeitamente. Por quê?

– Você parece diferente.

Iris encolheu os ombros de leve.

– Talvez seja a minha *radiância*, como você estava falando.

– Não, não é isso – replicou Sarah, direta.

– Bom, então era uma radiância efêmera – brincou Iris.

– *Agora* você está parecendo mais consigo mesma.

Iris apenas sorriu e balançou a cabeça.

– E como *você* está? – perguntou, em uma tentativa pouco sutil de mudar de assunto.

– Muito bem – respondeu Sarah, com um amplo sorriso, e foi então que Iris se deu conta de... alguma coisa.

– Você também parece diferente – constatou, fitando-a com mais atenção.

Sarah corou. Iris ofegou.

– Está grávida?

A prima assentiu.

– Como soube?

– Quando você diz que uma mulher casada está diferente e ela enrubesce… – Iris sorriu. – Só pode ser isso.

– Você presta atenção em tudo mesmo, não é?

– Em quase tudo. Mas você ainda não me permitiu parabenizá-la. Que notícia maravilhosa. Por favor, diga a lorde Hugh que lhe desejo muitas felicidades. Como você está se sentindo? Tem ficado enjoada?

– De jeito nenhum.

– Bom, isso é uma grande sorte. Rose vomitava toda manhã, por três meses seguidos.

Sarah se retraiu, solidária.

– Sinto-me esplêndida. Talvez um pouco cansada, mas não em excesso.

Iris sorriu para a prima. Era muito estranho que Sarah já fosse se tornar mãe. Na infância, elas costumavam brincar juntas, e queixavam-se juntas dos recitais. E agora Sarah havia passado para a fase seguinte da vida.

E Iris estava…

No mesmo lugar.

– Você o ama muito, não ama? – indagou ela em voz baixa.

Sarah não respondeu imediatamente, olhando para a prima com uma expressão de curiosidade.

– Amo – respondeu num tom solene. – Com todas as forças.

Iris assentiu.

– Dá mesmo para ver. – Achou que Sarah fosse querer saber o motivo de uma pergunta tão tola, mas a prima se manteve em silêncio, até que Iris não pôde se controlar: – Como você soube?

– Soube o quê?

– Que o amava.

– Eu… – Sarah fez uma pausa para pensar. – Não tenho certeza. Não me lembro do momento exato. É engraçado, porque sempre pensei que, se me apaixonasse, perceberia de repente, com a maior clareza. Sabe como é, com relâmpagos, anjos cantando nas alturas… essas coisas.

Iris sorriu. Essa descrição era bem típica de Sarah. Ela sempre tivera uma propensão ao teatral.

– Mas não foi assim mesmo – prosseguiu ela, nostálgica. – Lembro-me de me sentir muito estranha e de questionar a mim mesma, tentando determinar se o que sentia era amor.

– Então a pessoa pode *não* saber que está acontecendo?

– Acho que sim.

Iris mordeu o lábio inferior e sussurrou:

– Foi na primeira vez em que ele a beijou?

– Iris! – Sarah sorriu de choque e deleite. – Mas que pergunta!

– Não é tão imprópria – replicou Iris, olhando para um ponto na parede que estava à esquerda do rosto de Sarah.

– É, sim. – Sarah ficou de queixo caído. – Mas adorei que tenha perguntado.

Essa não era a resposta que Iris esperava.

– *Por quê?*

– Porque você sempre me parece tão… – Sarah agitou a mão, girando-a como se pudesse pegar a palavra certa no ar –… insensível a essas coisas.

– Que coisas? – questionou Iris, desconfiada.

– Ah, você sabe… Emoções. Paixões. Você é sempre tão tranquila… Até quando está furiosa.

Iris ficou na defensiva.

– E isso é ruim?

– É claro que não. É só o seu jeito de ser. E, para dizer a verdade, esse é provavelmente o único motivo pelo qual Daisy chegou aos 17 anos sem que você a tivesse matado. Não que algum dia ela vá agradecer por isso.

Iris não pôde conter um sorriso irônico. Era bom saber que *alguém* apreciava sua paciência com a irmã mais nova.

Sarah estreitou os olhos e se inclinou para a frente.

– Isso tem a ver com sir Richard, não tem?

Iris sabia que não fazia sentido negar.

– É que eu acho… – ela comprimiu os lábios, quase com medo de que todo um rosário de disparates escapasse da boca –… que gosto dele. Não sei por quê, mas gosto.

– Você não precisa saber por quê. – Sarah apertou a mão da prima. – E parece que ele também gosta de você.

– Acredito que sim. Ele tem me dedicado muita atenção.

– Mas…?

Os olhos de Iris se encontraram com os da prima. Ela deveria ter percebido que Sarah ouviria seu silencioso "mas…" no fim da frase.

– Mas… não sei. Alguma coisa está errada.

– Será que você não está procurando problemas inexistentes?

Iris deu um longo suspiro e respondeu:

– Talvez. Não tenho ninguém com quem comparar.

– Não é verdade. Você já teve pretendentes.

– Não muitos. E não gostei de nenhum o suficiente para incentivar a corte.

Sarah suspirou, mas não discutiu.

– Muito bem. Diga-me o que "alguma coisa está errada" significa.

Iris inclinou a cabeça para um lado e olhou para cima, momentaneamente hipnotizada pela forma como a luz do sol dançava através do lustre de cristal.

– Acho que ele gosta *demais* de mim – explicou por fim.

Sarah deu uma risada.

– *Isso* é o que está errado? Iris, tem alguma ideia de quantas…

– Pare – interrompeu-a Iris. – Escute. Esta é minha terceira temporada em Londres e, embora admita que não fui a mais entusiasta das debutantes, nunca fui objeto de uma atenção tão afetuosa.

Sarah abriu a boca para falar, mas Iris ergueu a mão para impedi-la.

– Não é que seja tão *afetuosa*… – Iris sentiu-se enrubescer. Que escolha de palavras mais impensada. – É que foi muito instantânea.

– Instantânea?

– Sim. É provável que você não tenha percebido no recital, já que estava com o rosto virado para grande parte da plateia.

– Estava tentando saltar dentro do piano e fechar a tampa, se é o que quer dizer – brincou Sarah.

– Isso mesmo – concordou Iris, rindo.

De todas as suas primas, Sarah era a que mais compartilhava o ódio de Iris pelos recitais.

– Sinto muito – disse Sarah. – Não pude resistir. Por favor, continue.

Iris franziu os lábios, recordando-se.

– Ele ficou me olhando o tempo todo.

– Talvez a achasse linda.

– Sarah, ninguém me acha linda – repreendeu Iris com franqueza. – Pelo menos não à primeira vista.

– Isso não é verdade!

– Você sabe que é. Não há problema em pensar assim. Eu juro.

Sarah não parecia muito convencida.

– Eu sei que não sou feia. Mas como disse Daisy…

– Ah, não – cortou-a Sarah. – *Não* vá citar Daisy.

– Não – falou Iris, tentando ser justa. – De vez em quando, ela diz algo que faz sentido. É que me falta cor.

Sarah sustentou seu olhar durante um longo tempo, então retrucou:

– Essa é a coisa mais idiota que já ouvi em toda a minha vida.

Iris levantou as sobrancelhas. Suas sobrancelhas incolores, quase invisíveis.

– Você já viu outra pessoa tão pálida?

– Não, mas isso não significa nada.

Iris deu um suspiro de frustração, tentando articular os pensamentos.

– Estou tentando dizer que estou acostumada a ser subestimada, ignorada.

Sarah limitou-se a encará-la. Em seguida, perguntou:

– *Do que* você está falando?

Iris bufou, frustrada. Ela sabia que Sarah não entenderia.

– As pessoas raramente me notam. Isso não me chateia, juro. Não quero mesmo ser o centro das atenções.

– Você não é tímida.

– Não, mas gosto de observar as pessoas e – ela deu de ombros –, para ser sincera, gosto de zombar delas mentalmente.

Sarah soltou uma gargalhada.

– Quando as pessoas me conhecem, as coisas mudam, mas eu não me destaco em uma multidão. É por isso que não entendo sir Richard Kenworthy.

Sarah ficou em silêncio por um minuto. Às vezes, abria a boca como se fosse falar, mas logo a fechava de novo. Por fim, indagou:

– Mas você gosta dele?

– Você não estava prestando atenção? – Iris praticamente explodiu.

– Em cada palavra! Mas não entendo como é relevante o que você falou, pelo menos não ainda. Pelo que sabemos, ele *olhou* para você e ficou perdidamente apaixonado. O comportamento dele é consistente com essa suposição.

– Ele não está apaixonado por mim.

– Talvez *ainda* não. – Sarah deixou que suas palavras pairassem no ar durante alguns segundos antes de perguntar: – Se ele a pedisse em casamento hoje, o que você responderia?

– Isso é ridículo.

– É claro que é, mas quero saber assim mesmo. O que você responderia?

– Eu não responderia nada, porque ele não vai pedir.

Sarah fez uma careta.

– Você pode parar de ser tão teimosa por um instante e me responder?

– Não! – Iris ergueu os braços, exasperada. – Não vejo sentido em responder a uma pergunta que não será feita.

– Você diria sim.

– Não, não diria – protestou Iris.

– Então, diria não.

– Não foi isso que eu disse.

Sarah se recostou e assentiu lentamente, satisfeita consigo mesma.

– O que foi agora? – indagou Iris.

– Você nem quer refletir sobre a pergunta porque tem medo de analisar os próprios sentimentos.

Iris não replicou nada.

– Acertei – falou Sarah, triunfante. – Amo estar certa.

Iris inspirou profundamente, embora sem saber se era para conter a raiva ou reunir alguma coragem.

– Se ele me pedisse em casamento -- afirmou ela, enunciando cada palavra com clareza –, eu lhe diria que preciso de tempo para dar uma resposta.

Sarah aquiesceu.

– Mas ele não vai pedir.

Sarah deu uma sonora gargalhada.

– A última palavra sempre tem que ser a sua, não é?

– Mas ele não vai pedir mesmo.

Sarah sorriu.

– Ah, olhe, o chá chegou. Estou faminta.

– Ele não vai pedir. – A voz de Iris adquiriu o tom de um canto monótono.

– Vou-me embora logo após o chá – declarou Sarah. – Por mais que eu fosse adorar conhecê-lo, não quero estar aqui quando ele chegar. Posso atrapalhar.

– Ele não vai pedir.

– Ah, coma um biscoitinho.

– Ele não vai pedir – repetiu Iris mais uma vez. E então, porque não pôde evitar, acrescentou: – Não vai.

CAPÍTULO 6

Cinco dias depois
Casa Pleinsworth

Estava na hora.

Só se passara uma semana desde que Richard pousara os olhos pela primeira vez em Iris Smythe-Smith, ali mesmo, naquela casa. E agora ele ia propor casamento a ela.

Ou algo parecido.

Ele a visitara todos os dias após o baile dos Mottrams. Tinham passeado pelo parque, tomado sorvete no Gunter's, compartilhado um camarote na ópera e visitado o Covent Garden. Em resumo, haviam feito tudo o que um casal de namorados deveria fazer em Londres. Estava absolutamente seguro de que a família de Iris já esperava que ele a pedisse em casamento.

Embora não tão cedo.

Richard sabia que Iris sentia certa afeição por ele. A jovem talvez até se perguntasse se estava ficando apaixonada. Mas, se ele pedisse sua mão naquela noite, tinha quase certeza de que ela não estaria preparada para lhe dar uma resposta de imediato.

Ele suspirou. Não era assim que imaginara conseguir uma esposa.

Naquela noite, ele foi sozinho: Winston se recusara a assistir a qualquer atividade artística produzida pela família Smythe-Smith, não importando se Richard aceitara o convite em nome do amigo. Agora, Winston estava em casa com uma gripe falsa e Richard estava de pé em um canto, perguntando-se por que um piano tinha sido levado até a sala de visitas.

E por que o local parecia ter sido decorado com ramos de árvores.

Olhando rapidamente ao redor, imaginou que lady Pleinsworth havia preparado programas para a noite, embora ele próprio não tivesse recebido nenhum, mesmo tendo chegado com quase cinco minutos de antecedência.

– Aí está você – disse uma voz suave.

Ele se virou e se viu diante de Iris, que trajava um vestido de musselina azul-claro com poucos adornos. Percebeu que ela usava essa cor com frequência. Caía-lhe muito bem.

– Lamento tê-lo deixado sozinho. Precisavam de mim nos bastidores.

– Bastidores? Pensei que seria um sarau de poesia.

– Ah, pois é – disse ela, o rosto assumindo um tom de rosa que revelava culpa. – Houve uma mudança de planos.

Ele inclinou a cabeça interrogativamente.

– Talvez seja melhor eu lhe dar um programa.

– Sim, não recebi nenhum quando cheguei.

Ela pigarreou umas cinco vezes.

– Acredito que decidiram não entregá-lo aos cavalheiros, a menos que solicitassem.

Ele ponderou a informação por um momento.

– Posso perguntar por quê?

– Acho que havia certa preocupação de que optassem por não ficar – respondeu ela, fitando o teto.

Richard olhou com horror para o piano.

– Ah, não. Não haverá música – Iris logo o tranquilizou. – Pelo menos, não que eu saiba. Não é um concerto.

Ainda assim, Richard arregalou os olhos, em pânico. Onde estava Winston e suas bolinhas de algodão quando mais precisava?

– Está me assustando, Srta. Smythe-Smith.

– Isso significa que o senhor não quer um programa? – perguntou ela, esperançosa.

Ele se inclinou ligeiramente na direção dela. Não o suficiente para quebrar as regras do decoro, mas ela percebeu o movimento.

– Acredito que é melhor estar preparado, não acha?

Ela engoliu em seco.

– Espere um momento.

Ele aguardou enquanto Iris cruzava o salão e se aproximava da Sra. Pleinsworth. Pouco depois, ela retornou com uma folha.

– Aqui está – disse timidamente, estendendo-lhe o papel.

Ele o pegou e o leu. Em seguida, olhou para Iris.

– *A pastorinha, o unicórnio e Henrique VIII*?

– É uma peça de teatro. Minha prima Harriet a escreveu.

– E viemos aqui para assistir – quis confirmar ele, com cautela.

Ela assentiu.

Ele limpou a garganta.

– A senhorita tem, ahn, tem alguma ideia da duração dessa peça?

– Não é tão longa quanto os recitais. Pelo menos, acho que não. Vi só os últimos minutos do ensaio geral.

– O piano é parte do cenário, suponho.

Ela assentiu.

– Temo não ser nada se comparado ao figurino.

Ele não se atreveu a perguntar a respeito.

– Meu trabalho foi fixar o chifre no unicórnio.

Richard tentou não rir, realmente tentou. E quase teve êxito.

– Não estou segura de como Frances vai tirá-lo – comentou Iris, nervosa. – Eu o colei em sua cabeça.

– Você colou um chifre na cabeça de sua prima – repetiu ele, sem conseguir acreditar.

Ela se retraiu.

– Colei.

– Você *gosta* dela?

– Ah, muitíssimo. Ela tem 11 anos e é encantadora. Eu trocaria Daisy por ela sem pestanejar.

Richard tinha a sensação de que ela trocaria Daisy por um texugo se tivesse a oportunidade.

– Um chifre. Bom, suponho que não se pode ser um unicórnio sem um chifre.

– Essa é a questão – disse Iris, com renovado entusiasmo. – Frances é louca por unicórnios. Ela os adora. Está convencida de que são reais e acredito que se tornaria um deles se fosse capaz.

– Ao que parece, ela deu o primeiro passo para alcançar esse nobre objetivo. Com a sua amável ajuda.

– Ah, sim. Estou torcendo para que ninguém conte a tia Charlotte que fui eu que colei.

Richard pressentia que ela não teria essa sorte.

– Há alguma possibilidade de que isso permaneça em segredo?

– Nenhuma. Mas vou me apegar às falsas esperanças. Com um pouco de sorte, teremos um terrível escândalo esta noite e ninguém se dará conta de que Frances foi dormir com um chifre colado na cabeça.

Richard começou a tossir. E não parou mais. Meu Deus! Teria entrado poeira na sua garganta ou um fragmento de culpa?

– Está se sentindo bem? – perguntou Iris, a preocupação estampada no rosto.

Ele assentiu, incapaz de enunciar uma resposta. Meu Deus, um escândalo. Se ela soubesse…

– Quer que lhe traga algo para beber?

Richard aquiesceu outra vez. Precisava beber algo quase tanto quanto precisava não encarar Iris por um instante.

No final das contas ela seria feliz, disse a si mesmo. Ele seria um bom marido. Não lhe faltaria nada.

Exceto a possibilidade de optar por se casar ou não com ele.

Richard gemeu. Não esperara se sentir tão culpado pelo que estava prestes a fazer.

– Aqui está – falou Iris, estendendo-lhe uma taça de cristal. – Um pouco de vinho doce.

Richard agradeceu com um movimento de cabeça e tomou um revigorante gole.

– Obrigado – agradeceu com a voz rouca. – Não sei o que aconteceu.

Iris fez um ruído para demonstrar que compreendia e gesticulou em direção ao piano.

– O ar provavelmente está cheio de pó por causa de todos esses ramos que Harriet trouxe. Ontem ela passou horas no Hyde Park recolhendo-os, acredita?

Ele assentiu de novo, esvaziando o copo antes de pousá-lo em uma mesa próxima.

– Vai sentar-se comigo?

Apesar de supor que ela o faria, ele lhe devia a cortesia de um convite.

– Eu adoraria – respondeu Iris, sorrindo. – O senhor deve precisar de alguém para traduzir.

Ele arregalou os olhos, alarmado.

– Traduzir?

Ela riu.

– Não, não se preocupe, é em inglês. Só que… – ela riu de novo, abrindo um largo sorriso –… Harriet tem um estilo singular.

– A senhorita tem muito carinho por sua família.

Iris ia responder quando algo atrás dele chamou sua atenção. Richard se virou para ver o que era, mas ela já havia começado a explicar:

– Minha tia está fazendo um sinal. Acho que devemos nos sentar.

Um pouco temeroso, Richard se acomodou junto a ela na primeira fila e fitou o piano, que imaginou ser uma peça importante do cenário. As vozes da plateia foram diminuindo até virarem sussurros e, em seguida, todos fizeram silêncio quando lady Harriet Pleinsworth saiu das sombras vestida como uma humilde pastora, com cajado e tudo.

– Oh, formoso, brilhante dia! – proclamou a menina, fazendo uma pausa para desamarrar uma das fitas de seu chapéu de aba larga. – Quão bem-aventurada sou junto com meu nobre rebanho.

Nada aconteceu.

– Meu nobre rebanho! – repetiu ela, um pouco mais forte.

Houve um barulho de algo caindo, seguido de um grunhido e um sibilo: "Pare!" Em seguida, cinco crianças vestidas de ovelhas entraram em cena, uma após a outra.

– Meus primos – sussurrou Iris. – A próxima geração.

– O sol brilha – continuou Harriet, abrindo os braços em atitude de súplica.

Mas Richard estava fascinado demais pelas ovelhas para ouvir. A maior de todas baliu tão forte que Harriet precisou lhe dar um chute disfarçado, e uma das menores – por Deus, o menino não podia ter mais que 2 anos – havia engatinhado para perto do piano e estava lambendo a perna do instrumento.

Iris tapou a boca com a mão, tentando não rir.

A peça continuou nesse ritmo durante vários minutos, com a pastora elogiando as maravilhas da natureza, até que, em algum lugar, alguém bateu um par de pratos e Harriet gritou (assim como metade da plateia).

– Eu *disse* – grunhiu Harriet entre os dentes – que temos sorte porque não vai chover na semana que vem.

Os pratos foram batidos de novo, seguidos de um grito: "Trovão!"

Iris ofegou e a mão cobriu a outra que já estava sobre a boca. Em seguida, Richard a ouviu sussurrar "Elizabeth!", horrorizada.

– O que está acontecendo? – perguntou Richard.

– Acredito que a irmã de Harriet acabou de mudar o roteiro. Todo o primeiro ato estará perdido.

Por sorte, Richard não precisou reprimir um sorriso, pois nesse momento surgiram cinco vacas que, olhando com mais atenção, pareciam ser as ovelhas com pedaços marrons de tecido presos na lã.

– Quando vamos ver o unicórnio? – sussurrou para Iris.

Ela deu de ombros. Não sabia.

Henrique VIII apareceu alguns minutos depois, usando uma túnica no estilo Tudor, estufada com tantos travesseiros que a menina que ia dentro mal podia caminhar.

– Aquela é Elizabeth – explicou Iris.

Richard assentiu, solidário. Se ele fosse obrigado a se trajar daquele jeito, também ia querer pular o primeiro ato.

Mas nada podia se comparar ao momento em que o unicórnio irrompeu em cena. Seu relincho era aterrador, e seu chifre, gigantesco.

Richard ficou de queixo caído.

– A senhorita o colou na testa da menina?

– Era a única maneira de ficar preso.

– Mas ela não consegue sustentar a cabeça.

Ambos olharam horrorizados para o palco. A pequena lady Frances Pleinsworth cambaleava como um bêbado, sem conseguir manter o corpo ereto sob o peso do chifre.

– De que material ele é feito? – indagou Richard.

Iris ergueu as mãos, impotente.

– Não sei. Não sabia que era tão pesado. Talvez ela esteja atuando.

Richard observou, atônito, quase esperando ter que dar um salto para evitar que a garota chifrasse alguém da primeira fila por acidente.

Uma eternidade depois, eles chegaram ao que Richard imaginou ser o final, quando o rei Henrique agitou uma coxa de peru no ar e proclamou bem alto:

– Esta terra será minha, desde agora até a eternidade!

E, de fato, tudo parecia perdido para a pobre e doce pastora e seu estranho e mutante rebanho. Entretanto, nesse mesmo instante, escutou-se um poderoso urro…

– Há também um leão? – perguntou-se Richard.

… e o unicórnio irrompeu no cenário!

– Morra! – guinchou ele. – Morra! Morra! Morra!

Confuso, Richard olhou para Iris. Até o momento, o unicórnio ainda não demonstrara a habilidade da fala.

O grito de terror de Henrique foi tão arrepiante que a dama sentada atrás de Richard murmurou:

– É uma atuação surpreendente.

Richard deu mais uma olhada em Iris, que estava de boca aberta. Henrique VIII saltou sobre uma vaca, correu para detrás do piano e tropeçou na pequenina ovelha, que continuava a lamber a perna do instrumento.

Henrique ainda tentou fugir, mas o unicórnio (possivelmente hidrófobo) era muito rápido e correu de cabeça na direção do assustadíssimo rei, enfiando o chifre em sua enorme barriga de travesseiros.

Alguém gritou e Henrique caiu ao chão, as plumas dos travesseiros voando pelos ares.

– Acho que isso não estava no roteiro – comentou Iris, com um sussurro aterrorizado.

Richard não podia desviar os olhos do horrível espetáculo que se desenrolava no palco. Henrique estava de costas, com o chifre do unicórnio enfiado em sua (felizmente falsa) barriga. Isso já seria terrível por si só, mas, para piorar a situação, o chifre continuava preso a Frances, portanto, cada vez que Henrique se retorcia, ele puxava a cabeça da menina.

– Saia de cima de mim! – berrou Henrique.

– Estou *tentando* – grunhiu o unicórnio.

– Acho que está preso – disse Richard a Iris.

– Oh, céus! – gritou ela, tapando a boca com as mãos. – A cola!

Uma das ovelhas correu para ajudar, mas escorregou em uma pluma e se enrolou nas pernas do unicórnio.

A pastora, que estava observando tudo com tanta comoção quanto a plateia, percebeu de repente que precisava salvar a produção: saltou para a frente e começou a cantar.

– Oh, bendita luz do sol – cantou. – Como é ardente o teu brilho!

E então Daisy deu um passo à frente.

Richard se voltou bruscamente para Iris. Ela estava boquiaberta.

– Não, não, não – sussurrou ela, mas Daisy já havia se lançado em um solo de violino, talvez uma representação musical do brilho do sol.

Ou da morte.

Para sua felicidade, a atuação de Daisy foi interrompida por lady Pleinsworth, que correu para o palco ao se dar conta de que as filhas mais novas estavam irremediavelmente coladas uma na outra.

– Os comes e bebes estão na outra sala, vamos todos! – cantarolou. – Temos bolo!

Todos se levantaram, aplaudiram – afinal, era uma peça, por mais surpreendente que fosse o desfecho – e começaram a sair da sala.

– Talvez eu deva ir lá para ajudar – comentou Iris, lançando um olhar cauteloso para as primas.

Richard esperou enquanto ela se aproximava do tumulto, observando todo o processo, divertindo-se muito.

– Apenas tire o travesseiro! – ordenou lady Pleinsworth.

– Não é tão fácil – sibilou Elizabeth. – O chifre atravessou a minha camisa. A menos que a senhora queira que eu tire a roupa…

– Chega, Elizabeth – interrompeu a mãe rapidamente, e se voltou para Harriet. – Por que o chifre é tão pontiagudo?

– Sou um unicórnio! – exclamou Frances.

A Sra. Pleinsworth assimilou a informação por um instante e estremeceu.

– Ela não deveria ter montado em mim no terceiro ato – acrescentou Frances, com petulância.

– Foi por isso que você a chifrou?

– Não, isso estava no roteiro – respondeu Harriet, tentando ajudar. – Era para o chifre ter se soltado. Por motivo de segurança. Mas, é claro, o público não deveria perceber.

– Iris colou o chifre na minha testa – revelou Frances, e torceu a cabeça, tentando olhar para cima.

Iris, que estava na periferia do aglomerado de pessoas, imediatamente deu um passo para trás.

– Talvez devamos pegar algo para beber – disse a Richard.

– Só um instante. – Ele estava se divertindo demais para ir embora.

Lady Pleinsworth agarrou o chifre com ambas as mãos e o puxou.

Frances deu um grito.

– Ela prendeu com *cimento*?

Iris apertou o braço de Richard, aterrorizada, como se fosse um torno.

– Preciso mesmo sair daqui *agora*.

Richard olhou bem para a expressão de lady Pleinsworth e, bem depressa, levou Iris para fora do salão.

A jovem se largou contra a parede.

– Estou muito encrencada.

Richard sabia que devia tranquilizá-la, mas ria tanto que não conseguia.

– Pobre Frances... – gemeu ela. – Vai ter que dormir com o chifre na cabeça esta noite!

– Ela vai ficar bem – garantiu Richard, a risada ainda se intrometendo entre as palavras. – Juro que não vai entrar na igreja com um chifre.

Iris encarou Richard, alarmada por um instante, e ele pôde adivinhar a cena que estava se passando na cabeça dela. E então ela começou a rir. Suas risadas eram tão intensas que Iris se dobrava ali mesmo, no corredor.

– Ah, Deus! – exclamou ela, sem fôlego. – Uma cerimônia com chifre. Isso só poderia acontecer na minha família.

Richard começou a rir de novo, divertindo-se ao ver o rosto de Iris se avermelhar cada vez mais pelo esforço.

– Eu não deveria rir – disse ela. – Realmente não deveria. Mas o casamento... Oh, céus, o casamento.

O casamento, pensou Richard, e tudo voltou à sua mente. O motivo para estar ali naquela noite. Para estar ali ao lado dela.

Iris não teria um grande casamento. Ele precisava voltar bem depressa para Yorkshire.

A culpa lhe deu um frio na espinha. As mulheres não sonhavam sempre com seu casamento? Fleur e Marie-Claire costumavam passar horas imaginando como seria o delas. Ele achava até que ainda o faziam.

Richard inspirou fundo. Iris não teria o matrimônio de seus sonhos e, se tudo acontecesse conforme o planejado, não teria nem mesmo um pedido adequado.

Ela merecia coisa melhor.

Ele engoliu em seco, dando tapinhas nervosos na perna. Iris continuava às gargalhadas, alheia ao semblante repentinamente sério de Richard.

– Iris – disse ele de repente.

Ela se virou, surpresa, talvez por causa do tom de voz, talvez porque fosse a primeira vez que ele a chamava pelo primeiro nome.

Richard colocou a mão nas costas dela e a conduziu para fora do salão.

– Você pode me conceder um minuto de seu tempo?

Iris franziu a testa, depois arqueou as sobrancelhas.

– É claro – respondeu, demonstrando certa hesitação.

Ele tomou fôlego. Seria capaz. Não como havia planejado, mas da melhor maneira possível. Pelo menos isso, pensou, poderia fazer por ela.

Richard ficou de joelhos.

Ela ofegou.

– Iris Smythe-Smith – disse ele, tomando a mão da moça –, a senhorita me faria o homem mais feliz do mundo aceitando ser minha esposa?

CAPÍTULO 7

Iris ficou perplexa. Abriu a boca, mas não conseguiu dizer nada. Parecia haver um nó na garganta e ela apenas o fitou, pensando…

Isso não pode estar acontecendo.

– Imagino que seja uma surpresa – comentou Richard, com uma voz calorosa, acariciando o dorso da mão de Iris.

Ele ainda estava de joelhos, olhando-a como se fosse a única mulher de todo o planeta.

– Ah, hum, ahn…

Ela não conseguia falar algo inteligível. Por mais que tentasse, não conseguia encontrar as palavras.

– Ou talvez não seja.

Não, está acontecendo. Realmente está.

– Nós só nos conhecemos há uma semana, mas você já deve ter notado minha afeição.

Iris sentiu a cabeça se mexer, mas não sabia se tinha aquiescido ou não. De qualquer maneira, nem lembrava qual era a pergunta a que devia responder.

Não era para acontecer assim, tão depressa.

– Não pude esperar mais – murmurou ele, ficando de pé.

– Eu… Eu não…

Ela umedeceu os lábios. Havia recuperado a voz, só que ainda não conseguia formar uma frase completa.

Richard levou os dedos dela aos lábios, mas, em vez de beijar-lhe o dorso da mão, virou-a suavemente e deu um beijo, leve como uma pluma, na parte interior do pulso.

– Seja minha, Iris – pediu ele, a voz rouca pelo que ela imaginou ser desejo. Ele a beijou de novo, passeando os lábios por sua pele macia. – Seja minha – sussurrou – e eu serei seu.

Ela não conseguia raciocinar. Como poderia, se Richard a olhava como se os dois fossem as duas únicas almas vivas na Terra? Seus olhos negros eram calorosos – não, na verdade eram ardentes – e a fizeram desejar se fundir nele, jogar para o alto tudo o que conhecia, abandonar todo o seu bom senso. Seu corpo estremeceu, a respiração se acelerou, e ela não conseguia afastar os olhos da boca de sir Richard quando ele a beijou uma vez mais, agora na palma da mão.

Iris sentiu algo se enrijecer em seu interior. Algo que, tinha certeza, era impróprio sentir. Pelo menos ali, no saguão da casa da tia, não com um homem que mal conhecia.

– Quer se casar comigo? – perguntou ele.

Não. Alguma coisa estava errada. Era cedo demais. Não fazia sentido que ele se apaixonasse em tão pouco tempo.

Ele não a amava. Não dissera que a amava. Entretanto, a maneira como a olhava...

Por que queria se casar com ela? Por que ela sentia que não podia confiar nele?

– Iris? – sussurrou Richard. – Minha querida?

E, por fim, ela conseguiu responder:

– Preciso de um tempo.

Maldição.

Era exatamente o que ele havia imaginado que aconteceria. Ela não aceitaria o pedido após uma corte de apenas uma semana. Era sensata demais para agir dessa maneira.

A ironia da situação quase o matou: se ela não fosse a criatura inteligente e sensível que era, ele não a teria escolhido.

Richard deveria ter seguido o plano original. Fora até ali naquela noite com a intenção de comprometê-la. Nada extremo: seria a maior das hipocrisias se lhe roubasse algo além de um beijo.

Um beijo era tudo de que precisava. Um beijo com testemunhas e ela não teria saída.

Mas não, Iris havia mencionado a palavra *casamento* e, então, ele se sentiu culpado, sabendo muito bem que tinha bons motivos para isso. Um pedido romântico seria a maneira de compensar, embora ela não soubesse que ele precisava compensar algo.

– É claro – respondeu ele suavemente, levantando-se devagar. – Fui muito apressado. Perdoe-me.

– Não há nada a ser perdoado – replicou ela, tropeçando nas próprias palavras. – Foi apenas inesperado e eu não havia pensado a respeito. E o senhor só esteve com meu pai uma vez, apenas de passagem.

– É claro que vou pedir a permissão dele.

Não era exatamente uma mentira. Se conseguisse fazer Iris aceitar nos minutos seguintes, ficaria feliz em solicitar uma audiência particular com o pai dela e fazer tudo da maneira correta.

– Posso dispor de alguns dias? – perguntou Iris, com uma expressão hesitante. – Há muitas coisas que não conheço a seu respeito. E outras muitas que o senhor também desconhece sobre mim.

Ele a encarou ardentemente.

– Eu a conheço o suficiente para saber que jamais encontrarei uma noiva mais digna.

Ela entreabriu os lábios e ele percebeu que seus elogios haviam acertado o alvo. Se tivesse um pouquinho mais de tempo, poderia tê-la cortejado do modo que uma noiva merece.

Richard tomou as mãos dela e as apertou com suavidade.

– Você é muito preciosa para mim.

Ela parecia não saber o que dizer.

Ele a tocou no rosto, tentando ganhar tempo enquanto procurava uma maneira de salvar a situação. Precisava se casar com ela e não podia suportar mais demora.

Pelo canto do olho, percebeu um movimento. A porta da sala ainda estava aberta. Ele estava posicionado em um ângulo estranho e só conseguia enxergar um pouquinho do interior. Mas tinha a sensação de que lady Pleinsworth sairia a qualquer momento e...

– Preciso beijá-la! – gritou ele, e puxou Iris de supetão para seus braços.

Richard a ouviu ofegar e isso lhe causou uma imensa dor, mas não havia opção. Era preciso retomar o plano original. Beijou-a na boca, na bochecha, em seu adorável pescoço, e então...

– Iris Smythe-Smith!

Ele saltou para trás. Estranhamente, não teve que fingir surpresa.

Lady Pleinsworth correu na direção deles.

– Em nome de Deus, o que está acontecendo aqui?

– Tia Charlotte!

Iris cambaleou, tremendo como um cervo assustado. Richard viu os olhos dela passarem da tia para alguém atrás dela e, com uma crescente sensação de temor, ele se deu conta de que Harriet, Elizabeth e Frances também estavam presentes e fitavam o casal, boquiabertas.

Deus do céu, agora ele era responsável por corromper crianças.

– Tire suas mãos de minha sobrinha! – esbravejou lady Pleinsworth.

Richard pensou que era melhor não contestar que já a soltara.

– Harriet – disse lady Pleinsworth, sem tirar os olhos de Richard. – Vá procurar a sua tia Maria.

A menina assentiu bruscamente e foi cumprir sua missão.

– Elizabeth, chame um lacaio. Frances, vá para o seu quarto.

– Eu posso ajudar – protestou Frances.

– Para o seu quarto, Frances. *Agora!*

A pobre Frances, que ainda tinha o chifre colado na cabeça, teve que segurá-lo com as duas mãos enquanto saía correndo.

– Vocês dois, na sala de visitas – ordenou lady Pleinsworth, num tom funesto. – *Agora!*

Richard se afastou para o lado, permitindo que Iris passasse. Nunca imaginara que ela pudesse ficar ainda mais pálida que o normal, mas não havia o mínimo tom róseo em sua pele.

As mãos de Iris tremiam. Ele se odiou.

Um lacaio chegou assim que entraram na sala e lady Pleinsworth o levou a um canto e lhe disse algo em voz baixa. Richard presumiu que era uma mensagem para o pai de Iris.

– Sentem-se – ordenou ela.

Iris obedeceu lentamente.

Lady Pleinsworth voltou seu imperioso olhar para Richard. Ele juntou as mãos nas costas.

– Não posso me sentar enquanto a senhora permanecer de pé, milady.

– Dou-lhe a minha permissão – retrucou ela, seca.

Ele se sentou. Ia contra toda a sua natureza se acomodar humildemente e em silêncio, mas sabia que era o que precisava fazer. Só desejava que Iris não parecesse tão perdida, preocupada e envergonhada.

– Charlotte?

Ele ouviu a voz da mãe de Iris vindo do saguão. Ela entrou na sala, seguida por Harriet, que ainda carregava seu cajado de pastora.

– Charlotte, o que está acontecendo? Harriet disse... – As palavras da Sra. Smythe-Smith se desvaneceram quando observou a cena. – O que aconteceu? – indagou ela em voz baixa.

– Mandei buscar Edward – explicou lady Pleinsworth.

– Papai? – falou Iris, trêmula.

Charlotte se virou para encará-la.

– Você achava mesmo que poderia fazer o que fez sem enfrentar as consequências?

Richard ficou de pé.

– Ela não tem nenhuma culpa no que aconteceu.

– O... que... aconteceu? – perguntou de novo a Sra. Smythe-Smith.

– Ele a comprometeu – respondeu lady Pleinsworth.

A Sra. Smythe-Smith ofegou.

– Iris, como pôde?

– Não foi culpa dela – interveio Richard.

– Não estou falando com o senhor – rebateu a Sra. Smythe-Smith. – Pelo menos não ainda. – Ela se virou para a cunhada. – Quem está sabendo?

– Minhas três filhas menores.

A Sra. Smythe-Smith fechou os olhos.

– Elas não vão dizer nada! – exclamou Iris de repente. – São minhas primas.

– São crianças! – rugiu lady Pleinsworth.

Richard não suportou mais:

– Devo pedir que não fale com ela nesse tom.

– Não acredito que o senhor esteja em posição de fazer demandas.

– Todavia – falou ele com suavidade –, peço que fale com ela de maneira respeitosa.

As sobrancelhas de lady Pleinsworth se elevaram diante de tamanha impertinência, porém ela permaneceu em silêncio.

– Não creio que tenha se comportado com tamanha imprudência – disse Maria Smythe-Smith à filha.

Iris não respondeu. Sua mãe se voltou para Richard, os lábios comprimidos numa expressão firme e furiosa.

– O senhor terá que se casar com ela.

– Nada poderia me dar mais prazer.

– Eu duvido de sua sinceridade, senhor.

– Isso não é justo! – gritou Iris, levantando-se.

– Você ainda o defende? – a mãe a repreendeu.

– As intenções dele são honrosas.

Honrosas, pensou Richard. Ele já não estava seguro do que isso significava.

– São mesmo? – a Sra. Smythe-Smith quase cuspiu. – Se eram tão hon…

– Ele estava me pedindo em casamento!

A Sra. Smythe-Smith olhou para Iris, depois para Richard e, em seguida, de novo para a filha, sem saber como reagir.

– Não direi nada mais sobre isso até seu pai chegar. Ele não deve demorar. Ainda está cedo e, se sua tia – ela indicou a cunhada com a cabeça – deixou clara a importância da convocação, ele virá a pé.

Richard concordou com a avaliação da futura sogra. A residência dos Smythe-Smiths não ficava distante. Seria muito mais rápido caminhar do que esperar que preparassem uma carruagem.

Um tenso silêncio tomou conta da sala por um tempo até que a Sra. Smythe-Smith se voltou bruscamente para a cunhada.

– Você deve ficar com seus convidados, Charlotte. Se nenhuma de nós permanecer lá, levantaremos suspeitas.

Lady Pleinsworth assentiu com gravidade.

– Leve Harriet com você – acrescentou a mãe de Iris. – Apresente-a a alguns dos cavalheiros. Ela está quase na idade de frequentar a sociedade. Parecerá a coisa mais natural do mundo.

– Mas ainda estou com a roupa da peça – protestou Harriet.

– Isso não é hora para vaidade – declarou a mãe, agarrando o braço da menina. – Venha.

Harriet avançou aos tropeços atrás da mãe, não sem antes lançar um último olhar de compaixão para Iris.

A Sra. Smythe-Smith fechou a porta da sala e logo soltou um suspiro.

– Que grande confusão – disse ela, sem piedade.

– Vou fazer os acertos para conseguir uma licença especial imediatamente – afirmou Richard.

Ele não achou necessário contar a elas que já havia obtido uma.

A Sra. Smythe-Smith cruzou os braços e começou a caminhar de um lado para outro.

– Mamãe? – Iris aventurou-se a dizer.

Trêmula, Maria ergueu um dedo.

– Agora não.

– Mas...

– Vamos esperar seu pai! – interrompeu a Sra. Smythe-Smith, bastante zangada.

Ela tremia de fúria e a expressão de Iris dizia a Richard que a jovem jamais vira a mãe daquele jeito.

Iris recuou, abraçando o próprio corpo. Richard queria consolá-la, mas sabia que a mãe ficaria furiosa se ele desse um passo na direção da filha.

– De todas as minhas filhas – disse a Sra. Smythe-Smith, com um sussurro colérico –, você era a última que eu esperava que fizesse uma coisa dessas.

Iris desviou o olhar.

– Estou muito envergonhada de você.

– De mim? – questionou Iris, em um fio de voz.

Richard deu um passo ameaçador para a frente.

– Eu já expliquei à senhora que sua filha não tem nenhuma culpa.

– É óbvio que tem culpa. Ela estava sozinha com o senhor? Ela sabe muito bem que isso não está certo.

– Eu estava no meio de um pedido de casamento.

– Imagino que o senhor ainda não tenha solicitado uma reunião particular com o Sr. Smythe-Smith para obter seu consentimento.

– Pensei que deveria primeiro dar a *ela* a honra de ouvir meu pedido.

A mãe de Iris pressionou os lábios, zangada, mas não respondeu. Em vez disso, olhou vagamente em direção à filha e deixou escapar um frustrado "Oh, onde é que está o seu pai?".

– Estou segura de que logo estará aqui, mamãe – respondeu Iris em voz baixa.

Richard se preparou para saltar em defesa de Iris mais uma vez, porém a mãe se manteve calada. Por fim, depois de vários minutos, a porta da sala se abriu e o pai de Iris entrou.

Edward Smythe-Smith não era um homem excepcionalmente alto, mas era bem-conservado, e Richard imaginou que ele fora bastante atlético na juventude. Sem dúvida ainda era forte o bastante para quebrar a cara de um homem, caso decidisse que a violência era apropriada.

– Maria? – falou ele, olhando para a esposa assim que entrou. – Que diabo está acontecendo? Recebi um chamado urgente de Charlotte.

Sem uma única palavra, a Sra. Smythe-Smith fez um gesto na direção dos dois outros presentes na sala.

– Senhor – disse Richard.

Iris fitou as próprias mãos.

A Sra. Smythe-Smith continuou em silêncio.

Richard pigarreou.

– Eu gostaria muito de me casar com sua filha.

– Se estou interpretando corretamente a situação – falou o pai de Iris com uma calma devastadora –, vocês não têm muita escolha.

– Entretanto, é o que desejo.

O Sr. Smythe-Smith virou a cabeça na direção da filha, mas sem fitá-la.

– Iris?

– Ele me fez o pedido, papai. – Ela limpou a garganta. – Antes...

– Antes de *quê*?

– Antes que tia Charlotte... visse...

Richard inspirou fundo, tentando se controlar. Iris estava tão abatida que nem conseguiu terminar a frase. Será que o pai não percebia? Ela não merecia tal interrogatório. No entanto, Richard instintivamente sabia que, se intercedesse, só pioraria as coisas.

Mas ele não conseguiu se conter.

– Iris – disse de forma suave, esperando que ela sentisse o apoio em sua voz. Se ela precisasse, ele assumiria o comando da situação.

– Sir Richard me pediu em casamento – esclareceu Iris, de maneira resoluta.

Só que ela não o olhou. Nem sequer de relance.

– E qual foi a sua resposta? – perguntou o pai.

– Eu... Eu ainda não tinha respondido.

– Qual seria a sua resposta?

Iris engoliu em seco, desconfortável com todos os olhares sobre ela.

– Seria sim.

Richard sentiu a cabeça girar. Por que ela estava mentindo? Ela dissera que precisava de mais tempo.

– Então está resolvido – concluiu o Sr. Smythe-Smith. – Não é como eu gostaria que acontecesse, mas ela tem idade suficiente, quer se casar com o senhor e, na verdade, deve mesmo aceitar. – Ele encarou a esposa. – O casamento precisa ser rápido.

A Sra. Smythe-Smith assentiu, suspirando aliviada.

– Talvez não seja tão grave. Acredito que Charlotte consiga controlar os mexericos.

– Os mexericos nunca podem ser controlados.

Richard só pôde concordar.

– Ainda assim – insistiu a Sra. Smythe-Smith –, não é tão grave como poderia ser. Ainda podemos dar a ela um casamento adequado. Será melhor se não parecer muito apressado.

– Muito bem. – O pai de Iris se voltou para Richard. – O senhor pode se casar com ela daqui a dois meses.

Dois meses? Não. Não serviria.

– Senhor, não posso esperar dois meses – replicou Richard, sem pestanejar.

As sobrancelhas do futuro sogro subiram lentamente.

– Preciso voltar para as minhas terras.

– O senhor deveria ter pensado nisso antes de comprometer minha filha.

Richard vasculhou o cérebro à procura da melhor desculpa, a que tivesse mais chance de fazer o Sr. Smythe-Smith ceder.

– Eu sou o único tutor de minhas duas irmãs menores, senhor. Seria negligente de minha parte não retornar logo.

– Se não me engano, o senhor passou várias temporadas na cidade anos atrás – retrucou o Sr. Smythe-Smith. – Quem estava a cargo de suas irmãs então?

– Elas viviam com nossa tia. Faltava-me a maturidade necessária para cumprir adequadamente com os meus deveres.

– Perdoe-me se duvido de sua maturidade agora.

Richard se obrigou a não responder. Se tivesse uma filha, ficaria furioso também. Pensou no próprio pai, perguntando a si mesmo o que ele pensaria de suas atitudes naquela noite. Bernard Kenworthy amava a família – Richard nunca duvidara disso –, mas sua postura paternal poderia ser melhor descrita como uma negligência benigna. Se estivesse vivo, o que ele teria feito? Se é que faria alguma coisa.

Mas Richard não era seu pai. Ele não tolerava posturas omissas.

– Dois meses serão perfeitamente aceitáveis – afirmou a mãe de Iris. – Não há nenhuma razão para que o senhor não possa voltar às suas terras e logo retornar para o casamento. Para ser honesta, eu prefiro assim.

– Eu não – declarou Iris.

Os pais a encararam, em estado de choque.

– Bem, eu não prefiro assim. – Ela engoliu em seco e Richard sentiu uma pontada no coração diante da tensão que viu no pequeno corpo da futura esposa. – Se a decisão já está tomada, prefiro seguir em frente.

A mãe deu um passo na direção dela.

– Sua reputação…

– Pode ser que já esteja em frangalhos. Se for esse o caso, gostaria muito mais de estar em Yorkshire, onde não conheço ninguém.

– Tolice – retrucou a mãe com desdém. – Vamos esperar e ver o que acontece.

Iris fitou a mãe com um olhar duro.

– Eu não tenho nenhuma voz nesse assunto?

Os lábios da mãe tremeram e ela encarou o marido.

– Será como ela deseja – sentenciou o pai, depois de pensar um pouco. – Não vejo nenhuma razão para obrigá-la a esperar. Deus sabe que Daisy e ela vão brigar o tempo todo. – O Sr. Smythe-Smith se voltou para Richard. – Não é agradável conviver com Iris quando ela está de mau humor.

– Papai!

Ele a ignorou.

– E não é agradável conviver com Daisy quando ela está de bom humor. O planejamento de uma cerimônia de casamento fará com que esta aqui – meneou a cabeça para Iris – se sinta infeliz e a outra fique em êxtase. Eu teria que me mudar para a França.

Richard apenas sorriu. O humor do Sr. Smythe-Smith era do tipo amargo e não toleraria uma risada.

– Iris – disse o cavalheiro mais velho. – Maria.

Elas o seguiram até a porta.

– Eu o verei em dois dias – anunciou o pai de Iris a Richard. – Espero que tenha a licença especial e todos os papéis preparados.

– Não faria menos do que isso, senhor.

Ao sair da sala, Iris olhou por sobre o ombro e seus olhares se cruzaram.

Por quê?, ela parecia perguntar. *Por quê?*

Nesse momento, percebeu que ela sabia. Sabia que ele não havia sido tomado pela paixão, que o casamento forçado fora orquestrado, embora não com muito talento.

Richard nunca se sentira tão envergonhado.

CAPÍTULO 8

Na semana seguinte

Iris despertou com trovões na manhã de seu casamento e, quando a criada chegou trazendo o café, Londres estava completamente alagada pela chuva.

Ela se aproximou da janela e olhou para fora, descansando a testa no vidro gelado. A cerimônia aconteceria dentro de três horas. Talvez o tempo abrisse até lá. Havia um pequeno pedaço azul no céu, bem distante. Parecia solitário. Deslocado.

Mas dava esperanças.

Imaginava que não faria diferença. Ela não iria se molhar. O matrimônio seria celebrado, graças a uma licença especial, no salão da casa de sua família. A viagem até lá envolvia apenas dois corredores e um lance de escadas.

Iris torcia para que as estradas não estivessem alagadas. Deveria partir para Yorkshire com sir Richard na mesma tarde. Embora estivesse compreensivelmente nervosa por sair de casa e se afastar de tudo o que lhe era familiar, já ouvira o suficiente sobre a noite de núpcias para saber que *não* desejaria passá-la sob o teto dos pais.

Sir Richard não possuía uma casa em Londres e os aposentos que havia alugado não eram apropriados para receber a esposa. Ele queria levá-la para sua residência em Maycliffe Park, onde se encontraria com as irmãs.

Uma risada nervosa atravessou sua garganta. Irmãs. Ele tinha irmãs. Se havia uma coisa em sua vida que nunca lhe faltara eram irmãs.

Uma batida na porta a arrancou de seus pensamentos e, depois que Iris deu permissão, a mãe entrou no quarto.

– Dormiu bem? – perguntou a Sra. Smythe-Smith.

– Não muito.

– Eu me espantaria se tivesse dormido. Não importa quanto conheça o noivo, uma mulher sempre fica apreensiva.

Iris achava *muito* importante uma mulher conhecer o noivo. Certamente estaria menos nervosa – ou, pelo menos, nervosa de uma maneira diferente – se conhecesse o futuro marido havia mais de duas semanas.

Porém, não disse nada à mãe, pois elas não conversavam sobre tais assuntos. Só falavam sobre futilidades, os acontecimentos do dia, música e, às vezes, livros, e sobretudo sobre as irmãs, as primas e os bebês da família. Mas nada de sentimentos. Não tinham esse tipo de relacionamento.

Ainda assim, Iris sabia que era amada. A mãe não era do tipo que expressava emoções ou aparecia em seu quarto com uma xícara de chá e um sorriso, mas amava os filhos com toda a força do coração. Iris jamais duvidara disso, nem por um segundo.

A Sra. Smythe-Smith sentou-se na ponta da cama e fez sinal para que Iris se aproximasse.

– Eu queria muito que você tivesse uma criada para a viagem. Não deveria ser assim.

Iris reprimiu uma risada diante do absurdo de tudo aquilo. Depois de todos os acontecimentos da semana anterior, a falta de uma *criada* era o mais importante?

– Você nunca foi boa com penteados. Terá que se vestir sozinha...

– Eu vou ficar bem, mamãe – garantiu Iris.

Daisy e ela compartilhavam uma criada e, quando lhe deram a chance de escolher, a jovem optou por permanecer em Londres. Iris achara prudente esperar e contratar uma nova em Yorkshire. Isso a faria parecer menos estranha em seu novo lar. Com sorte, também a faria *sentir-se* menos estranha.

Ela subiu de novo na cama e se apoiou nos travesseiros. Sentia-se muito jovem, acomodada daquela maneira. Não se lembrava da última vez que a mãe entrara em seu quarto e se sentara em sua cama.

– Eu lhe ensinei tudo o que você precisa saber para administrar adequadamente uma casa – afirmou a mãe.

Iris assentiu.

– Você vai estar no campo, será uma grande mudança, mas os princípios da administração de um lar são sempre os mesmos. Sua relação com a governanta será da maior importância. Se ela não respeitá-la, ninguém o fará. Ela não precisa ter *medo* de você...

Iris baixou o olhar para o próprio colo, escondendo o misto de divertimento e pânico que experimentava. Pensar que alguém pudesse ter medo dela era ridículo.

–... mas deve respeitar a sua autoridade – concluiu a Sra. Smythe-Smith. – Iris? Está me ouvindo?

Iris ergueu o olhar.

– É claro que sim. Desculpe-me... – Ela conseguiu forçar um pequeno sorriso. – Não acho que Maycliffe Park seja grandioso assim. Sir Richard descreveu o lugar para mim. Tenho certeza de que precisarei aprender muito, mas acredito que vou estar à altura da missão.

A mãe acariciou sua mão.

– É claro que estará.

Houve um momento de silêncio constrangido, interrompido quando a mãe perguntou:

– Que tipo de casa é Maycliffe? Elisabetano? Medieval? As terras são extensas?

– Do fim da época medieval. Sir Richard contou que ela foi construída no século XV, embora tenha sofrido várias alterações com o passar do tempo.

– E os jardins?

– Não tenho certeza – respondeu Iris, em tom lento e cuidadoso.

Ela sabia que a mãe não tinha ido ao seu quarto para falar sobre a arquitetura e o paisagismo de Maycliffe Park.

– É claro.

É *claro*? Iris estava perplexa.

– Espero que seja confortável.

– Sem dúvida que não me faltará nada.

– Vai fazer frio, imagino. Os invernos no norte... – A Sra. Smythe-Smith estremeceu um pouco. – Eu não suportaria. Você terá que tratar os criados com pulso firme para se certificar de que todas as lareiras estejam...

– Mamãe – Iris enfim a interrompeu.

A mãe parou de divagar.

– Sei que não veio aqui para falar de Maycliffe – acrescentou Iris.

– Não. – A Sra. Smythe-Smith respirou fundo. – Não, não vim.

Iris esperou pacientemente enquanto a mãe se remexia de forma incomum, puxando a colcha azul-clara e passando os dedos por ela. Por fim, ergueu os olhos e a fitou bem nos olhos.

– Você sabe que o corpo do homem não é... igual ao da mulher.

Iris entreabriu os lábios, surpresa. Ela já esperava por aquela conversa, mas, por Deus, não de forma tão objetiva.

– Iris?

– Sim – respondeu ela depressa. – É claro. Eu sei.

– São essas diferenças que fazem com que a procriação seja possível.

Iris quase disse "Estou entendendo", porém sem dúvida não era o caso. Pelo menos não do jeito que precisava.

– Seu marido vai... – A Sra. Smythe-Smith suspirou, frustrada. Iris nunca a vira tão desconcertada. – O que ele vai fazer...

Iris esperou.

– Ele vai... – A mãe fez uma pausa e meio que abriu os braços, com as mãos espalmadas. – Colocar aquela parte dele, a que é diferente, dentro de você.

– Dentro de... – Iris não parecia capaz de concluir a frase –... mim?

O rosto da mãe adquiriu um tom de rosa inesperado.

– A parte dele que é diferente entra na *sua* parte que é diferente. É assim que a semente dele entra no seu corpo.

Iris tentou visualizar a cena. Ela sabia como era o corpo masculino – as estátuas que vira nem sempre tinham uma folha de parreira. Mas o que a mãe lhe explicara parecia muito estranho. Sem dúvida, Deus, em sua infinita sabedoria, teria inventado um meio mais eficiente para a procriação.

Entretanto, não tinha nenhum motivo para duvidar da mãe. Iris franziu a testa e perguntou:

– E dói?

A Sra. Smythe-Smith ficou séria.

– Não vou mentir para você. Não é confortável, e dói muito na primeira vez. Só que depois fica mais fácil, juro. Acho que manter a mente ocupada ajuda muito. Eu costumo pensar nas contas da casa.

Iris não tinha ideia do que dizer. Suas primas nunca haviam sido muito explícitas quando falavam de seus deveres como esposas, mas ela nunca tivera a sensação de que passavam esse tempo somando de cabeça.

– Eu vou ter que fazer isso com frequência?

A mãe suspirou.

– Pode ser que sim. Na verdade, depende...

– De quê?

A mãe voltou a suspirar, só que dessa vez entre os dentes. Estava claro que não esperava mais questionamentos.

– A maioria das mulheres não concebe na primeira vez. Mas, mesmo que isso não aconteça, não saberá de imediato.

– Não saberei?

A mãe gemeu.

– Você vai saber que está grávida quando sua menstruação se interromper.

A menstruação seria interrompida? Ora, *esse* seria um benefício.

– Além disso – acrescentou a mãe –, os homens têm prazer no ato e as mulheres não. – Ela pigarreou, incomodada. – Isso vai depender do apetite de seu marido.

– Do apetite?

O negócio também envolveria *comida*?

– *Por favor*, pare de me interromper – a mãe quase implorou.

Iris fechou a boca na mesma hora. Sua mãe nunca implorava.

– O que estou tentando dizer – continuou a Sra. Smythe-Smith, com a voz tensa – é que provavelmente seu marido desejará se deitar com você muitas vezes. Pelo menos no início do casamento.

Iris engoliu em seco.

– Entendi.

– Muito bem – disse a mãe de repente. Ela quase deu um pulo ao se levantar. – Temos muitas coisas para fazer hoje.

Iris assentiu. Era evidente que a conversa chegara ao fim.

– Tenho certeza de que suas irmãs vão querer ajudá-la a se vestir.

Iris só abriu um sorriso trêmulo. Seria bom ter todas elas em um mesmo lugar. Rose vivia muito longe, na parte oeste de Gloucestershire, mas, mesmo com pouco tempo de antecedência, conseguira chegar a Londres para o casamento.

E Yorkshire ficava ainda mais distante.

A mãe se foi, mas, em menos de cinco minutos, alguém bateu à porta.

– Entre! – gritou Iris, cansada.

Era Sarah, com uma expressão furtiva e seu melhor vestido matinal.

– Ah, graças a Deus você está sozinha.

Iris se animou imediatamente.

– O que foi?

Sarah olhou para o corredor e logo fechou a porta atrás de si.

– Sua mãe veio falar com você?

Iris gemeu.

– Ah, então veio – constatou Sarah.

– Prefiro não falar a respeito.

– Não, é por isso mesmo que estou aqui. Bem, não para falar sobre os conselhos de sua mãe. Pode ter certeza de que não quero saber o que ela disse. Se for parecido com o que minha mãe disse... – Sarah estremeceu, mas logo se controlou. – Preste atenção. O que quer que sua mãe tenha dito sobre suas relações com o marido, esqueça.

– Tudo? – questionou Iris, confusa. – Ela não pode estar *completamente* enganada.

Sarah deu uma risadinha e sentou-se na cama ao lado da prima.

– Não, é claro que não. Afinal, ela tem seis filhos. O que quero dizer é... Bem, ela falou que era horrível?

– Não com essas palavras, mas soou bastante desagradável.

– Pode mesmo ser se você não amar seu marido.

– Mas eu não amo meu marido.

Sarah suspirou e sua voz perdeu um pouco da autoridade.

– Você pelo menos gosta dele?

– Sim, claro.

Iris pensou naquele homem que, em poucas horas, seria seu marido. Ela não era capaz de afirmar que o amava, mas, para ser justa, não havia nada *errado* nele. Tinha um sorriso encantador e, até o momento, ele a tratara com o maior respeito. Porém, ela mal o conhecia.

– Eu poderia até amá-lo – comentou, desejando ter falado com mais segurança. – Espero que sim.

– Bom, já é um começo. – Sarah comprimiu os lábios e ficou pensando. – Ele também demonstra gostar de você.

– Estou bastante segura disso. – Em seguida, em um tom bem diferente, Iris acrescentou: – Exceto se ele for um exímio mentiroso.

– Como assim?

– Nada – replicou Iris rapidamente.

Arrependeu-se de ter falado aquilo. A prima sabia por que o casamento estava acontecendo tão depressa – a família inteira sabia –, porém ninguém conhecia a verdade por trás da proposta de sir Richard.

Nem mesmo Iris.

Ela suspirou. Era melhor todo mundo pensar que fora uma romântica declaração de amor. Ou pelo menos que ele tinha planejado tudo e percebido que combinavam. Mas não aquele... aquele...

Iris não sabia como explicar o acontecido nem a si mesma. Só desejava se livrar daquela suspeita constante e perturbadora de que havia algo errado.

– Iris?

– Desculpe-me. – Iris sacudiu a cabeça. – Ando meio distraída ultimamente.

– Acredito – respondeu Sarah, ao que parecia aceitando a explicação. – Conversei poucas vezes com sir Richard, mas ele parece ser um homem bom, e creio que vá tratar você muito bem.

– Sarah, se sua intenção era a de aliviar a minha ansiedade, devo dizer que não está conseguindo.

Sarah emitiu um grunhido de divertida frustração e segurou a cabeça de Iris entre as mãos.

– Apenas me escute. E confie em mim. Você confia em mim?

– Não muito.

A expressão de Sarah foi mais do que cômica.

– Estou brincando – emendou Iris com um sorriso. – Por favor, tenho o direito de ser temperamental no dia do meu casamento. Ainda mais depois da conversa com minha mãe.

– Só não se esqueça – prosseguiu Sarah, tomando a mão de Iris. – O que acontece entre um marido e sua esposa pode ser muito agradável.

Iris devia ter demonstrado dúvida, porque a prima acrescentou:

– É algo muito especial. De verdade.

– Alguém disse isso a você antes do casamento? Depois que sua mãe falou com você? Foi por isso que pensou em vir aqui me contar?

Para grande surpresa de Iris, Sarah corou bastante.

– Hugh e eu... ahn... talvez tenhamos...

– Sarah!

– É chocante, eu sei. Mas foi maravilhoso, de verdade, e não pude me controlar.

Iris ficou atônita. Sabia que Sarah sempre tivera um espírito mais livre do que o dela, mas jamais imaginaria que ela tivesse se entregado a Hugh antes do casamento.

– Ouça – continuou Sarah, apertando a mão de Iris –, não importa se Hugh e eu nos precipitamos. Estamos casados agora, eu amo meu marido e ele me ama.

– Eu não a julgo – assegurou Iris, embora tivesse a sensação de que a julgava, talvez um pouquinho.

Sarah a encarou com franqueza.

– Sir Richard já a beijou?

Iris assentiu.

– Você gostou? Não, não responda, posso ver no seu rosto que gostou.

Não pela primeira vez, Iris amaldiçoou sua pele clara. Não havia uma única pessoa em toda a Inglaterra capaz de corar com tanta intensidade quanto ela.

Sarah deu uns tapinhas na mão da prima.

– É um bom sinal. Se os beijos dele são prazerosos, é bem provável que o resto também seja.

– Esta é a manhã mais esquisita de toda a minha vida – comentou Iris debilmente.

– E vai ficar ainda mais – Sarah se levantou e fez um exagerado meneio de cabeça –, *lady Kenworthy*.

Iris jogou um travesseiro em Sarah.

– Preciso ir. Suas irmãs estarão aqui a qualquer momento para ajudá-la a se preparar.

Sarah se moveu em direção à porta e pousou a mão na maçaneta, olhando para trás com um sorriso.

– Sarah! – chamou Iris, antes que ela saísse do quarto.

Sarah inclinou a cabeça, aguardando.

Iris encarou a prima e, pela primeira vez na vida, deu-se conta de quanto a amava.

– Obrigada.

Várias horas depois, Iris se tornou lady Kenworthy de verdade. Postara-se diante de um homem de Deus e pronunciara as palavras que a uniriam a sir Richard pelo resto da vida.

Ele ainda era um mistério. Continuara a cortejá-la durante o breve período entre a aceitação do pedido e o casamento, e Iris não podia negar que ele era mais do que encantador. Mas ainda não se atrevia a confiar nele sem reservas.

Mas gostava de sir Richard. Gostava muito. Ele tinha um senso de humor perverso que combinava com o dela, e Iris acreditava que se tratava de um homem de moral e bons princípios.

Na verdade, não era bem uma crença, apenas uma hipótese ou uma esperança. Seu instinto lhe dizia que tudo ficaria bem, mas ela não gostava muito de confiar nos próprios instintos. Era uma pessoa prática demais. Preferia o tangível, desejava provas concretas.

A corte de sir Richard não tinha feito nenhum *sentido*. Ela simplesmente não podia superar esse fato.

– Devemos nos despedir – disse seu marido... *seu marido!*, pouco depois do café da manhã servido no casamento.

A celebração, como a cerimônia, tinha sido singela, embora não pequena. O tamanho da família de Iris não permitiria.

Iris havia enfrentado os acontecimentos do dia em um torpor constante, assentindo e sorrindo nos momentos que, assim esperava, eram os corretos. Um primo após o outro se adiantou para felicitá-la, mas a cada beijo na face e tapinha na mão, ela só conseguia pensar que se aproximava o momento de entrar na carruagem de sir Richard e ir embora para longe.

Agora, o momento chegara.

Ele a ajudou a subir e ela se sentou virada para a frente do veículo. Era uma boa carruagem, bem equipada e confortável. Esperava que tivesse boa suspensão; segundo o marido, a viagem até Maycliffe Park levaria quatro dias.

Um momento depois de vê-la acomodada, sir Richard entrou. Dirigiu-lhe um sorriso e sentou-se de frente para ela.

Iris olhou pela janela e viu a família reunida diante de sua casa. Não, não era a sua casa. Não mais. Sentiu os olhos marejarem, mortificada, e procurou um lenço depressa em sua bolsinha de contas. Ela mal a abrira quando sir Richard se inclinou para a frente e lhe ofereceu um lenço.

Não havia sentido em negar seus sentimentos, por isso ela o aceitou. Ele parecia conhecê-la bem.

– Sinto muito – disse ela, enxugando as lágrimas.

As noivas não deviam chorar no dia do casamento. Sem dúvida isso não era um bom presságio.

– Não precisa se desculpar – disse sir Richard amavelmente. – Sei que as coisas têm sido bastante tumultuadas.

Ela lhe dirigiu o melhor sorriso que pôde, que, ainda assim, não era nada bom.

– Eu estava apenas pensando…

Iris gesticulou para a janela. A carruagem ainda não começara a se mover e, se inclinasse um pouco a cabeça, podia ver a janela do que um dia fora seu quarto.

– Já não é mais a minha casa – concluiu.

– Espero que goste de Maycliffe.

– Tenho certeza de que vou gostar. Suas descrições são encantadoras.

Sir Richard tinha falado sobre a enorme escadaria e as passagens secretas. E sobre um quarto onde o rei James I pernoitara. Havia uma hortinha de ervas perto da cozinha e uma estufa nos fundos. Não ficava anexada à casa, mas Richard comentou que sempre pensara em conectar as duas construções.

– Não pouparei esforços para fazê-la feliz – garantiu ele.

Ela ficou contente ao ouvir aquelas palavras ali dentro, onde ninguém podia escutá-los.

– Eu também.

A carruagem começou a se mover, em um ritmo muito lento, pelas ruas congestionadas de Londres.

– Quanto tempo viajaremos hoje? – perguntou Iris.

– Umas seis horas ao todo se as estradas não tiverem sido muito afetadas pela chuva desta manhã.

– Não será um dia muito longo.

Ele sorriu, assentindo.

– Perto da cidade haverá muitos locais para descansar se você precisar.

– Obrigada.

Era, de longe, a conversa mais educada, correta e tediosa que já haviam tido. Uma situação bem irônica.

– Você se importa se eu ler? – indagou Iris, enfiando a mão na bolsa para pegar um livro.

– De jeito nenhum. Na verdade, invejo você. Sou incapaz de ler dentro de uma carruagem em movimento.

– Mesmo quando se senta de frente para a estrada?

Ela mordeu o lábio. Meu Deus, o que estava dizendo? Sir Richard acharia que ela desejava que ele se sentasse ao seu lado.

Não era, de forma alguma, o que Iris tinha em mente.

Não que fosse se *importar*.

Mas isso não significava que desejava que ele o fizesse.

Para ela, não fazia diferença. De verdade. Ela não se importava com o lugar que ele escolhesse para se sentar.

– Não depende de que lado eu me sento – respondeu sir Richard, recordando a Iris que ela havia feito uma pergunta. – Acho que olhar pela janela, para algum ponto longínquo, ajuda um pouco.

– Minha mãe diz o mesmo. Ela também tem dificuldade para ler em carruagens.

– Normalmente eu cavalgo ao lado – falou ele, dando de ombros. – É mais fácil.

– Não deseja fazê-lo hoje?

Oh, que horror. Agora parecia que ela estava tentando expulsá-lo da carruagem. Isso *também* não era o que ela tencionava.

– Pode ser que o faça mais adiante. Na cidade nos movemos tão devagar que não chego a ficar afetado.

Ela pigarreou.

– Bem, então agora vou ler um pouco, se você não se importar.

– Por favor.

Iris abriu o livro e começou a leitura. Em uma carruagem fechada. A sós com o belo marido. Ela leu um livro.

Tinha a sensação de que aquela não era a forma mais romântica de iniciar um casamento.

Mas como poderia saber?

CAPÍTULO 9

Eram quase oito da noite quando, enfim, eles fizeram a última parada do dia. Iris já estava sozinha na carruagem havia algum tempo. Os dois tinham parado brevemente antes para que todos pudessem atender às próprias necessidades e, ao recomeçarem a viagem, sir Richard decidira cavalgar ao lado do veículo. Iris disse a si mesma que não estava sendo desprezada. Ele sofria de enjoos; ela não queria que o marido se sentisse mal no dia do casamento.

Porém, isso significava ficar sozinha e, quando a noite foi chegando e a luz se fez mais tênue, ela já não podia mais contar com a leitura para se distrair. Agora que tinham deixado Londres para trás, o ritmo da viagem era mais acelerado e os cavalos seguiam em um compasso mais constante e tranquilo. Ela devia ter adormecido, pois em um momento estava em algum lugar de Buckinghamshire e, no seguinte, alguém balançava levemente o seu ombro e a chamava:

– Iris? Iris?

– Mmmbrgh.

Ela não era do tipo que acordava muito rápido.

– Iris, chegamos.

Ela piscou algumas vezes, até que o rosto do marido entrou em foco à tênue luz da tarde.

– Sir Richard?

Ele sorriu com indulgência.

– Acho que você não precisa mais usar "sir".

– Mmmmfh. Sim. – Ela bocejou, sacudindo as mãos, que estavam dormentes. Logo depois, percebeu que os pés também. – Então vamos.

Ele a encarou, divertindo-se.

– Você sempre acorda tão devagar?

– Não. – Ela se sentou. Em algum momento durante a viagem, havia desabado de lado. – Às vezes demoro ainda mais.

Richard deu uma risadinha.

– Preciso me lembrar disso. Não haverá reuniões importantes para lady Kenworthy antes de meio-dia.

Lady Kenworthy. Iris se perguntou quanto tempo levaria para se acostumar.

– Em geral, às onze horas eu já tenho alguma coerência… embora confesse que a melhor parte de estar casada será tomar o café da manhã na cama.

– A melhor parte?

Ela enrubesceu e o significado de suas palavras enfim a despertou.

– Sinto muito. Foi impensado…

– Não se preocupe – ele a interrompeu e ela deu um suspiro de alívio.

Seu marido não era do tipo que se ofendia por qualquer bobagem – uma virtude, pois Iris não costumava pensar muito antes de falar.

– Vamos descer? – sugeriu Richard.

– Sim, claro.

Ele saltou da carruagem e lhe estendeu a mão.

– Lady Kenworthy.

Era a segunda vez em poucos minutos que ele a chamava pelo novo nome. Ela sabia que muitos cavalheiros o faziam nos primeiros dias do casamento como um sinal de carinho, mas sentia-se desconfortável. Sabia que a intenção dele era boa, mas aquelas palavras só a faziam lembrar quanto sua vida mudara em apenas uma semana.

Entretanto, era seu dever tirar o melhor da situação e isso significava começar com uma conversa agradável.

– Já esteve aqui antes? – perguntou, enquanto aceitava ajuda para descer.

– Sim, eu… Opa!

Iris não soube direito como aconteceu – talvez não tivesse conseguido se livrar de toda a dormência dos pés –, mas ela escorregou no degrau da carruagem. Soltou um grito de surpresa quando sentiu um solavanco no estômago e o coração acelerou.

E assim, antes que pudesse ao menos tentar recuperar o equilíbrio, ela foi agarrada por Richard, que a sustentou firmemente e a colocou no chão.

– Santo Deus! – exclamou ela, feliz por ter os pés em terra firme.

Pôs uma mão sobre o coração, procurando se acalmar.

– Você está bem?

Ele não parecia ter percebido que suas mãos continuavam na cintura dela.

– Muito bem – sussurrou. Por que estava sussurrando? – Obrigada.

– Ótimo, eu não queria que...

As palavras de Richard se desvaneceram e, por um longo segundo, eles apenas se encararam. Foi uma sensação estranha e calorosa e, quando ele se afastou de repente, Iris se viu desequilibrada, ligeiramente tonta.

– Não queria que se machucasse. – Ele pigarreou. – Foi o que quis dizer.

– Obrigada.

Ela olhou para a estalagem, um lugar fervilhando de atividade, contrastando bastante com os dois, que continuavam parados como estátuas.

– Mas você estava falando alguma coisa sobre a estalagem? – indagou Iris.

Ele a encarou sem entender.

– Perguntei se você já esteve aqui antes.

– Várias vezes – respondeu Richard, mas ainda parecia distraído. Ela esperou um pouco, fingindo ajeitar as luvas, até que ele limpou a garganta e disse: – É uma viagem de três dias até Maycliffe. Não há como evitar. Eu sempre fico nas mesmas duas estalagens nas viagens para o norte.

– E nas viagens para o sul? – brincou ela.

Ele piscou, franzindo a testa e demonstrando confusão ou desdém. Sinceramente, ela não tinha certeza.

– Eu estava brincando – Iris começou a se explicar, pois era óbvio que ele faria o mesmo caminho para sair ou chegar de Londres. Mas ela se interrompeu e acrescentou apenas: – Não importa.

Richard continuou a encará-la de maneira penetrante por um longo tempo, até que lhe estendeu o braço.

– Vamos.

Iris viu a placa alegremente pintada, pendurada na estalagem: *O Ganso Empoeirado*. Era sério aquilo? Ela estava prestes a passar a noite de núpcias em uma estalagem com aquele nome?

– Imagino que tenha gostado – comentou Richard de forma educada enquanto a conduzia para dentro.

– É claro.

Não que pudesse ou pretendesse dizer qualquer outra coisa. Ela olhou ao redor. Na verdade, era um lugar encantador, com janelas no estilo Tudor e flores frescas na recepção.

– Ah, sir Richard! – exclamou o estalajadeiro, apressando-se para saudá-los. – Vejo que está fazendo a viagem em bom ritmo.

– As estradas estavam boas, apesar da chuva desta manhã – disse Richard com amabilidade. – Foi uma viagem bastante agradável.

– Imagino que isso se deva mais à companhia do que às estradas – insinuou o estalajadeiro, abrindo um sorriso de cumplicidade. – Desejo-lhes felicidades.

Richard inclinou a cabeça na direção do homem para agradecer.

– Permita-me apresentar-lhe minha esposa, lady Kenworthy. Lady Kenworthy, este é o Sr. Fogg, o estimado proprietário do Ganso Empoeirado.

– É uma honra conhecê-la, milady. Seu marido é nosso hóspede favorito.

Richard deu um meio sorriso.

– Bastante frequente, pelo menos.

– Sua estalagem é adorável – elogiou Iris. – Entretanto, não vejo nada empoeirado.

O Sr. Fogg sorriu.

– Fazemos todo o possível para manter os gansos do lado de fora.

Iris riu, satisfeita. Já não estava mais familiarizada com o som do próprio riso.

– Querem que eu mostre seus quartos? – indagou o estalajadeiro. – A Sra. Fogg lhes preparou o jantar. Seu melhor assado, com queijo e batatas. Posso mandar servir em um refeitório privado quando desejarem.

Iris sorriu, agradecida, e seguiu o Sr. Fogg pelas escadas.

– Aqui estamos, milady – disse ele, abrindo uma porta ao fim do corredor. – É nosso melhor quarto.

Era realmente muito bom para uma estalagem, pensou Iris, pois havia uma grande cama com dossel e uma janela que dava para o sul.

– Temos apenas dois quartos com banheiros privados e, é claro, reservamos este para a senhora. – Ele abriu outra porta, que dava para uma pequena saleta sem janelas, com um urinol e uma banheira de cobre. – Uma de nossas criadas pode lhe preparar um banho quente, se milady assim o desejar.

– Eu o avisarei, obrigada.

Ela não sabia por que estava tão desejosa de causar uma boa impressão em um estalajadeiro; talvez porque o marido parecesse gostar muito do sujeito. E, é claro, não havia nenhuma razão para ser grosseira com alguém que fazia de tudo para lhe agradar.

O Sr. Fogg fez uma reverência.

– Muito bem, vou deixá-la agora, milady. Imagino que queira descansar depois de viajar tanto. Sir Richard?

Iris ficou confusa ao vê-lo guiar Richard até outra porta.

– O senhor vai ficar do outro lado do corredor – continuou o Sr. Fogg.

– Muito bem.

– Você vai...

Iris se conteve antes que dissesse algo embaraçoso. O marido reservara quartos separados para a noite de núpcias?

– Milady? – falou o Sr. Fogg, voltando-se para ela.

– Não é nada – garantiu Iris rapidamente.

Ela nunca deixaria que percebessem sua surpresa por causa dos acertos. Surpresa e... alívio. E, talvez, também um pouco de mágoa.

– Se puder abrir a porta do meu quarto para mim – disse Richard ao Sr. Fogg –, posso ir até lá por mim mesmo. Antes, gostaria de conversar em particular com minha esposa.

O estalajadeiro fez uma mesura e partiu.

– Iris – começou Richard.

Ela não se voltou para ele, porém lançou um olhar em sua direção. E tentou sorrir.

– Eu não lhe faria a desonra de exigir uma noite de núpcias em uma estalagem de beira de estrada – explicou-se ele, com a voz tensa.

– Entendo.

Ele parecia esperar uma resposta mais longa, por isso ela logo acrescentou:

– É muita consideração de sua parte.

Richard ficou em silêncio por um momento, sem graça, dando tapinhas na coxa com a mão direita.

– Sei que tudo aconteceu depressa demais para você.

– Bobagem – retrucou ela, determinada, mas também dando um toque de leveza à voz. – Eu já o conheço há duas semanas inteiras. Posso citar meia dúzia de casamentos construídos com base em relacionamentos muito mais curtos.

Richard arqueou uma sobrancelha, numa expressão muito sarcástica, e mais uma vez Iris desejou não ser tão pálida. Mesmo se conseguisse erguer uma única sobrancelha, ninguém seria capaz de perceber.

Ele fez uma reverência.

– Vou me retirar.

Ela se virou, fingindo procurar algo na bolsa, e falou:

– Por favor.

Houve outro silêncio desconfortável.

– Eu a verei no jantar?

– É claro que sim.

Ela precisava comer, certo?

– Quinze minutos são suficientes?

A voz dele era cautelosamente educada.

Iris assentiu, apesar de não estar de frente para ele. Teve certeza de que Richard entendeu a resposta. Além do mais, já não confiava na própria voz.

– Virei buscá-la antes de descer – disse o marido, e Iris ouviu a porta dela se fechar.

Ela ficou parada, sem conseguir respirar. Não sabia bem por quê. Talvez uma parte de si precisasse que ele se afastasse mais, que ficasse mais distante do que a um simples clique de uma porta. Precisava que ele cruzasse o corredor, entrasse em seu quarto e fechasse a porta atrás de si.

Precisava de tudo isso entre eles.

E, então, poderia chorar.

Richard fechou a porta do quarto de Iris, caminhou pelo corredor sem se apressar e abriu a porta do próprio quarto. Após fechá-la e trancá-la, soltou uma lista de impropérios de uma criatividade tão espetacular que era de admirar que um raio não atingisse O Ganso Empoeirado.

Que *diabo* ele ia fazer?

Tudo saíra de acordo com o planejado. Tudo. Conhecera Iris, casara-se com ela e estavam a caminho de casa. Ele ainda não havia lhe contado muita coisa, mas, de qualquer maneira, só planejara fazê-lo quando chegassem a Maycliffe e se encontrassem com suas irmãs.

O fato de ter conquistado uma esposa tão inteligente e agradável era um alívio. O fato de ela ser atraente era um adorável bônus. Entretanto, não havia previsto que a desejaria.

Não daquele jeito.

Ele a beijara em Londres e gostara bastante – o suficiente para saber que ir para a cama com ela não seria nenhum sacrifício. Porém, por mais agradável que a experiência tivesse sido, não havia sido difícil parar quando necessário. Sua pulsação havia se acelerado e ele sentiu os primeiros sinais de desejo, mas não fora nada que não pudesse controlar com facilidade.

Então, Iris tropeçou ao sair da carruagem. Ele a amparou, é claro. Foi instintivo. Afinal, era um cavalheiro. Teria agido da mesma maneira com qualquer mulher.

Mas, quando a tocou, quando as mãos pousaram na curva de sua pequena cintura e o corpo dela deslizou pelo dele enquanto a colocava no chão...

Algo se incendiou em seu interior.

Richard não sabia o que havia mudado. Seria algo primitivo, algo no fundo de seu coração que, agora, dava a certeza de que ela lhe pertencia?

Ele se sentira um idiota, ficara perplexo e paralisado, incapaz de tirar as mãos da cintura de Iris. O sangue pulsava nas veias, o coração batia tão forte que ele mal podia acreditar que ela não estivesse ouvindo. E tudo em que pôde pensar foi...

Eu a desejo.

E não era um desejo comum, pelo fato de não estar com uma mulher havia meses. Era algo eletrizante, uma descarga instantânea de desejo tão forte que lhe tirou todo o fôlego.

Ele teve vontade de inclinar a cabeça de Iris em direção à sua e beijá-la até ela se sentir tomada pelo desejo.

Quis apertar as nádegas dela e erguê-la até que ela não tivesse outra opção a não ser envolvê-lo com suas pernas.

E, em seguida, desejou empurrá-la contra uma árvore e *possuí-la.*

Meu Deus. Ele desejava a esposa. E não podia tê-la.

Ainda não.

Richard praguejou novamente enquanto arrancava o casaco e se jogava na cama. Maldição! Ele não precisava de uma encrenca daquelas. Teria que dizer a ela para trancar a maldita porta de seu quarto quando fossem morar em Maycliffe.

Então, blasfemou mais uma vez. Nem sabia se havia mesmo uma tranca na porta entre o aposento dele e o dela.

Teria que instalar uma.

Não, isso geraria comentários. Quem colocaria uma tranca na porta que ligava as acomodações de um casal?

Além do mais, havia os sentimentos de Iris. Richard vira em seus olhos a surpresa ao perceber que não seria visitada em sua noite de núpcias. Tinha quase certeza de que a esposa estava, de certa forma, aliviada – ele não se vangloriava por ela ter se apaixonado perdidamente em tão pouco tempo. Mas, ainda que fosse verdade, Iris não era o tipo de mulher que se aproximaria do leito matrimonial sem tremer.

E ela também estava magoada. Richard percebera, apesar das tentativas da esposa de ocultar seus sentimentos. E por que não estaria? Pela atitude dele, o próprio marido não a achava atraente o bastante para levá-la para a cama na noite de núpcias.

Ele deu uma risada sombria. Nada poderia ser menos verdadeiro. Só Deus sabia de quanto tempo seu corpo traidor precisaria para se acalmar e permitir que ele a escoltasse até o jantar.

Ah, sim, ele agiria como um cavalheiro. *Aqui, tome meu braço, mas, por gentileza, ignore minha tempestuosa ereção.*

Alguém precisava inventar um modelo mais apropriado de calças masculinas.

Richard ficou deitado de costas, procurando pensar em coisas menos sensuais. Qualquer assunto capaz de desviar sua mente para algo que não fosse o delicado fervor da cintura de sua esposa. Ou o suave tom de rosa de seus lábios. Era de uma cor que teria sido inexpressiva em qualquer outra pessoa, mas em contraste com a pálida pele de Iris…

Ele praguejou. Outra vez. Não era assim que as coisas deveriam ter acontecido. Pensamentos ruins, pensamentos desagradáveis… Vejamos, aquele dia em que tivera uma intoxicação alimentar em Eton. Peixe estragado. Salmão? Não, eram lúcios. Vomitara por vários dias. Ah, e o lago em Maycliffe. Estaria frio naquela época do ano. Muito frio. De congelar os testículos.

Observação de pássaros, conjugações de latim, sua tia-avó Gladys (que descansasse em paz). Aranhas, leite azedo, a peste.

Peste *bubônica.*

Peste bubônica em seu frio e dormente…

Essa imagem deu resultado.

Ele consultou o relógio de bolso. Dez minutos já haviam se passado. Talvez onze. Sem dúvida, tempo suficiente para arrastar seu patético corpo de cima da cama e se fazer apresentável.

Com um gemido, Richard vestiu de novo o casaco. Provavelmente deveria se trocar para o jantar, mas normas podiam ser relevadas durante a viagem. Além disso, já avisara ao valete que não necessitaria de seus serviços até a hora de dormir. Esperava que Iris não tivesse pensado em colocar um vestido mais formal. Não lhe passara pela cabeça a ideia de avisá-la sobre isso.

Exatamente na hora combinada, bateu à porta da esposa. Ela a abriu de imediato.

– Você não se trocou – ele foi logo dizendo. Como um verdadeiro idiota.

Iris arregalou os olhos, temendo ter cometido um engano.

– Era para eu ter me trocado?

– Não, não. Era para eu ter dito que não precisava se incomodar. – Ele pigarreou. – Mas me esqueci.

– Ah. – Ela sorriu. Sem jeito. – Bom, não. Não me troquei, quero dizer.

– Percebi.

Richard cumprimentou a si mesmo por sua inteligência brilhante.

Ela ficou parada.

Ele também.

– Eu trouxe um xale – comentou Iris.

– Boa ideia.

– Achei que poderia esfriar.

– É bem possível.

– Sim, foi o que pensei.

Ele ficou parado.

Ela também.

– Devemos ir comer – disse Richard de repente, estendendo o braço.

Era perigoso tocá-la, mesmo em circunstâncias tão inocentes, mas ele precisaria se acostumar. Não podia se negar a escoltá-la durante os muitos meses que se seguiriam.

Tinha que saber quantos meses. *Exatamente* quantos meses.

– O Sr. Fogg não estava exagerando quando falou sobre o assado da esposa – contou Richard, procurando um assunto inócuo. – Ela é uma esplêndida cozinheira.

Como imaginara, percebeu que Iris ficou aliviada por ele ter dado início a uma conversa trivial.

– Deve estar maravilhoso – falou ela. – Estou morrendo de fome.

– Você não comeu nada na carruagem?

Ela balançou a cabeça.

– Pensei em fazê-lo, mas adormeci.

– Sinto muito por não estar lá para entretê-la.

Sabia muito bem como gostaria de entretê-la, embora ela fosse inocente em tais atividades.

– Não seja tolo. Você não se sente bem em carruagens.

Verdade. Mas, até então, ele nunca tinha feito uma viagem longa ao lado *dela*.

– Imagino que pretenda viajar outra vez do lado de fora amanhã?

– Acredito que seria melhor. – *Por inúmeras razões.*

Ela assentiu.

– Vou ter que encontrar outro livro para ler. Temo que vá terminar o de agora muito mais depressa do que esperava.

Chegaram à porta da sala de jantar privativa e Richard deu um passo à frente e a abriu para Iris passar.

– O que está lendo? – ele quis saber.

– Outro livro da Srta. Austen: *Mansfield Park*.

Ele puxou a cadeira para Iris.

– Não estou familiarizado com esse. Acho que minha irmã não o leu.

– Não é tão romântico quanto os outros.

– Ah, isso explica tudo. Sendo assim, Fleur não gostaria dele.

– Sua irmã é muito romântica?

Richard começou a abrir a boca, mas logo se deteve. Como descrever Fleur? Nos últimos tempos, ela não tinha sido uma pessoa muito agradável.

– Acredito que é, sim – respondeu por fim.

Iris pareceu achar graça.

– *Acredita*?

Ele sorriu timidamente.

– Não é o tipo de coisa que ela discute com o próprio irmão. O romantismo, quero dizer.

– Não, suponho que não. – Iris deu de ombros e espetou uma batata com o garfo. – Por certo eu não discutiria esse assunto com o meu.

– Você tem um irmão?

Iris o olhou, surpresa.

– É claro que sim.

Maldição, ele deveria ter imaginado. Que tipo de homem não saberia que a esposa tinha um irmão?

– John – continuou ela. – É o mais novo.

Essa revelação foi de fato espantosa.

– Você tem um irmão chamado *John*?

Ela riu.

– Realmente chocante. Deveria ser Florian. Ou Forest. É mesmo uma injustiça.

– Por que não Narcissus? – sugeriu.

– Teria sido ainda mais cruel. Ter o nome de uma flor e continuar sendo normal.

– Ora, pense bem. Iris não é como Mary ou Jane, mas não é tão incomum.

– Não é esse o ponto. Nós somos cinco. O que é comum fica horrível em conjunto. Exagerado.

Ela fitou a comida, com um olhar divertido.

– O que foi?

Ele precisava saber o motivo daquela expressão tão deliciosa.

Iris balançou a cabeça e comprimiu os lábios, obviamente tentando não rir.

– Diga-me o que foi. Eu insisto – falou Richard.

Ela se inclinou para a frente, como se fosse contar um grande segredo.

– Se John fosse menina, teria se chamado Begonia.

– Meu Deus.

– Pois é. Meu irmão teve muita, muita sorte.

Richard riu e, de repente, percebeu que os dois estavam conversando havia vários minutos de uma maneira bastante relaxada. Mais que relaxada – ele sentia que a esposa era uma companhia muito agradável. Talvez desse certo. Só precisava vencer aquele primeiro obstáculo…

– Por que seu irmão não compareceu ao casamento?

Ela não se deu o trabalho de tirar os olhos da comida ao responder:

– John ainda está em Eton. Meus pais acharam que ele não deveria perder aulas por uma celebração tão pequena.

– Mas todos os seus primos estavam lá.

– Não havia ninguém da *sua* família – retrucou ela.

Existiam motivos para tal, mas ele não estava preparado para discuti-los agora.

– E, de qualquer maneira – prosseguiu Iris –, aqueles não eram *todos* os meus primos.

– Meu bom Deus! Quantos vocês são ao todo?

Os lábios de Iris se franziram. Ela estava tentando não rir.

– Tenho 34 primos de primeiro grau.

Ele a encarou. Era um número incompreensível.

– E cinco irmãos – acrescentou ela.

– Isso é… impressionante.

Iris deu de ombros; devia estar acostumada a ter uma família tão numerosa.

– Meu pai tinha sete irmãos.

– Mesmo assim. – Richard espetou um pedaço do famoso assado da Sra. Fogg. – Eu tenho, precisamente, zero primo em primeiro grau.

– É mesmo? – perguntou ela, espantada.

– A irmã mais velha de minha mãe ficou viúva muito cedo. Não teve filhos nem quis se casar outra vez.

– E seu pai?

– Ele teve dois irmãos, mas eles morreram sem deixar filhos.

– Sinto muito.

Ele fez uma pausa, detendo o garfo a meio caminho da boca.

– Por quê?

– Bem, porque… – Ela se interrompeu e baixou o queixo, como se refletisse sobre a resposta. – Não sei. Não posso imaginar como é ser sozinho.

Por algum motivo, ele achou divertida a situação.

– Tenho duas irmãs.

– É claro, mas…

Uma vez mais, ela parou de falar.

– "Mas" o quê?

Ele sorriu para demonstrar que não estava ofendido.

– É que… vocês são tão *poucos*…

– Garanto que eu não tinha essa sensação quando era criança.

– Não, imagino que não.

Richard serviu-se de mais assado da Sra. Fogg.

– Imagino que sua casa fosse fervilhante.

– Mais parecia um hospício.

Ele riu.

– Não estou brincando – replicou ela, mas sorrindo.

– Espero que você encontre em minhas duas irmãs substitutas adequadas para as suas.

Iris sorriu e inclinou a cabeça para o lado, de um jeito coquete.

– Com um nome como Fleur, acho que foi obra do destino, não acha?

– Ah, sim, as flores.

– É assim que se referem a nós agora?

– Agora?

Ela revirou os olhos.

– O ramalhete das Smythe-Smiths, as moças do jardim, o jardim das delícias...

– O jardim das delícias?

– Minha mãe não achava graça.

– Imagino que não.

– Nem sempre fomos chamadas de "as flores". – Ouvi falar que alguns cavalheiros gostavam de usar expressões de duplo sentido.

– Cavalheiros? – repetiu Richard.

Duvidava de que as expressões de duplo sentido fossem cavalheirescas.

Iris espetou uma batata minúscula.

– Eu uso o termo sem levar em conta o sentido real.

Ele a observou por um momento. À primeira vista, sua esposa parecia frágil, um tanto insubstancial. Não era alta, chegando apenas até os ombros de Richard, além de bem magra – embora não desprovida de curvas, como descobrira recentemente. E também, é claro, havia seu notável colorido. Os olhos, que à primeira vista pareciam pálidos e insípidos, mostravam-se aguçados e brilhantes de inteligência quando ela participava de uma conversa. E, quando ela se movia, ficava claro que sua figura esbelta não era sinal de fraqueza ou enfermidade, mas de força e determinação.

Iris Smythe-Smith não deslizava pelos salões, algo que tantas moças eram treinadas a fazer: andava com um rumo e um propósito.

E o sobrenome dela, lembrou a si mesmo, não era Smythe-Smith. Ela era Iris Kenworthy e Richard se deu conta de que mal começara a conhecê-la.

CAPÍTULO 10

Três dias depois

Eles estavam se aproximando de seu destino.

Havia não mais de dez minutos, tinham passado por Flixton, o vilarejo mais próximo de Maycliffe Park. Iris tentava não parecer muito ansiosa – ou nervosa –, enquanto observava a paisagem pela janela. Procurava dizer a si mesma que era apenas uma casa e, se as descrições do marido tivessem sido precisas, não se tratava de um lugar de grande imponência.

Mas era a casa *dele*, logo agora também a casa *dela*. Queria, desesperadamente, causar uma boa impressão ao chegar. Richard lhe contara que tinha treze empregados, nada muito intimidador, mas depois mencionou que o mordomo trabalhava lá desde pequeno e a governanta, por um tempo ainda mais longo. Iris não pôde deixar de pensar que não importava que seu sobrenome agora fosse Kenworthy: ela era a intrusa naquela equação.

Eles a odiariam. Os criados a odiariam, as irmãs dele a odiariam e, se ele tivesse um cachorro (aliás, ela já não deveria saber se Richard tinha um cachorro?), provavelmente o animal também a odiaria.

Podia imaginá-lo agora, pulando de alegria ao ver Richard, com um sorriso bobo, para em seguida se voltar para ela, arreganhando os dentes e rosnando.

Que regresso contente seria.

Richard mandara avisar aos criados o horário aproximado de sua chegada. Iris estava suficientemente familiarizada com a vida no campo para saber que um veloz cavaleiro estaria esperando por eles a poucos quilômetros da casa. No momento em que a carruagem alcançasse Maycliffe, toda a criadagem estaria alinhada para recebê-los.

Richard falava dos empregados do alto escalão com grande carinho. Levando-se em consideração seu modo encantador e amigável, Iris só podia concluir que esse sentimento era retribuído na mesma medida. Os criados a olhariam de cima a baixo e não faria diferença se ela estivesse se esforçando para ser honesta e amável. Não importaria se ela sorrisse e parecesse feliz e satisfeita no novo lar. Eles a observariam de perto e veriam em seus olhos: não estava apaixonada pelo marido.

E, talvez ainda mais importante, ele não estava apaixonado por ela. Haveria mexericos. Sempre havia mexericos quando o dono de uma propriedade se casava. Ela era uma completa desconhecida em Yorkshire e, devido ao caráter apressado do casamento, os rumores seriam intensos. Pensariam que ela fizera algo que o obrigara a se casar? Essa teoria não teria nem um pingo de verdade, mas...

– Não se preocupe.

Iris olhou para Richard ao ouvir sua voz, agradecida por ele ter interrompido o círculo vicioso de pensamentos.

– Não estou preocupada – mentiu.

Ele arqueou uma sobrancelha.

– Permita-me refazer a frase: não há nenhuma necessidade de se preocupar.

Iris cruzou as mãos sobre o colo.

– Não achei que houvesse.

Outra mentira. Estava ficando boa. Ou talvez não. Pela expressão de Richard, estava claro que ele não acreditava.

– Muito bem. *Estou* um pouco nervosa.

– Ah. Bom, provavelmente *há* motivos.

– Sir Richard!

Ele sorriu.

– Sinto muito. Não pude resistir. E, se você se recorda, prefiro que não me chame de *sir* Richard. Pelo menos não quando estivermos sozinhos.

Ela inclinou a cabeça, decidindo que ele merecia a ambiguidade da resposta.

– Iris – disse ele, com voz suave –, eu seria um canalha se não reconhecesse que foi você quem precisou fazer todos os ajustes por causa de nossa união.

Nem todos, pensou Iris com amargura. E, certamente, não o maior. De fato, uma importante parte dela ainda não se havia ajustado. A segunda noite de viagem fora passada da mesma forma que a primeira: em quartos separados. Richard repetiu o que alegara antes, que ela não merecia uma noite de núpcias em uma estalagem poeirenta.

Não importava que a Carvalho Real fosse tão impecável quanto O Ganso Empoeirado. O mesmo aconteceu na Armas dos Reis, onde haviam passado a última noite. Iris sabia que deveria se sentir honrada por seu marido demonstrar tamanho respeito, por colocar a comodidade e o bem-estar dela acima das próprias necessidades, mas não podia deixar de imaginar o que acontecera ao homem que a beijara com tanta paixão na Casa Pleinsworth, apenas uma semana antes. Ele parecera tão dominado pelo desejo, tão incapaz de se controlar…

E agora… agora que estavam casados e não havia motivos para controlar sua paixão…

Não fazia sentido.

Mas o casamento também não fazia sentido, e a ele acorrera com muito entusiasmo.

Ela mordeu o lábio.

– Exigi demais de você – afirmou ele.

– Nem tanto – murmurou Iris.

– O que você disse?

Ela balançou a cabeça.

– Nada.

Richard deu um suspiro, o único sinal de que aquela conversa podia ser um pouco difícil para ele.

– Você se mudou para o outro lado do país. Eu a levei para longe de tudo o que lhe é mais caro.

Iris conseguiu esboçar um sorriso. Seriam aquelas palavras uma tentativa de tranquilizá-la?

– Mas eu tenho certeza – prosseguiu ele – de que vamos nos dar muito bem. E espero que você passe a enxergar em Maycliffe um verdadeiro lar.

– Obrigada – agradeceu ela, polida.

Ela apreciava o esforço que ele fazia para que se sentisse bem-vinda, mas nada daquilo estava conseguindo acalmar seus nervos.

– Minhas irmãs estão extremamente ansiosas para conhecê-la.

Iris torceu para que fosse verdade.

– Escrevi para elas sobre você.

Ela o olhou, surpreendida.

– Quando?

Richard precisaria ter feito isso logo depois do noivado para que a notícia chegasse a Maycliffe antes deles.

– Enviei um expresso.

Iris assentiu, voltando o olhar para a janela. As mensagens expressas eram caras, mas valiam a pena quando necessário. Imaginou o que ele poderia ter escrito sobre ela. Como teria descrito a futura esposa, conhecendo-a havia só uma semana? Ainda por cima para as próprias irmãs.

Ela se virou para trás, tentando observar o rosto de Richard sem ser muito óbvia. Ele era bastante inteligente, isso ela já sabia menos de uma semana depois de conhecê-lo. Além disso, muito hábil para lidar com as pessoas, muito mais do que *ela*, a esse respeito não havia dúvida. Iris pensou que o que quer que Richard tivesse escrito dependeria das irmãs. Ele saberia o que elas gostariam mais de saber sobre a futura cunhada.

– Você não me contou quase nada sobre elas – comentou Iris de repente.

Ele piscou, sem entender.

– Suas irmãs.

– Ah. Não contei?

– Não.

E que estranho ela só se dar conta disso agora. Imaginou que fosse porque já conhecia os fatos mais importantes: nomes, idades e um pouco do que apreciavam. Porém, não tinha mais nenhuma informação, à exceção de que Fleur gostava muito de *Orgulho e preconceito*.

– Ah! – exclamou ele outra vez. Olhou pela janela, depois encarou Iris, com movimentos estranhamente rígidos. – Bom... Fleur tem 18 anos, Marie-Claire é três anos mais nova.

– Sim, disso eu já sei.

O sarcasmo de Iris era sutil e, pela expressão de Richard, ele demorou alguns segundos para perceber.

– Fleur gosta de ler – acrescentou ele, animado.

– *Orgulho e preconceito* – completou Iris.

– Isso mesmo, está vendo? – Ele abriu um sorriso encantador. – Eu contei várias coisas.

– Tecnicamente, é verdade – concordou ela, dando um ligeiro meneio de cabeça. – Considerando-se que *coisas* é plural, que *duas* também é plural e que você me contou duas coisas...

Ele estreitou os olhos, com uma expressão divertida.

– Muito bem, o que você gostaria de saber?

Ela detestava quando lhe faziam perguntas assim.

– Qualquer coisa.

– Você não me disse nada a respeito de seu irmão.

– Você conheceu minhas irmãs.

– Mas não o seu irmão.

– Você não vai *morar* com meu irmão – retrucou Iris.

– Tem razão, embora eu possa afirmar que qualquer informação adicional de minha parte seria supérflua, já que você vai conhecê-las daqui a três minutos.

– O quê?! – Iris quase gritou, olhando de novo pela janela.

De fato, eles haviam saído da estrada principal e entrado em outra, longa. As árvores eram mais finas ali do que na via anterior, os campos ondulavam, suaves, até o horizonte. Era uma paisagem adorável, tranquila e serena.

– É logo atrás daquela elevação.

Por sua voz, dava para saber que ele abrira um sorriso de satisfação.

– Estamos quase lá – murmurou Richard.

E, então, ela viu a casa. Maycliffe Park. Era maior do que imaginara, embora não lembrasse em nada Fensmore ou Whipple Hill. Mas estas eram casas de condes. Eram seus primos, mas não deixavam de ser condes.

Entretanto, Maycliffe tinha seus encantos. A distância, parecia ser de tijolos vermelhos, com gabletes holandeses atípicos adornando a fachada. Havia algo díspar em seu aspecto, mas, segundo o que ela sabia da história da propriedade, fazia sentido. Richard lhe contara que a casa fora modificada e ampliada várias vezes ao longo dos anos.

– Os aposentos da família dão para o sul – explicou ele. – Você vai agradecer a Deus por isso no inverno.

– Não sei em que posição estamos agora – admitiu Iris.

Richard sorriu.

– Estamos nos aproximando pelo oeste. Portanto, seus aposentos ficam daquele lado – disse ele, apontando para a direita.

Iris assentiu, mas sem olhar para o marido. Nesse momento, queria manter toda a atenção no novo lar. À medida que se aproximavam, percebeu que, em cada gablete, havia uma pequena janela circular.

– Quem dorme nos quartos da parte superior? Os que têm janelas redondas.

– Está tudo um pouco misturado. Alguns são para os criados. No sul, fica a ala das crianças. Minha mãe converteu um dos quartos em sala de leitura.

Iris se deu conta de que ele também não havia falado muito a respeito dos pais. Só sabia que os dois estavam mortos: a mãe quando ele ainda estudava em Eton; o pai, alguns anos mais tarde.

Porém, aquele não era o momento adequado para pressioná-lo por mais informações. A carruagem já ia diminuindo a velocidade e, como era de esperar, toda Maycliffe estava enfileirada diante da casa para saudá-los. Parecia haver mais do que os treze criados que Richard mencionara; talvez ele estivesse se referindo apenas aos que serviam dentro da residência. Iris podia ver jardineiros e cavalariços entre o grupo. Pela primeira vez, ela era recebida por um conjunto de serviçais completo; supôs que fosse porque não era mais uma convidada e, sim, a nova senhora. Por que ninguém avisara? Já estava nervosa o suficiente sem sentir que precisava causar uma boa impressão no sujeito que cuidava das rosas.

Richard desceu da carruagem e ergueu a mão para ajudá-la. Iris respirou fundo e apeou, cumprimentando o grupo de criados com um sorriso, que esperava que parecesse amistoso, porém confiante.

– Sr. Cresswell – disse Richard, enquanto a conduzia até o homem alto que só podia ser o mordomo –, gostaria de lhe apresentar lady Kenworthy, a nova senhora de Maycliffe Park.

Cresswell fez uma reverência com o corpo rígido, bem adequada à situação.

– Estamos encantados de contar com a presença de uma mulher de novo aqui em Maycliffe.

– Estou ansiosa por aprender tudo a respeito de minha nova casa – afirmou Iris, usando as palavras que ensaiara na noite anterior. – Tenho certeza de que contarei com a sua ajuda e a da Sra. Hopkins durante os primeiros meses.

– Para nós, será uma honra servi-la, milady.

Iris sentiu a terrível tensão começar a diminuir. Cresswell parecia sincero e, sem dúvida, os outros criados seguiriam seu exemplo.

– Sir Richard me disse que o senhor está em Maycliffe há muitos anos – prosseguiu Iris. – Ele tem muita sorte de...

As palavras se desvaneceram quando ela olhou para o marido. Sua expressão, normalmente afável, fora substituída por algo que se aproximava da ira.

– Richard? – ela se ouviu sussurrar.

O que poderia ter acontecido para irritá-lo daquela maneira?

– Onde estão as minhas irmãs? – perguntou ele ao mordomo, a voz baixa e amarga, em um tom que ela jamais ouvira.

Richard procurou em meio ao pequeno grupo reunido na entrada, mas não havia sentido em fazê-lo. Se as irmãs estivessem ali, as cores dos seus vestidos se destacariam vivamente em meio aos uniformes negros dos criados.

Maldição, deveriam estar presentes para saudar Iris. Esse era o pior tipo de desprezo. Fleur e Marie-Claire estavam acostumadas a ter o comando da casa, mas, agora, era Iris a senhora de Maycliffe e todos – inclusive quem já nascera com o sobrenome Kenworthy – teriam que se acostumar.

E depressa.

Além disso, as irmãs sabiam muito bem a quantas coisas Iris estava renunciando em nome da nova família. A própria esposa não tinha ideia da extensão de seu sacrifício. Na verdade, ela não tinha ideia de nada.

Algo se inflamou no interior de Richard, mas ele nem quis identificar a origem: se era provocado pela fúria ou pela culpa.

Torceu para que fosse o primeiro caso. Porque a culpa já era grande o bastante e ele tinha a sensação de que logo o sentimento começaria a corroê-lo.

– Richard – disse Iris, pousando a mão no braço do marido –, estou certa de que há uma boa razão para a ausência delas – garantiu, mas abrindo um sorriso forçado.

Ele se voltou para Cresswell e indagou:

– Por que elas não desceram?

Não havia desculpa para uma atitude dessas. Todos os que viviam na casa tiveram tempo para sair e se agrupar. Suas irmãs tinham pernas boas e fortes. Poderiam muito bem descer as escadas para receber a cunhada.

– A Srta. Kenworthy e a Srta. Marie-Claire não estão em Maycliffe, senhor. Ambas estão com a Sra. Milton.

Elas estavam na casa da tia?

– O quê? Por quê?

– A Sra. Milton veio ontem para buscá-las.

– Para buscá-las – repetiu Richard.

A expressão do mordomo se mantinha impassível.

– A Sra. Milton acha que os recém-casados merecem uma lua de mel.

– Se tivéssemos uma lua de mel, não seria *aqui* – murmurou Richard.

Ela imaginava que iriam se acomodar nos quartos do lado leste da casa e fingir que estavam no litoral? O vento lá logo os faria pensar que se encontravam na Cornualha. Ou no Ártico.

Cresswell pigarreou.

– Acredito que retornarão daqui a duas semanas, senhor.

– Duas semanas?

Isso não era nada bom.

Ele sentiu a mão de Iris apertar de leve o seu braço.

– Quem é a Sra. Milton?

– Minha tia – respondeu ele, distraído.

– Ela deixou uma carta para o senhor – avisou Cresswell.

Os olhos de Richard se voltaram depressa para o mordomo.

– Minha tia? Ou Fleur?

– Sua tia. Eu a coloquei no escritório, por cima de toda a correspondência.

– Nenhuma mensagem de Fleur?

– Temo que não, senhor.

Ele sentiu ânsias de estrangulá-la.

– Nada, nem mesmo um recado? Nenhuma mensagem oral?

– Não de que eu esteja ciente.

Richard respirou fundo, tentando se controlar. Não imaginara a volta para casa daquela forma. Imaginara que… Bem, na verdade, ele não havia pensado muito sobre a questão, apenas acreditara que as irmãs estariam ali e que seria capaz de dar início à fase seguinte do plano.

Por mais terrível que fosse.

– Sir Richard – ele ouviu a voz de Iris.

Voltou-se para ela, piscando com força. Ela o chamara de *sir* outra vez, algo que já começava a detestar. Era um gesto de respeito e, se ele tivesse feito qualquer coisa para merecê-lo, logo o perderia.

Constrangida, Iris fez um meneio de cabeça na direção dos criados, que permaneciam de pé, rígidos, esperando alguma ordem.

– Talvez devêssemos continuar com as apresentações?

– Sim, é claro. – Ele conseguiu abrir um pequeno sorriso, falso, antes de se voltar para a governanta. – Sra. Hopkins, pode apresentar as criadas a lady Kenworthy?

Com as mãos fortemente entrelaçadas atrás das costas, Richard seguiu as duas mulheres enquanto elas saudavam cada criado. Ele não interveio; aquele momento era de Iris e, para que ela assumisse seu papel em Maycliffe do modo adequado, não poderia minar sua autoridade.

Iris lidou com as apresentações com bastante desembaraço. Apesar da aparência frágil e pálida ao lado da generosa figura da Sra. Hopkins, ela mantinha uma postura ereta e firme e saudou cada empregado com graça e altivez. Ela o fez sentir-se orgulhoso. De qualquer forma, Richard jamais duvidara de que ela o faria.

Cresswell assumiu a liderança quando acabaram de apresentar as criadas, passando a nomear cada lacaio, cavalariço e camareiro. Ao término, o mordomo se virou para Richard.

– Seus aposentos foram preparados, senhor, e, tão logo o desejem, um almoço leve os aguarda.

Richard deu o braço a Iris, mas continuou falando com Cresswell:

– Imagino que os aposentos de lady Kenworthy estejam prontos.

– De acordo com suas especificações, senhor.

– Excelente. – Richard olhou para Iris. – Tudo foi limpo e arejado, mas não redecoramos nada. Imaginei que gostaria de escolher as cores e os tecidos por si mesma.

Iris sorriu, agradecida, e Richard rezou baixinho para que ela não desejasse comprar brocados importados da França. Maycliffe começava a ser próspera de novo, porém, no momento, não podia esbanjar recursos de forma alguma. Havia um motivo para um dos pontos de seu plano original ser encontrar uma noiva com um generoso dote. Iris não trouxera nada além de 2 mil libras. Não era um valor desprezível, mas também não era nada que pudesse recuperar a antiga glória da propriedade.

Mesmo assim, ela poderia redecorar seus aposentos. Era o mínimo que ele podia fazer.

Iris contemplou Maycliffe e, enquanto seus olhos percorriam a fachada de tijolos vermelhos que ele tanto amava, Richard se perguntou o que *ela* estaria enxergando. Teria notado os elegantes gabletes holandeses ou o estado lastimável dos vidros das janelas redondas? Será que amaria a história da antiga casa ou acharia que a mistura de estilos arquitetônicos era ofensiva, nem um pouco refinada?

Era a casa dele, mas será que algum dia Iris também a veria como um lar?

– Vamos entrar? – convidou.

Ela sorriu.

– Gostaria muito.

– Talvez um passeio para conhecer a casa?

Richard deveria perguntar se Iris queria descansar, mas ainda não estava pronto para levá-la aos aposentos dela. O quarto *dela* ficava conectado ao quarto *dele*, e em ambos havia camas grandes e confortáveis, nenhuma das quais poderia ser utilizada da maneira como ele gostaria.

Os últimos três dias tinham sido infernais.

Ou, mais especificamente, as três últimas noites.

A pior fora a que passaram na Armas dos Reis. Eles receberam quartos separados, conforme havia reservado com antecedência, mas o proprietário, ansioso por agradar aos recém-casados, lhes destinara a melhor suíte. "E os aposentos se conectam!", proclamara ele, com um sorriso e uma piscadela.

Richard nunca havia percebido como uma porta podia ser fina. Ele ouvia cada movimento, cada tosse, cada suspiro de Iris. Escutou-a praguejando ao dar uma topada e soube o momento exato em que ela deitou na cama. O colchão rangeu, apesar da leveza de seu corpo, e sua imaginação logo saltou do quarto dele para o dela.

Os cabelos de Iris estariam soltos. Richard nunca os vira assim e passou a se perguntar, várias vezes ao dia, qual seria seu comprimento. Ela sempre os penteava num coque frouxo na altura da nuca. Ele nunca se dera o trabalho de pensar nos penteados das mulheres, mas, quando se tratava de Iris, podia enxergar cada grampo preso em seus cabelos delicados e claros. Ela havia usado catorze naquela manhã para prendê-los. Parecia um número bem alto. Seria uma indicação de seu tamanho?

Sentiu o desejo de tocá-los, de passar os dedos por eles. Queria vê-los sob o luar, emitindo um brilho prateado como as estrelas. Queria ouvi-los sussurrar através de sua pele enquanto ela levava os lábios a...

– Richard?

Ele pestanejou. Levou um momento para se lembrar de que estavam no pátio da frente de Maycliffe.

– Algum problema? – perguntou Iris.

– Seus cabelos.

Ela piscou, surpresa.

– Meus cabelos?

– São muito bonitos.

– Ah. – Iris enrubesceu e tocou timidamente os cabelos anelados na nuca. – Obrigada. – Ela desviou o olhar para o lado, em seguida o fitou através dos cílios pálidos. – Tive que arrumá-los sozinha.

Ele a encarou sem compreender.

– Vou ter que contratar uma criada – explicou ela.

– Ah, sim, é claro.

– Eu praticava em minhas irmãs, mas não sou muito habilidosa comigo mesma.

Richard não tinha ideia do que ela estava falando.

– Precisei de uma dúzia de grampos para fazer o que minha antiga camareira faria com cinco.

Catorze.

– Perdão?

Ah, meu Deus, ele dissera aquilo em voz alta?

– Encontraremos uma criada bem depressa – garantiu ele, com firmeza. – A Sra. Hopkins poderá ajudá-la. Pode começar a procurar alguém hoje mesmo, se desejar.

– Se não se importar – disse Iris, quando ele enfim a conduziu através da porta principal de Maycliffe –, acho que gostaria de descansar antes de conhecer o resto da casa.

– É claro.

Ela havia passado seis horas dentro de uma carruagem. Era óbvio que precisava se deitar e descansar.

No quarto dela.

Em uma cama.

Ele gemeu.

– Está mesmo se sentindo bem? – indagou Iris. – Você está muito estranho.

Essa era uma das palavras que podiam descrevê-lo.

Iris tocou-lhe no braço.

– Richard?

– Melhor do que nunca. – Ele se voltou para o valete, que os seguira. – Acredito que preciso me refrescar também. Talvez um banho?

O criado assentiu e Richard se inclinou, acrescentando em voz baixa:

– Nada muito quente, Thompson.

– Algo mais revigorante, senhor? – murmurou o valete.

Richard trincou os dentes. O homem trabalhava com ele havia oito anos, tempo suficiente para demonstrar tamanha audácia.

– Poderia me indicar o caminho? – pediu Iris.

O caminho?

– Para meu quarto? – esclareceu ela.

Ele a olhou fixamente. Com cara de idiota.

– Poderia me mostrar onde fica meu quarto? – repetiu ela, encarando-o com expressão de perplexidade.

Era oficial: o cérebro de Richard havia parado de funcionar.

– Richard?

– Minha correspondência – disse ele de repente, agarrando-se à primeira desculpa que lhe ocorreu. Precisava desesperadamente *não* ficar a sós com Iris em um quarto. – Tenho que verificá-la antes de qualquer coisa.

– Sir… – começou Cresswell, sem dúvida para lembrar a Richard que ele havia contratado um eficiente secretário.

– Não, não, é melhor resolver tudo agora mesmo. É algo que precisa ser feito. E há aquela carta de minha tia. Não posso ignorá-la. – Ele afixou um alegre sorriso no rosto e se virou para Iris. – De qualquer maneira, é a Sra. Hopkins quem deve lhe mostrar seus novos aposentos.

A governanta não parecia concordar.

– Ela esteve a cargo da nova decoração – acrescentou Richard.

Iris franziu a testa.

– Pensei que o quarto não havia sido redecorado.

– A cargo da ventilação – disse ele, fazendo um gesto sem sentido com a mão. – De qualquer forma, ela conhece os quartos melhor do que eu.

A Sra. Hopkins comprimiu os lábios em sinal de desaprovação e Richard sentiu-se como um rapazinho prestes a ser repreendido. A governanta fora tão mãe de Richard quanto a sua própria e, embora nunca o contradissesse diante dos outros, ele sabia que, mais tarde, ela deixaria bem clara sua opinião.

Impulsivamente, Richard tomou a mão de Iris e a levou aos lábios, dando-lhe um beijo suave. Ninguém poderia acusá-lo de ignorar a própria esposa em público.

– Você precisa descansar, minha querida.

Os lábios de Iris se entreabriram de surpresa. Ele ainda não a chamara de querida? Que horror, já deveria ter feito isso.

– Uma hora será suficiente? – perguntou ele, ou melhor, perguntou aos lábios dela, que ainda estavam deliciosamente rosados e entreabertos.

Santo Deus, queria beijá-la. Queria deslizar a língua ali para dentro e saborear toda a sua essência e…

– Duas! – exclamou ele. – Você vai precisar de duas.

– Duas?

– Horas – completou ele com firmeza. – Não quero sobrecarregá-la. – Olhou para a Sra. Hopkins. – As damas são muito delicadas.

Iris franziu o cenho de maneira encantadora e Richard se conteve para não praguejar. Como ela podia parecer tão encantadora quando franzia o cenho? Certamente essa era uma impossibilidade anatômica.

– Deseja que lhe mostre seu quarto, lady Kenworthy? – perguntou a Sra. Hopkins.

– Ficaria muito agradecida – respondeu Iris, os olhos ainda cravados em Richard, sem entender o que estava acontecendo com o marido.

Ele deu um débil sorriso.

Iris seguiu a Sra. Hopkins pelo corredor, mas, antes que virassem uma esquina, Richard a ouviu dizer:

– A senhora se considera delicada?

– Não, de jeito nenhum, milady.

– Bem – disse Iris com a voz áspera –, eu também não.

CAPÍTULO 11

Ao cair da noite, Richard havia criado um novo plano. Ou melhor, fizera uma modificação no antigo. Uma na qual ele deveria ter pensado desde o início.

Iris ficaria zangada com ele. Incrivelmente zangada. Só que era inevitável.

Mas talvez ele pudesse atenuar o golpe.

Cresswell dissera que Fleur e Marie-Claire ficariam fora por duas semanas. Isso não era nada bom, mas uma semana poderia ser administrada. Ele traria as irmãs de volta para casa depois de apenas sete dias; seria fácil arranjar tudo. Sua tia vivia a pouco mais de 30 quilômetros.

Enquanto isso…

Um dos muitos pesares de Richard era que não tivera tempo para cortejar Iris adequadamente. A esposa ainda não sabia o motivo do casamento precipitado, porém não era nenhuma idiota; percebia que havia algo errado. Se ele tivesse disposto de só um pouco mais de tempo em Londres, poderia galanteá-la da maneira que uma dama merecia. Poderia ter demonstrado que sentia enorme prazer em sua companhia, que ela o fazia rir, que ele era capaz de fazê-la rir. Roubaria mais alguns beijos e despertaria o desejo que, tinha certeza, Iris guardava no mais profundo da alma.

Depois de tudo isso, quando ele se ajoelhasse e a pedisse em casamento, a jovem não teria hesitado. Olharia nos seus olhos, encontraria o tipo de amor que esperava receber e diria que sim.

Talvez se jogasse em seus braços.

Contendo lágrimas de felicidade.

Essa teria sido a proposta de seus sonhos, não o pouco convincente e calculado beijo que ele lhe dera de repente, na casa da tia.

Mas não havia opção. Sem dúvida, quando lhe explicasse tudo, Iris entenderia. Ela sabia o que significava amar a própria família, querer protegê-la a todo custo. Era o que ela fazia todos os anos, ao tocar no recital. A jovem não queria estar lá, mas o fazia pela mãe, pelas tias e até por sua impertinente irmã Daisy.

Ela entenderia. Teria que entender.

Richard havia concedido a si mesmo um adiamento de uma semana. Sete dias completos antes que precisasse jogar limpo e ver Iris empalidecer ainda mais diante de sua traição. Talvez ele fosse um covarde, talvez devesse utilizar esse tempo para explicar tudo e prepará-la para o que estava por vir.

Contudo, queria aquilo que não pôde ter antes do casamento. Tempo.

Muita coisa podia acontecer em sete dias.

Uma semana, pensou, enquanto ia buscá-la para seu primeiro jantar juntos em Maycliffe Park.

Uma semana para fazer com que ela se apaixonasse por ele.

Iris passou a tarde inteira descansando no novo quarto. Nunca havia entendido por que ficar sentada em uma carruagem cansava tanto o corpo, ao passo que permanecer em uma cadeira em uma sala não consumia nenhuma energia. A viagem de três dias até Maycliffe a deixara completamente exausta. Talvez fossem os solavancos do veículo, talvez a má conservação das estradas do norte. Ou, quem sabe – o mais provável –, fosse algo relacionado ao marido.

Iris não o entendia.

Num momento, Richard era encantador e, no seguinte, fugia de sua presença como se ela pudesse lhe transmitir a peste. Não podia *acreditar* que ele fizera a governanta levá-la até seu quarto. Sem dúvida, isso era função de um marido. Mas refletiu melhor e viu que não deveria ter ficado surpresa. Richard evitara a cama dela nas três estalagens em que se hospedaram durante a viagem para o norte. Por que pensou que ele se comportaria de forma diferente agora?

Suspirou. Tinha que aprender a ser indiferente a ele. Não cruel, não rude, apenas… indiferente. Quando ele sorria – e abria *aquele* sorriso, o desgraçado –, todo o seu ser borbulhava de felicidade. Seria algo maravilhoso, exceto pelo fato de que sua rejeição se tornava ainda mais incompreensível.

E dolorosa.

Sinceramente, seria melhor se ele não fosse tão amável com ela a maior parte do tempo. Se pudesse ter aversão a ele…

Não! O que estava pensando? *Não* seria melhor se ele fosse cruel ou a ignorasse por completo. Um casamento complicado era melhor do que um desagradável. Precisava parar de ser melodramática. Não era próprio dela. Só tinha que encontrar algum tipo de equilíbrio e mantê-lo.

– Boa noite, lady Kenworthy.

Iris ficou paralisada: Richard enfiara a cabeça pela porta entreaberta que levava ao corredor.

– Eu bati – alegou ele, com uma expressão divertida.

– Tenho certeza disso – replicou ela às pressas. – Eu estava com a cabeça em outro lugar.

O sorriso dele se fez mais ardiloso.

– Posso perguntar onde?

– Em casa – mentiu ela, então se deu conta do que respondera e acrescentou: – Refiro-me a Londres. Esta é a minha casa agora.

– Sim – concordou Richard, entrando no quarto e fechando a porta sem fazer barulho. Com a cabeça um pouco inclinada para o lado, ele a olhou por um tempo, o suficiente para deixá-la inquieta. – Fez algo diferente com o cabelo?

E, assim, todos os propósitos de Iris de permanecer indiferente se atiraram pela janela.

Iris tocou nervosamente a cabeça, logo atrás da orelha direita. Ele percebera. Ela achou que isso não aconteceria.

– Uma das criadas me ajudou. Ela parece gostar muito…

Por que ele a olhava com tanta intensidade?

– Gostar muito…?

– De pequenas tranças – completou ela depressa.

De forma ridícula. Soara como uma tola.

– Ficou adorável.

– Obrigada.

Richard a encarou com afeto.

– Você tem mesmo um cabelo maravilhoso. A cor é fascinante. Nunca vi nada igual.

Os lábios de Iris se entreabriram. Ela deveria dizer algo. Deveria agradecer. Mas se sentiu petrificada e, então, patética. Ficar tão perturbada por um mero elogio…

Felizmente, Richard não tinha consciência de seu tormento.

– Sinto muito por ter viajado sem uma criada. Confesso que nem sequer considerei a questão. Típico dos machos de nossa espécie, tenho certeza.

– N-Não foi nenhum problema.

O sorriso dele se alargou e Iris se perguntou se era porque ele sabia que a deixara desconcertada.

– De qualquer forma, peço desculpas.

Iris não sabia o que responder. Na verdade, isso não fazia diferença, pois já não se lembrava de como articular as palavras.

– A Sra. Hopkins lhe mostrou seus aposentos? – perguntou Richard.

– Sim – disse Iris, assentindo de leve. – Ela foi de grande ajuda.

– Ficou satisfeita?

– Sem dúvida – respondeu Iris, com total honestidade.

Era um quarto lindo, claro e alegre pelo fato de ser virado para o sul. Mas o que ela realmente adorara…

Ela encarou Richard com um olhar de êxtase.

– Você não tem ideia de como estou feliz por ter meu próprio banheiro.

Ele deu uma risadinha.

– É mesmo? Foi isso que você mais apreciou?

– Depois de compartilhar um banheiro com Daisy nos últimos dezessete anos? Com certeza. – Ela inclinou a cabeça na direção dele, num gesto que esperava parecer ousado. – E a vista da janela também não é nada ruim.

Richard soltou uma risada mais profunda e se aproximou da janela, gesticulando para que ela o acompanhasse.

– O que você vê daqui? – indagou ele.

– Não sei o que você quer dizer – replicou Iris, posicionando-se cuidadosamente de maneira que não se tocassem.

Mas ele não estava com a mesma disposição. Enlaçou o braço ao dela e a aproximou de si com delicadeza.

– Sempre vivi em Maycliffe. Quando olho por esta janela, vejo a árvore na qual subi pela primeira vez aos 7 anos. E o lugar onde minha mãe sempre quis cultivar um labirinto de cerca viva.

Uma expressão melancólica se apoderou dele e Iris teve que desviar o olhar. Sentiu-se quase uma intrusa por observá-lo.

– Não posso ver Maycliffe através dos olhos de um recém-chegado. Talvez você pudesse me fazer o favor de me contar suas impressões.

A voz dele era suave e aveludada, escorrendo por Iris como chocolate quente. Manteve os olhos à frente, mas percebeu que ele se virou para ela. A respiração de Richard fez cócegas em seu rosto, aquecendo o ar entre os dois.

– O que você vê, Iris?

Ela engoliu em seco.

– Eu vejo... grama. E árvores.

Richard fez um ruído estranho, como se reprimisse a própria surpresa.

– Vejo um pedaço de colina – acrescentou ela.

– Você não é muito poética, certo?

– Não, de jeito nenhum. Você é?

Ela se voltou, esquecendo-se de que não pretendia fazê-lo, e se sobressaltou ao perceber a proximidade dele.

– Posso ser – respondeu Richard em voz baixa.

– Quando lhe convém?

Ele abriu um sorriso aos poucos.

– Quando me convém.

Iris deu um sorriso nervoso e olhou de novo pela janela. Sentia-se terrivelmente tensa, os pés se agitando dentro dos sapatos como se estivessem em brasas.

– Gostaria de saber o que *você* vê. Preciso aprender sobre Maycliffe. Quero ser uma boa senhora.

A não ser por um chamejar dos olhos, Richard manteve a expressão inescrutável.

– Por favor – insistiu ela.

Por um momento, ele pareceu perdido em pensamentos, mas logo endireitou os ombros e olhou pela janela com renovada determinação.

– Bem ali – disse, indicando com o queixo –, naquele campo, logo depois das árvores. Fazemos um festival da colheita todos os anos.

– Fazemos? Ah, isso é maravilhoso. Gostaria de participar do planejamento.

– Estou certo de que participará.

– É no outono?

– Sim, em novembro, na maioria das vezes. Eu sempre... – ele se enrijeceu e sacudiu um pouco a cabeça, quase como se quisesse afugentar um pensamento. – Também há um caminho por ali – continuou, mudando de assunto de forma nada sutil. – Leva a Mill Farm.

Iris desejava saber mais sobre a festa da colheita, mas era evidente que ele não diria mais nada, portanto resolveu perguntar educadamente:

– Mill Farm?

– Um dos sítios dos meus arrendatários. Na verdade, o maior deles. Há pouco tempo, o filho substituiu o pai. Espero que obtenha bons resultados. O pai nunca conseguiu.

– Ah.

Iris não sabia o que comentar.

– Sabe – disse Richard, voltando-se para ela de repente –, suas observações podem ser mais valiosas que as minhas. Você deve ser capaz de enxergar deficiências que me passam despercebidas.

– Não vejo nenhuma deficiência, acredite.

– Nenhuma? – murmurou ele, e sua voz a tocou como uma carícia.

– Mas, é claro, conheço muito pouco sobre a administração de uma propriedade – explicou-se rapidamente.

– É estranho que tenha passado toda a sua vida em Londres.

Ela inclinou a cabeça para o lado.

– Não tão estranho quando é o único lugar que uma pessoa já conheceu.

– Ah, mas Londres não é o único lugar que você já conheceu, é?

Iris franziu a testa e se voltou para Richard. Ele estava mais perto do que ela imaginara e, por um momento, ela se esqueceu do que ia dizer.

Richard arqueou uma sobrancelha, questionador.

– Eu… – começou ela.

Por que estava fitando a boca do marido? Forçou-se a olhar para cima, para os olhos dele, que tinham uma expressão divertida.

– Você ia falar alguma coisa? – murmurou ele.

– Só que eu… ahn… – *O que* mesmo ela ia falar? Virou-se de novo para a janela. – Ah! – Voltou-se mais uma vez para a Richard. Outra vez um erro, mas pelo menos não se esqueceu do que ia dizer: – Como assim "não é o único lugar que você já conheceu"?

Ele encolheu um pouco os ombros.

– Com certeza você passou algum tempo no campo, nas casas de seus primos.

– Bem, é verdade, mas é diferente.

– Talvez, mas já seria suficiente para comparar a vida no campo e a da cidade, não?

– Suponho que sim. Para ser honesta, nunca pensei sobre o assunto.

Ele a olhou fixamente.

– Acha que vai gostar da vida no campo?

Iris engoliu em seco, tentando deixar de lado o fato de que a voz dele baixara para um tom grave e inquietante.

– Não sei. Espero que sim.

Ela sentiu a mão de Richard deslizar para a sua e, antes que se desse conta do que estava acontecendo, voltou-se de novo para o marido enquanto ele levava os dedos dela aos lábios.

– Eu também espero.

Seus olhos se encontraram por cima das mãos e, de repente, ela percebeu: *Ele está me seduzindo.*

Mas por quê? Por que sentia essa necessidade? Ela nunca lhe dera nenhuma indicação de que recusaria seus avanços.

– Espero que esteja com fome – disse ele, ainda segurando a mão de Iris.

– Fome? – repetiu ela de forma estúpida.

– Para o jantar. – Ele sorriu, divertindo-se. – A cozinheira preparou um banquete.

– Ah. Sim. É claro. – Iris pigarreou. – Estou faminta, acho.

– Você *acha*?

Ela respirou fundo, forçando o coração a pulsar um pouco mais devagar.

– Tenho bastante certeza.

– Excelente. – Richard indicou a porta com a cabeça. – Vamos?

Quando se retirou para dormir, Iris estava tensa. Richard fora encantador durante todo o jantar; ela não se lembrava da última vez que rira tanto. A conversa tinha sido maravilhosa, a comida estava deliciosa e a maneira como ele a olhava…

Era como se ela fosse a única mulher no mundo.

De certo modo, era mesmo. Por certo, a única na casa, sem contar as criadas. E ela, que sempre se permitira ficar à parte e observar tudo, agora era o centro das atenções.

Era desconcertante e maravilhoso. E, naquele momento, assustador.

Estava de volta a seus aposentos e, a qualquer instante, Richard bateria à porta que conectava os quartos. Estaria usando sua roupa de dormir, com as pernas nuas, sem gravata ou qualquer outro adorno.

Haveria muito mais pele exposta do que ela jamais vira em um homem.

Iris ainda não tinha uma criada, portanto a garota que havia arrumado seu cabelo viera ao quarto ajudá-la a se preparar para dormir. A nova lady Kenworthy ficara mortificada ao tirar do baú uma das camisolas compradas para o enxoval. Era ridiculamente fina e reveladora de uma forma gritante. Apesar de estar junto ao fogo, não conseguia se livrar dos arrepios que perpassavam seus braços.

Ele viria até ela naquela noite. Sem dúvida. E, enfim, ela se sentiria como uma esposa.

Do outro lado da porta, Richard endireitou os ombros. Ele conseguiria. *Ele conseguiria.*

Ou talvez não.

A quem estava enganando? Se entrasse no quarto dela, tomaria sua mão. E, se fizesse isso, ele a levaria aos lábios. Beijaria com delicadeza cada dedo esguio antes de lhes dar um pequeno puxão, e ela cairia contra Richard, o corpo quente, inocente, só *dele*. Teria que envolvê-la em seus braços; seria impossível resistir. Então lhe daria um beijo que uma mulher estava destinada a receber, longo e profundo, até que ela sussurrasse seu nome, em uma súplica suave, implorando…

Richard praguejou ferozmente, tentando interromper o curso dos pensamentos antes que os levasse para a cama. Não adiantou nada. Estava *ardendo* de desejo pela esposa.

Outra vez.

Ainda.

A noite inteira fora uma tortura. Não se recordava de nada do que dissera no jantar e só podia esperar que tivesse ao menos travado uma conversa com algo que se assemelhasse a inteligência. Sua memória ficava vagando por lugares extremamente inapropriados. Toda vez que Iris lambia um pouco de comida dos lábios, sorria ou – que inferno – cada vez que *respirava*, o corpo dele se contraía até sentir tamanho tesão que temia explodir.

Talvez Iris até tivesse se perguntado por que permaneceram à mesa durante tanto tempo após o fim do jantar, porém não chegou a comentar nada. Graças a Deus. Richard não acreditava que houvesse uma forma educada de dizer que precisava de meia hora para que sua ereção se estabelecesse a meio mastro.

Ele merecia aqueles momentos. Merecia todos os momentos de martírio pelo que ia fazer com ela, mas ter consciência disso não o ajudava no momento. Apesar de não ser um pervertido, Richard também não se negava o prazer. E cada nervo de seu corpo implorava por prazer. Era *insano* o modo como ele desejava a esposa.

A única mulher que, com todo o direito, ele poderia levar para a cama sem um pingo de remorso.

Tudo lhe parecera muito fácil de tarde, quando tramara o plano. Ele a fascinaria por toda a noite e lhe daria um beijo apaixonado para desejar um bom sono. Criaria alguma desculpa romântica sôbre desejar que ela o conhecesse melhor antes que fizessem amor. Um beijo a mais e ele a deixaria sem fôlego.

Então, tocaria seu queixo, sussurrando "Até amanhã", e iria embora.

Na teoria, era perfeito.

Na prática, uma idiotice.

Ele soltou um longo suspiro de exaustão e passou a mão pelos cabelos já desalinhados. A porta entre os quartos não bloqueava o som como ele imaginara. Podia ouvir Iris se mover, sentar-se diante da penteadeira, provavelmente para escovar os cabelos. Ela esperava que ele a visitasse, e por que não o faria? Eram marido e mulher.

Precisava entrar. Caso contrário, Iris ficaria confusa. Poderia até se sentir insultada. Ele não queria magoá-la. Pelo menos não mais do que o necessário.

Richard inspirou e bateu à porta.

Os movimentos do outro lado se interromperam e, após um instante de suspense, ele a ouviu mandá-lo entrar.

– Iris – disse ele, a voz tranquila e suave.

Em seguida, ergueu o olhar.

E parou de respirar.

Tinha quase certeza de que o coração havia parado de bater.

Ela estava usando uma camisola de seda bem fina, do mais pálido azul. Seus braços estavam nus, assim como os ombros, sem levar em conta as finas alças.

Uma roupa projetada exclusivamente para tentar um homem – para tentar até o diabo. O decote não era mais revelador do que o de um vestido de festa, mas, de alguma maneira, revelava muito mais. O tecido era muito fino, quase transparente, e ele podia enxergar a silhueta de seus mamilos marcando o tecido.

– Boa noite, Richard – disse ela.

Nesse instante ele se deu conta de que tinha ficado completamente paralisado.

– Iris – falou, rouco.

Ela sorriu sem jeito e ele viu que a esposa mexia as mãos ao lado do corpo, como se não soubesse o que fazer com elas.

– Você está linda.

– Obrigada.

Os cabelos dela estavam soltos. Desciam por suas costas em suaves ondas, terminando só um pouco acima dos cotovelos. Ele havia esquecido como desejava saber sobre seu comprimento.

– É minha primeira noite em Maycliffe – disse ela, timidamente.

– É.

Iris engoliu em seco, esperando que ele tomasse a iniciativa.

– Você deve estar cansada – comentou Richard, agarrando-se à única desculpa que lhe ocorreu no calor do desejo.

– Um pouco.

– Não vou incomodá-la.

Ela pestanejou.

– O quê?

Ele deu um passo adiante, preparando-se para o que devia fazer. Para o que devia fazer e para o que *não* devia fazer.

Beijou-a, mas apenas na testa. Conhecia os próprios limites.

– Não serei um brutamontes – continuou, tentando manter a voz suave e tranquilizadora.

– Mas…

Seus olhos estavam arregalados, confusos.

– Boa noite, Iris – falou ele rapidamente.

– Mas eu…

– Até amanhã, meu amor.

Então ele fugiu. Como o covarde que era.

CAPÍTULO 12

Por ser casada, Iris tinha a prerrogativa de tomar o café da manhã na cama. Porém, quando despertou na manhã seguinte, ela trincou os dentes com determinação e se vestiu.

Richard a rejeitara.

Ele a *rejeitara*.

Não estavam em uma estalagem de beira de estrada, "empoeirada" demais para uma noite de núpcias. Estavam em casa, pelo amor de Deus. Ele flertara por toda a noite. Beijara-lhe a mão, fizera de tudo para conquistá-la com sua conversa espirituosa e então, depois que ela vestira uma camisola transparente e escovara os cabelos até que brilhassem, dissera que ela parecia *cansada*?

Minutos depois que ele se foi, Iris ficou olhando a porta entre os dois quartos por um tempo incalculável. Nem sequer tinha se dado conta de que estava chorando até que, de repente, soltou um enorme e terrível soluço e percebeu que a camisola - aquela que, agora, jurava que jamais voltaria a usar - se achava encharcada de lágrimas.

Em seguida, pensou que ele poderia tê-la ouvido através da porta. E isso piorava muito a situação.

Iris sempre soube que não ostentava o tipo de beleza que levava os homens à paixão e à poesia. Talvez, em outras terras, as mulheres fossem reverenciadas por sua pele clara e seu cabelo ligeiramente ruivo, mas não na Inglaterra.

Entretanto, pela primeira vez na vida, tinha começado a se *sentir* bela. E fora Richard quem a fizera se sentir assim, com seus olhares sutis e sorrisos cálidos. De vez em quando o apanhava observando-a e se sentia especial. Valorizada.

Mas era tudo mentira. Ou ela era uma idiota que enxergava coisas inexistentes.

Ou talvez fosse apenas uma idiota e ponto.

Bem, ela não pretendia suportar aquilo deitada na cama. E não ia deixar que ele visse como a insultara. Iria descer e tomar o café da manhã como se nada tivesse acontecido. Comeria torrada com geleia, leria o jornal e, quando falasse, exibiria a brilhante astúcia pela qual sempre quis ser conhecida.

Na verdade, nem sequer sabia se queria fazer todas aquelas coisas que as pessoas casadas faziam na cama, por mais que a prima Sarah lhe afirmasse que eram maravilhosas. Porém, teria sido adequado que *ele* houvesse demonstrado vontade.

Ela pelo menos teria se prontificado a experimentar.

A criada que a ajudara na noite anterior devia ter outras obrigações, então Iris se vestiu. Retorceu o cabelo em um coque tão bonito quanto conseguiu, enfiou os pés nos chinelos e saiu do quarto.

Ela se deteve ao passar pela porta de Richard. Estaria ele ainda na cama? Deu um passo à frente e se aproximou, pensando em encostar o ouvido na madeira.

Pare!

Estava se comportando como uma tola. Não tinha tempo para isso. Estava faminta, queria tomar café da manhã e precisava fazer muitas coisas naquele dia, e nenhuma delas envolvia o marido.

Tinha que encontrar uma criada, por exemplo. E aprender tudo sobre a casa. Visitar o vilarejo. Conhecer os arrendatários.

Tomar chá.

Ora, disse a si mesma, era importante tomar chá. Caso não se acostumasse, seria melhor deixar de ser inglesa.

– Estou ficando louca – falou em voz alta.

– O que disse, milady?

Iris quase deu um salto. Uma criada estava no outro extremo do corredor, visivelmente nervosa, parada com um grande espanador.

– Nada – respondeu Iris, tentando não parecer envergonhada. – Só tossi.

A criada assentiu. Não era a mesma que tinha arrumado seu cabelo.

– A Sra. Hopkins quer saber a que horas a senhora deseja seu café da manhã – explicou a moça, fazendo uma pequena reverência, sem olhá-la nos olhos. – Não tivemos oportunidade de lhe perguntar ontem à noite, e sir Richard...

– Vou tomar meu café da manhã lá embaixo – interrompeu Iris.

Não queria saber o que sir Richard pensava. Sobre nada.

A criada fez outra mesura.

– Como desejar.

Iris lhe deu um sorriso desajeitado. Era difícil sentir-se senhora da casa quando o senhor claramente tinha outras ideias.

Desceu as escadas, procurando agir como se não percebesse que os criados a observavam – e fingindo que agiam com naturalidade. Era um teatro estranho do qual todos participavam, principalmente ela.

Perguntou-se quanto tempo demoraria até que não fosse a "nova" senhora de Maycliffe. Um mês? Um ano? E seu marido passaria o tempo inteiro evitando seu quarto?

Ela suspirou, parou por um instante e disse a si mesma que estava sendo tola. Jamais esperara um casamento apaixonado – por que agora se lamentava por não tê-lo? Havia se tornado lady Kenworthy, por mais estranho que parecesse, e tinha uma reputação a manter.

Iris se empertigou, respirou fundo e entrou na sala de café da manhã.

E a encontrou vazia.

Que inferno.

– Ah! Lady Kenworthy! – exclamou a Sra. Hopkins, entrando alvoroçada na sala. – Annie acabou de me dizer que deseja tomar o desjejum aqui embaixo.

– Ahn, sim. Espero que não seja um problema.

– Não, claro que não, milady. O aparador continua posto desde que sir Richard comeu.

– Ele já desceu, então?

Iris não tinha certeza se estava decepcionada. Não tinha certeza de que *queria* estar decepcionada.

– Não faz nem meia hora – confirmou a governanta. – Ele deve ter pensado que a senhora tomaria o café da manhã na cama.

Iris ficou parada, sem ter o que dizer.

– Ele pediu que puséssemos uma flor em sua bandeja – segredou a Sra. Hopkins, sorrindo.

– Pediu? – perguntou Iris, odiando a forma como sua voz soara falha.

– É uma lástima que não tenhamos íris. Elas florescem cedo demais.

– Aqui no extremo norte?

A Sra. Hopkins assentiu.

– Elas surgem todos os anos no gramado do oeste. Eu, particularmente, adoro as roxas.

Iris estava a ponto de concordar quando ouviu passos no corredor, enérgicos e decididos. Só podia ser Richard. Nenhum criado se moveria pela casa tomando tão pouco cuidado com o barulho.

– Sra. Hopkins, eu vou… Ah! – Ele viu Iris e piscou, surpreso. – Você está acordada.

– Como pode ver.

– Você falou que gostava de acordar tarde.

– Pelo jeito, hoje não.

Ele juntou as mãos nas costas e pigarreou.

– Já comeu?

– Não, ainda não.

– Não quer tomar o café da manhã em seu quarto?

– Não – respondeu Iris, tentando lembrar se alguma vez tivera uma conversa tão afetada em toda a sua vida.

O que acontecera com o homem que havia sido tão encantador na noite anterior? Aquele que ela *imaginara* que visitaria sua cama?

Ele repuxou a gravata.

– Estava planejando encontrar alguns arrendatários hoje.

– Posso ir também?

Seus olhos se encontraram. Iris não sabia qual dos dois estava mais espantado. Ela mesma não sabia o que ia dizer até as palavras escaparem de sua boca.

– É claro – respondeu Richard.

O que mais podia falar, bem ali, na frente da Sra. Hopkins?

– Vou pegar meu casaco – avisou Iris.

A primavera era uma estação fria em um lugar tão ao norte.

– Não está se esquecendo de nada?

Ela se virou. Ele fez um gesto para o aparador.

– O café da manhã?

– Ah. – Iris se sentiu corar. – É claro. Como sou tola.

Aproximou-se do móvel e pegou um prato. Sobressaltou-se ao sentir a respiração de Richard ao pé do ouvido.

– Devo me preocupar com a possibilidade de que minha presença lhe tire o apetite?

Ela ficou rígida. *Agora* é que ele resolvia flertar?

– Com licença – disse ela, pois o marido estava de tal modo posicionado que não lhe permitia pegar as linguiças.

Ele deu um passo para o lado.

– Você sabe montar?

– Não muito bem. – E então, só por petulância, ela perguntou: – E você?

Richard se afastou, surpreso. E aborrecido. Mais aborrecido do que surpreso.

– É claro que sei.

Ela sorriu para si mesma enquanto se sentava. Nada insultava mais um homem do que ser questionado sobre suas habilidades como cavaleiro.

– Não precisa ficar aqui me esperando – falou Iris, cortando a linguiça com precisão cirúrgica.

Estava se esforçando para parecer normal – não que ele a conhecesse o suficiente para *saber* o que podia ser considerado normal em seu comportamento. Mas, ainda assim, era uma questão de orgulho.

Ele se sentou na cadeira à frente dela.

– Estou à sua disposição.

– Está? – murmurou ela, desejando que esse comentário não acelerasse sua pulsação.

– Perfeitamente. Eu já ia sair quando a vi. Agora, não tenho nada para fazer a não ser esperar.

Iris o olhou enquanto passava geleia na torrada. Ele estava acomodado na cadeira de uma maneira muito informal, recostado com preguiçosa graciosidade.

– Acho que devo levar presentes – comentou ela, quando a ideia lhe veio de repente à cabeça.

– Perdão?

– Presentes. Para os arrendatários. Não sei, cestas de comida ou algo assim. Você não acha bom?

Ele levou um ou dois minutos para refletir.

– Tem razão. Isso nunca me ocorreu.

– Bom, para sermos justos, você não estava planejando que eu o acompanhasse hoje.

Ele assentiu, sorrindo, enquanto ela levava a torrada à boca.

Iris ficou paralisada.

– Alguma coisa errada?

– Por que estaria?

– Você está sorrindo para mim.

– Não tenho autorização?

– Não, eu… Ora, pelo amor de Deus – murmurou ela. – Não importa. Esqueça.

Ele gesticulou, descartando o que ouvira.

– Considere o comentário esquecido.

Mas ele ainda sorria. Isso a deixava incomodada.

– Dormiu bem? – perguntou Richard.

Sério, ele estava perguntando *aquilo*?

– Iris?

– Tanto quanto possível – respondeu ela, assim que recuperou a voz.

– Não soa muito agradável.

Ela deu de ombros.

– É um quarto estranho.

– Portanto, deve ter sido difícil dormir durante toda a viagem.

– E foi mesmo.

Os olhos de Richard se nublaram de preocupação.

– Você deveria ter me contado.

Se tivesse entrado em meu quarto, você teria visto por si mesmo, ela quis dizer. Em vez disso, apenas declarou:

– Não queria preocupá-lo.

Richard se inclinou para a frente e tomou a mão de Iris, o que foi um pouco estranho, pois ela a esticara para pegar o chá.

– Sinta-se à vontade para vir a mim quando tiver problemas.

Iris tentou manter o rosto impassível, mas imaginava que o encarava como se ele fosse uma espécie rara exibida no zoológico. Era adorável que Richard agisse com tamanha preocupação, mas só estavam conversando sobre poucas noites de sono intermitente.

– Com certeza me sentirei – garantiu ela, com um sorriso desconfortável.

– Ótimo.

Iris olhou ao redor, constrangida. Ele ainda segurava sua mão.

– Meu chá – disse ela, meneando a cabeça para a xícara.

– É claro. Sinto muito.

Porém, quando a soltou, seus dedos deslizaram ao longo da mão de Iris numa carícia.

Um ligeiro estremecimento percorreu o braço dela. Richard ostentava de novo aquele sorriso encantador e relaxado, que lhe provocava um calor interno. Estava tentando seduzi-la de novo. Não tinha dúvida disso.

Mas por quê? Por que a tratava com tanto afeto e a rejeitava depois? Ele não seria tão cruel. Não podia ser.

Iris bebeu um pouco do chá às pressas, desejando que ele parasse de observá-la com tanta atenção.

– Como era sua mãe? – indagou ela de supetão.

A pergunta o desconcertou.

– Minha mãe?

– Você nunca me falou dela.

Na verdade, levantara o assunto porque não era o tipo que convidava ao romance. Iris necessitava de uma conversa agradável e inócua se quisesse ter alguma esperança de terminar o café da manhã.

– Minha mãe era...

Ele parecia não saber o que dizer.

Iris deu mais uma mordida em sua torrada, observando o marido com expressão serena, enquanto ele franzia o nariz e piscava algumas vezes. Talvez, no fundo, ela fosse uma criatura egoísta, mesquinha, mas estava desfrutando da situação. Ele a deixava irrequieta o tempo todo. Sem dúvida uma reviravolta era algo justo.

– Ela adorava ficar ao ar livre – respondeu ele por fim. – Cultivava rosas. E outras plantas também, mas me lembro bastante das rosas.

– Como ela era?

– Um pouco parecida com Fleur, acho. – Ele franziu a testa ao recordar. – Embora tivesse olhos verdes. Os de Fleur são mais cor de avelã, uma mistura de nossos pais.

– Seu pai tinha olhos castanhos, então?

Richard assentiu, inclinando sua cadeira para trás.

– Pergunto-me que cor os olhos dos nossos filhos terão – acrescentou ela.

A cadeira de Richard veio abaixo com um barulho seco e ele derrubou chá por toda a mesa.

– Desculpe-me – murmurou. – Perdi o equilíbrio.

Iris olhou para seu prato, viu que a torrada ficara um pouco molhada de chá e decidiu que o café da manhã estava encerrado. Entretanto, a reação dele fora estranha. Será que Richard não queria ter filhos? Todo homem queria. Pelo menos todos os que possuíam terras.

– Maycliffe está vinculada ao título?

– Por que pergunta?

– Não é algo que eu deva saber?

– Não. Quero dizer, não está vinculada. E, sim, é algo que deva saber – admitiu ele.

Iris pegou uma nova xícara de chá e se serviu de um pouco mais. Não tinha sede de verdade, mas estava estranhamente relutante a liberá-lo da conversa.

– Seus pais devem ter ficado bastante aliviados por seu primogênito ser um varão. Não iam querer que a propriedade fosse separada do título.

– Confesso que nunca discuti isso com eles.

– Não, imagino que não. – Ela adicionou um pouco de leite ao chá, mexeu com a colher e tomou um pouco. – O que acontece com o título se você morrer e não tiver filhos?

Uma das sobrancelhas dele se levantou.

– Está tramando a minha morte?

Ela deu um olhar de relance.

– Parece-me que é outra coisa que eu deveria saber, não acha?

Ele balançou a mão com desdém.

– Um primo distante. Acho que ele mora em Somerset.

– Você *acha*?

Como ele poderia não saber?

– Nunca o conheci – explicou Richard, dando de ombros. – É preciso retroceder ao nosso trisavô para localizar um antepassado em comum.

Iris o compreendia. Ela conhecia uma quantidade prodigiosa de primos, mas eram apenas os de *primeiro* grau. Achava que não conseguiria identificar em um mapa nenhum dos familiares mais longínquos.

– Não há nada com o que se preocupar – assegurou Richard. – Se algo me acontecer, você ficará numa boa situação financeira. Tomei medidas em relação a isso no acordo nupcial.

– Eu sei. Eu o li.

– Leu?

– Não deveria?

– A maioria das mulheres não lê.

– Como sabe?

De repente, ele sorriu.

– Estamos discutindo mesmo?

O sorriso derreteu Iris.

– *Eu* não estou.

Ele riu.

– Devo dizer que é um alívio. Detestaria pensar que estamos discutindo sem que eu nem percebesse.

– Bem, não acredito que isso seja possível.

Ele se moveu para a frente, inclinando a cabeça de forma questionadora.

– Não costumo erguer a voz... – murmurou Iris.

– Mas, quando o faz, é um espetáculo imperdível?

Ela sorriu, concordando.

– Por que tenho a impressão de que Daisy é a destinatária mais frequente de suas explosões?

Iris fez um gesto com o dedo indicador, como se dissesse "Errou!".

– Não é verdade.

– Conte-me.

– Daisy é... – Ela suspirou. – Daisy é Daisy. Não sei como descrevê-la. Há tempos que acho que uma de nós foi trocada ao nascer.

– Tome cuidado com o que pensa – advertiu Richard com um sorriso. – Daisy é a que mais se parece com sua mãe.

Iris se pegou sorrindo também.

– Parece, não é mesmo? Eu puxei à família de meu pai. Disseram-me que sou branca como minha bisavó. Engraçado quantas gerações foram puladas até que ela me encontrasse.

Richard assentiu.

– Ainda quero saber quem provoca suas explosões, já que não é Daisy.

– Ah, eu não disse que ela *não* me faz explodir. Faz, sim. O tempo todo. Mas raramente é por algo que mereça minha irritação. As brigas com Daisy são, em geral, por motivos insignificantes, por comentários enervantes ou maliciosos.

– Quem a irrita, então? Quem a deixa tão furiosa a ponto de se descontrolar?

Você, ela quase respondeu.

Não teria sido verdade. Ele a havia irritado e ferido seus sentimentos, mas nunca a enfurecera do jeito que estava descrevendo.

Entretanto, de algum modo, sabia que ele seria capaz de fazê-lo.

Que o faria.

– Sarah – respondeu Iris com firmeza, interrompendo os pensamentos perigosos.

– Sua prima?

Iris aquiesceu.

– Uma vez tive uma briga com ela...

Os olhos de Richard se iluminaram de prazer e ele se inclinou para a frente, apoiando os cotovelos na mesa e o queixo nas mãos.

– Preciso que me conte todos os detalhes.

Iris riu.

– Não, não precisa.

– Ah, tenho certeza de que preciso.

– E as mulheres é que levam a fama de fofoqueiras.

– Isso não é fofoca – protestou ele. – É apenas o meu desejo de compreender melhor a minha esposa.

– Ah, se é esse o caso... – Iris deu uma risadinha. – Muito bem, foi por causa do recital. Sinceramente, não acredito que você vá entender. Aliás, ninguém fora de minha família entende.

– Tente.

Iris suspirou, perguntando-se como explicar. Richard era sempre tão confiante, tão seguro de si... Ele não saberia como era subir ao palco e fazer papel de ridículo, tendo a noção, ao mesmo tempo, de que não podia fazer nada para evitar.

– Conte-me, Iris. Quero saber.

– Ah, está bem. Foi no ano passado...

– Quando ela ficou doente – interrompeu Richard.

Iris o encarou, surpresa.

– Você mencionou – ele a lembrou.

– Ah. Bem, ela *não* ficou doente.

– Imaginei.

– Ela inventou tudo. Disse que estava tentando cancelar a apresentação por todas nós, mas, honestamente, acho que só pensou em si mesma.

– Você disse a ela o que sentia?

– Ah, sim. Fui à casa dela no dia seguinte. Ela tentou negar, mas era óbvio que não estava doente. Mesmo assim, passou seis meses insistindo que estava, até a véspera do casamento de Honoria.

– Honoria?

Ah, certo, ele não conhecia Honoria.

– Outra prima – explicou ela. – Casada com o conde de Chatteris.

– Outra musicista?

O sorriso de Iris era em parte uma careta.

– Depende de como você define essa palavra.

– Honoria, quer dizer, lady Chatteris, participou do recital?

– Sim, mas ela é muito carinhosa e compreensiva. Tenho certeza de que ainda acredita que Sarah estava doente. Ela sempre pensa o melhor das pessoas.

– E você, não?

Ela o fitou bem nos olhos.

– Tenho uma natureza mais desconfiada.

– Devo me lembrar disso.

Iris achou melhor não levar a conversa por esse caminho, portanto continuou:

– Em todo caso, Sarah acabou admitindo a verdade. Na noite anterior ao casamento de Honoria. Não lembro as palavras exatas, mas ela disse algo sobre não ser egoísta e eu não pude me conter.

– O que você lhe disse?

Iris estremeceu ao recordar. Falara a verdade, mas não de maneira amável.

– Prefiro não contar.

Ele não a pressionou.

– Foi nesse dia que ela alegou tentar cancelar o evento – prosseguiu Iris.

– Você não acreditou?

– Creio que ela tenha pensado nisso enquanto fazia seus planos. Mas não, não acredito que fosse o principal motivo.

– E isso é importante?

– É claro que sim – respondeu ela, com um fervor que surpreendeu a si mesma. – O *motivo* pelo qual fazemos as coisas é muito importante. Tem que ser.

– Inclusive se os resultados forem benéficos?

Iris gesticulou com desdém sem pestanejar.

– É evidente que você passou para o campo hipotético. *Ainda* estou falando de minha prima e do recital. E não, os resultados não foram benéficos. Ao menos não para ninguém além dela mesma.

– Mas se pode afirmar que sua experiência não se alterou…

Iris se limitou a encará-lo.

– Reflita comigo – esclareceu Richard. – Se Sarah não tivesse forjado a enfermidade, você atuaria no recital.

Ele a olhou de relance e ela assentiu.

– Mas Sarah de fato fingiu estar doente – continuou ele. – E o resultado foi que você continuou tendo que atuar no recital.

– Não entendo aonde você quer chegar.

– Não houve nenhuma mudança no resultado para você. As atitudes dela, embora desonestas, não a afetaram em nada.

– É claro que afetaram!

– Como?

– Se eu era obrigada a tocar, ela também era.

Ele riu.

– Não acha que isso soa um pouco infantil?

Iris cerrou os dentes, frustrada. Como ele se atrevia a rir?

– Acho que você nunca subiu em um palco e se humilhou na frente de todos os seus conhecidos. E, pior ainda, na frente de um bom número de desconhecidos.

– Você não me conhecia – murmurou ele –, e veja o que aconteceu.

Ela ficou em silêncio.

– Se não fosse pelo recital, nós não estaríamos casados.

Iris não tinha ideia de como interpretar essa afirmação.

– Sabe o que vi no recital? – perguntou ele, com a voz suave.

– Você quer dizer o que *ouviu*?

– Ora, todos sabemos o que ouvi.

Mesmo a contragosto, ela acabou sorrindo.

– Vi uma jovem dama que se escondia atrás do violoncelo. Uma jovem que *sabia* tocá-lo de verdade.

Os olhos de Iris rapidamente se fixaram nos dele.

– Seu segredo está a salvo comigo – garantiu Richard, com um sorriso indulgente.

– Não é um segredo.

Ele deu de ombros.

– Mas sabe o que é? – perguntou ela, de repente com vontade de compartilhar seus sentimentos.

Queria que ele soubesse. Queria que ele a conhecesse.

– O quê?

– *Odeio* tocar violoncelo – revelou Iris com ardor. – Não é que eu apenas não goste de tocar nos recitais. Eu odeio os recitais, odeio-os de uma maneira que nem sei como expressar.

– De fato você odeia muito bem.

Ela deu um sorriso tímido.

– Eu odeio tocar violoncelo. Ainda que tocasse em uma orquestra, com os melhores virtuoses... embora jamais fossem permitir que uma mulher tocasse... eu ainda odiaria.

– E por que toca?

– Bom, não tocarei mais. Não serei obrigada a fazê-lo, agora que estou casada. Nunca mais vou segurar um arco de violoncelo.

– É bom saber que sirvo para alguma coisa – brincou ele. – Mas, honestamente, por que você tocava? Não diga que era obrigada. Sarah se livrou.

– Eu nunca poderia ser desonesta assim.

Ela esperou que ele argumentasse algo, mas Richard apenas franziu a testa, olhando para o lado, perdido em pensamentos.

– Eu tocava violoncelo porque era o que esperavam de mim – continuou Iris. – E porque isso fazia a minha família feliz. Apesar do que falo sobre eles, eu os amo muito.

– Você os ama de verdade, não é mesmo?

– Mesmo depois de tudo, considero Sarah uma de minhas amigas mais queridas.

Ele a encarou com uma expressão curiosamente serena.

– É óbvio que você possui uma alta capacidade de perdoar.

Iris recuou um pouco a cabeça enquanto refletia.

– Nunca achei que fosse.

– Espero que possua – disse ele em voz baixa.

– Perdão?

Ela não devia ter ouvido corretamente.

Mas Richard já havia se levantado e estava lhe estendendo a mão.

– Venha, o dia nos espera.

CAPÍTULO 13

– *Quantas* cestas o senhor deseja?

Richard fingiu não notar a expressão atônita da Sra. Hopkins.

– Só dezoito – respondeu jovialmente.

– Dezoito? Sabe quanto tempo levarei para preparar tudo?

– Seria uma tarefa difícil para qualquer pessoa, mas não para a senhora.

A governanta estreitou os olhos, mas ele percebeu que ela gostara do elogio.

– Não acha que é uma excelente ideia levar cestas para os arrendatários? – perguntou Richard, antes que a governanta tivesse chance de protestar outra vez. Ele empurrou Iris de leve para a frente e acrescentou: – Foi ideia de lady Kenworthy.

– Achei que seria gentil – alegou Iris.

– Lady Kenworthy é muito generosa – disse a Sra. Hopkins –, mas...

– Nós vamos ajudá-la – sugeriu Richard.

A governanta ficou boquiaberta.

– Muitas mãos deixam o trabalho mais leve, não é o que a senhora sempre diz?

– Não para o senhor – replicou a Sra. Hopkins.

Iris conteve uma risada. Que traiçoeira fascinante ela era. Mas Richard estava de muito bom humor para ficar ofendido.

– Os perigos de se ter criados que me conhecem desde criança... – murmurou ele ao ouvido da esposa.

– Desde criança? – zombou a Sra. Hopkins. – Eu o conheço desde que...

– Eu sei exatamente desde quando a senhora me conhece – interrompeu Richard.

Não precisava que a Sra. Hopkins mencionasse para Iris o tempo em que usava fraldas.

– Eu gostaria de verdade de ajudar – afirmou Iris. – Estou ansiosa para conhecer os arrendatários e acredito que os presentes serão mais significativos se eu mesma ajudar a arrumá-los.

– Nem sei se dispomos de dezoito cestas – queixou-se a Sra. Hopkins.

– Não precisam ser *cestas*. Qualquer tipo de recipiente serve. E tenho certeza de que a senhora saberá quais são as melhores coisas para enchê-las.

Richard se limitou a sorrir, admirando a facilidade da esposa para lidar com a governanta. A cada dia – não, a cada hora – ele aprendia algo novo sobre ela. E, a cada revelação, dava-se conta da sorte que tivera ao escolhê-la. Era muito estranho pensar que provavelmente não teria olhado nem duas vezes para ela se não se visse forçado a encontrar uma noiva com tanta urgência.

Era difícil recordar o que ele achava que gostaria em uma mulher. Um dote substancial, é claro. Fora obrigado a renunciar a isso, mas agora, ao ver Iris à vontade na cozinha de Maycliffe, esse aspecto já não lhe parecia tão importante. Se tivesse que esperar um ano ou dois para fazer os reparos na casa, que assim fosse – Iris não era do tipo que se queixava.

Pensou nas mulheres que havia considerado antes de Iris. Não se lembrava muito delas, apenas que pareciam estar sempre dançando, ou sendo cortejadas, ou batendo no braço dele com um leque. Elas exigiam atenção.

Já Iris *merecia* atenção.

Com sua inteligência impetuosa e seu humor tranquilo e malicioso, ela conseguia penetrar em seus pensamentos. Ela o surpreendia a todo instante.

Quem imaginaria que ele acabaria gostando tanto dela?

Gostando.

Quem *gosta* de uma esposa? Em seu mundo, as esposas eram toleradas, agradadas e, se o sujeito fosse muito sortudo, desejadas. Mas gostar?

Caso não tivesse se casado com Iris, ele gostaria de tê-la como amiga.

Bom, exceto pela complicação de desejar levá-la para a cama com tamanho ardor que mal conseguia raciocinar. Na noite anterior, quando foi lhe desejar uma boa noite, quase perdeu o controle. Teve vontade de se tornar marido dela de verdade, quis que ela soubesse como ele a desejava. Viu a expressão de Iris depois que a beijou na testa. Estava confusa. Magoada. Achou que ele não a desejava.

Essa ideia era quase risível. O que ela pensaria se soubesse que ele passara a noite inteira acordado, tenso e ardente de desejo, enquanto imaginava todas as formas de lhe dar prazer? O que ela diria se ele revelasse quanto desejava se enterrar nela, plantar sua semente, fazê-la entender que ela lhe *pertencia* e que queria pertencer a ela?

– Richard?

Ele se voltou na direção da esposa. Ou melhor, voltou-se em parte. Os maliciosos pensamentos haviam deixado sinais em seu corpo e ele ficou aliviado por poder se esconder atrás do balcão.

– Você disse alguma coisa? – perguntou ela.

Será que tinha dito?

– Bem, você fez um barulho – falou ela, dando de ombros.

Já podia imaginar a situação. Meu Deus, como conseguiria enfrentar os meses seguintes?

– Richard? – chamou ela mais uma vez.

Iris parecia estar se divertindo, talvez por tê-lo flagrado em meio a devaneios. Como ele não respondeu de imediato, ela balançou a cabeça, sorrindo, e retomou o trabalho.

Observou-a por alguns instantes, então enfiou as mãos em um recipiente de água e, discretamente, molhou o rosto. Quando se sentiu contido o bastante, andou até onde Iris e a Sra. Hopkins separavam os itens das cestas.

– O que estão colocando naquela ali? – perguntou, espiando por cima do ombro de Iris enquanto ela arrumava um pequeno caixote.

Iris o olhou de relance; era óbvio o prazer que o trabalho lhe dava.

– A Sra. Hopkins disse que os Millers necessitam de panos novos.

– Panos de prato?

Pareceu-lhe um presente simplório demais.

– É disso que precisam – replicou Iris, mas depois sorriu. – Estamos acrescentando umas bolachas que saíram agora do forno. Porque também é bom receber algo que se *deseja*.

Richard a encarou por um longo momento.

Timidamente, ela deu uma olhada no vestido e tocou a face.

– Tem alguma coisa no meu rosto? Estava ajudando com a geleia...

Ela não tinha nada no rosto, mas ele se inclinou para a frente e beijou de leve o canto de sua boca.

– Bem aqui – murmurou ele.

Iris tocou o lugar onde ele a beijara e o fitou com uma expressão de assombro, como se não soubesse ao certo o que acabara de acontecer.

Ele também não sabia.

– Está melhor agora – comentou Richard.

– Obrigada. Eu… – Um ligeiro rubor tomou conta do rosto de Iris. – Obrigada.

– Foi um prazer.

E fora mesmo.

Nas duas horas seguintes, Richard fingiu ajudar com as cestas. Iris e a Sra. Hopkins tinham tudo sob controle e, quando ele tentava fazer uma sugestão, ou elas nem prestavam atenção ou discordavam.

Mas ele não se importava. Estava feliz por assumir o cargo de testador de bolachas (todas excelentes, como ele informou à cozinheira) e de ver Iris assumir seu papel de senhora de Maycliffe.

Por fim, reuniram dezoito cestas, caixas e bacias, cada uma cuidadosamente embalada e etiquetada com o sobrenome de uma família de arrendatários. Todos os presentes eram diferentes. Como os Dunlops tinham quatro meninos de idades que variavam entre 12 e 16 anos, receberiam uma considerável quantidade de mantimentos. Uma das velhas bonecas de Marie-Claire foi colocada na cesta dos Smiths, cuja filha de 3 anos estava se recuperando de crupe. Os Millers ganhariam panos de prato e bolachas, e os Burnhams, um generoso pedaço de presunto e dois livros – um estudo sobre administração de terras para o filho mais velho, que havia assumido recentemente o sítio, e um romance para suas irmãs.

E talvez também para o filho, pensou Richard com um sorriso. Todo mundo apreciava um romance de vez em quando.

Tudo foi posto em uma carroça e, em pouco tempo, Richard e Iris estavam a caminho, rumo aos quatro cantos de Maycliffe Park.

– Não é o mais glamoroso dos meios de transporte – comentou ele com um sorriso pesaroso enquanto chacoalhavam pela estrada.

Iris colocou a mão na cabeça quando um vento forte ameaçou levar seu chapéu.

– Não me importo. Meu Deus, imagine transportar tudo isso em uma caleche?

Ele não possuía uma carruagem para duas pessoas, mas não havia razão para mencionar isso, então apenas falou:

– É melhor amarrar as fitas do seu chapéu, senão vai ter que segurá-lo o tempo todo.

– Eu sei. É que acho incômodo. Não gosto de sentir os laços apertados debaixo do queixo. – Ela o encarou com um brilho nos olhos. – Não se apresse tanto em dar conselhos. Seu chapéu também não está preso de nenhuma forma.

Como se seguisse a deixa, a carroça deu um solavanco bem quando o vento soprou de novo e ele sentiu a cartola se erguer de sua cabeça.

– Ah! – exclamou Iris e, sem pensar, agarrou o chapéu de Richard e o puxou para baixo.

Eles já estavam sentados um perto do outro, mas o movimento os deixou ainda mais juntos e, quando ele freou os cavalos e se permitiu olhá-la, o rosto dela estava virado na direção dele, radiante e muito, muito próximo.

– Acho… – murmurou ele, mas, ao olhá-la nos olhos, ainda mais vivos sob o céu azul brilhante, suas palavras se desvaneceram.

– Você acha…? – sussurrou ela.

Uma das mãos de Iris ainda estava na cabeça dele e a outra se achava sobre a própria cabeça. Essa teria sido a posição mais ridícula do mundo se não fosse tão maravilhosa.

Os cavalos diminuíram o ritmo, claramente confusos pela falta de direcionamento.

– Acho que preciso beijá-la – completou Richard.

Ele a tocou no rosto, a ponta do polegar acariciando a pele leitosa. Ela era linda. Como não percebera isso até aquele instante?

O espaço entre eles se reduziu a nada e seus lábios se encontraram, suaves e desejosos, sem fôlego por causa do assombro. Ele a beijou devagar, languidamente, dando-se tempo para descobrir sua forma, seu sabor, sua textura. Não era a primeira vez que a beijava, mas a sensação era de completa novidade.

Havia uma inocência extraordinária naquele momento. Ele não a pressionou contra o próprio corpo – nem mesmo teve vontade de fazê-lo. Não foi um beijo de posse ou luxúria. Foi algo completamente distinto, algo que nascia da curiosidade, do enlevo.

Com ternura, aprofundou o beijo, deixando a língua deslizar ao longo da pele sedosa do lábio inferior de Iris. Ela suspirou e seu corpo relaxou enquanto recebia com agrado as suas carícias.

Ela era perfeita. E doce. E ele teve a estranha sensação de que podia ficar ali o dia inteiro, com a mão no rosto dela, sem tocar nenhum outro lugar que não fossem seus lábios. Era quase puro, quase espiritual.

Então, ao longe um pássaro crocitou alto, interrompendo o momento. Algo mudou. Iris ficou paralisada ou talvez tivesse simplesmente recuperado o fôlego e, com um suspiro trêmulo, Richard conseguiu se colocar a alguns centímetros de distância. Ele piscou, voltou a pestanejar, tentando focar o mundo de novo. Seu universo havia encolhido e se reduzido àquela única mulher, e ele não conseguia enxergar mais nada, apenas seu rosto.

Os olhos dela se encheram de espanto, a mesma expressão, pensou ele, que deveria estar nos seus próprios. Os lábios dela estavam entreabertos, oferecendo-lhe uma ínfima visão de sua língua rosada. Era muito estranho, mas ele não sentia vontade de voltar a beijá-la. Queria só encará-la. Queria ver as emoções cruzarem seu rosto. Queria fitar suas pupilas se ajustando à claridade. Queria memorizar o formato de seus lábios, perceber com que velocidade os cílios subiam e desciam quando ela piscava.

– Isso foi… – murmurou ele.

– Isso foi… – repetiu ela.

Richard sorriu. Não pôde evitar.

– Definitivamente *foi*.

Um largo sorriso se abriu no rosto dela, a alegria do momento quase sufocante.

– Sua mão ainda está na minha cabeça – avisou ele, sentindo que seu sorriso voltava a ser assimétrico e zombeteiro.

Ela olhou para cima, como se precisasse ver para crer.

– Você acha que seu chapéu está firme?

– Acho que podemos correr o risco.

Iris retirou a mão, mudando sua posição por completo, triplicando o espaço entre os dois. Richard ficou quase desolado, o que era uma loucura. Ela estava sentada a menos de 30 centímetros no banco da carroça e ele se sentia como se tivesse perdido algo imensamente precioso.

– Talvez seja melhor você amarrar o chapéu com mais força – sugeriu ele.

Ela murmurou uma espécie de concordância e obedeceu.

Richard pigarreou.

– Vamos seguir em frente.

– É claro. – Iris sorriu, primeiro com timidez, em seguida determinação. – É claro. Aonde vamos primeiro?

Ele ficou agradecido pela pergunta e pela necessidade de formular uma resposta. Precisava de algo que pusesse seu cérebro de novo em movimento.

– Ahn… Acho que à casa dos Burnhams. O sítio deles é o maior e o mais próximo.

– Excelente. – Iris se retorceu em seu assento, olhando para a pilha de presentes na parte traseira da carroça. – O deles é a caixa de madeira. A cozinheira a abarrotou de geleia. Disse que o menino Burnham adora doces.

– Não sei se ele ainda pode ser chamado de menino – replicou Richard, sacudindo as rédeas. – John Burnham deve ter 22 anos agora, talvez 23.

– É mais jovem que você.

Richard abriu um sorriso irônico.

– É verdade, mas, como eu, ele é o chefe da família e do sítio. A juventude se vai rapidamente com essa responsabilidade.

– Foi muito difícil? – indagou ela em voz baixa.

– A coisa mais difícil do mundo.

Richard se lembrou dos dias logo após a morte do pai. Estava tão perdido, tão aflito… E, em meio a tudo isso, quando deveria fingir que sabia como administrar Maycliffe e ser um pai para suas irmãs, estava de luto. Amava muito o pai. Nem sempre concordavam, mas eram muito unidos. O pai lhe ensinara a montar e a ler – não a decifrar as letras e as palavras, mas a amar a leitura, a valorizar os livros e o conhecimento. O que ele não ensinara – o que ninguém sonharia que seria preciso lhe ensinar tão cedo – era como administrar Maycliffe. Quando adoeceu, Bernard Kenworthy ainda não era um homem velho. Todos tinham motivos para acreditar que se passariam anos, talvez décadas, antes de Richard ser obrigado a tomar as rédeas da propriedade.

Mas a verdade era que seu pai não poderia lhe instruir muito. Bernard Kenworthy nunca se preocupara em aprender. Não fora um bom administrador. As terras nunca o interessaram, pelo menos não profundamente, e suas decisões – quando se dava o trabalho de tomá-las – não foram as mais adequadas. Não que ele fosse ganancioso, mas tendia a fazer o conveniente, o que demandasse menos tempo e energia. E Maycliffe havia sofrido por causa disso.

– Você era apenas um menino – comentou Iris.

Richard soltou uma risada curta.

– Essa é a parte engraçada. Pensava que já fosse um homem. Tinha estudado em Oxford, tinha…

Ele se conteve antes de dizer que já se deitara com mulheres. Iris era sua esposa. Não precisava saber nada sobre os critérios pelos quais homens jovens e tolos mediam sua virilidade.

– Pensei que já fosse um homem – repetiu ele, torcendo os lábios com um toque de melancolia. – Mas então... quando tive que vir para casa e *ser* homem...

Ela pôs a mão no braço dele.

– Sinto muito.

Richard encolheu apenas o ombro que ela não estava tocando. Não queria que ela retirasse a mão.

– Você fez um trabalho notável – afirmou ela. Olhou ao redor, como se as árvores verdes fossem prova de sua boa administração. – Pelo que dizem, Maycliffe está prosperando.

– "Pelo que dizem"? – questionou ele, com um sorriso provocador. – Tantas pessoas falaram com você durante sua longa permanência aqui?

Ela deu uma risada infantil e bateu o ombro no dele.

– As pessoas falam – respondeu com malícia. – E, como você já sabe, eu gosto de escutar.

– Isso é verdade.

Ele a observou sorrir de novo, torcendo os lábios com um jeito satisfeito, e simplesmente adorou.

– O que mais você pode me contar sobre os Burnhams? Sobre todos os arrendatários, na verdade, mas vamos começar com eles, já que são nossa primeira visita.

– Não sei bem o que você quer saber, mas eles são seis. A Sra. Burnham, é claro, John, que agora é o chefe da família, e os outros quatro filhos, dois meninos e duas meninas. – Ele pensou por um momento. – Não me lembro bem da idade de todos eles, só que o mais jovem, Tommy, não pode ter muito mais que 11 anos.

– Há quanto tempo o pai deles morreu?

– Há dois anos, talvez três. Não foi inesperado.

– Não?

– Ele bebia. Muito.

Richard não queria falar mal dos mortos, mas era verdade. O Sr. Burnham gostava muito de cerveja, e a bebida o arruinara. Ele havia engordado, ficara com uma pele amarelada e, em pouco tempo, morrera.

– O filho também é assim?

Não era uma pergunta tola. Muitas vezes os filhos imitavam os pais, como Richard sabia muito bem. Ao herdar Maycliffe, ele também tinha feito o que era conveniente e enviado as irmãs para viver com a tia enquanto seguia com sua vida em Londres, como se não tivesse novas responsabilidades em casa. Levara vários anos para se dar conta de como se tornara vazio. Até agora pagava o preço por seu julgamento incorreto.

– Não sei muita coisa sobre John Burnham, mas não acho que beba. Pelo menos não mais do que qualquer sujeito normal.

Como Iris permaneceu em silêncio, Richard prosseguiu:

– Ele vai ser um bom homem, melhor que o pai.

– O que você quer dizer?

Richard pensou por um momento. Na verdade, nunca havia se dedicado a refletir sobre John Burnham, além de saber que era agora o chefe do maior sítio de arrendatários de Maycliffe. Aprovava tudo o que sabia sobre o rapaz, mas seus caminhos não costumavam se cruzar e ninguém esperava que isso acontecesse.

– É um homem sério – respondeu Richard por fim. – Tem se saído muito bem. Chegou até a terminar a escola, graças a meu pai.

– Seu pai? – repetiu Iris, com certa surpresa.

– Ele pagou os estudos. Afeiçoou-se a John. Dizia que ele era muito inteligente. Meu pai sempre valorizou isso.

– É algo bom para se valorizar.

– É mesmo. – Afinal, era uma das muitas razões pelas quais ele valorizava Iris. Mas não era o momento para dizer isso, portanto acrescentou: – John provavelmente poderia ter sido advogado ou algo assim se não tivesse retornado a Mill Farm.

– De arrendatário a advogado? É mesmo?

Richard deu de ombros.

– Não há razão para não ocorrer. Desde que a pessoa queira.

Iris ficou calada por um momento e, em seguida, perguntou:

– O Sr. Burnham se casou?

Richard lhe dirigiu um olhar zombeteiro antes de voltar sua atenção para a estrada.

– Por que tanto interesse?

– Preciso saber dessas coisas – observou ela, remexendo-se um pouco no assento. – E fiquei curiosa. Sempre tenho curiosidade pelas pessoas. Talvez, se não fosse obrigado a voltar para casa e cuidar da família, ele tivesse mesmo estudado Direito.

– Não sei se ele queria estudar Direito. Eu apenas disse que ele era inteligente para tal. E não, ele não se casou. Mas tem uma família para sustentar. Não daria as costas para a mãe e os irmãos.

Iris colocou a mão em seu braço.

– Então ele é muito parecido com você.

Richard engoliu em seco, sentindo-se incomodado.

– Você cuida muito bem de suas irmãs – completou ela.

– Você ainda nem as conheceu.

Ela deu de ombros.

– Posso afirmar que você é um irmão dedicado. E um bom tutor.

Richard segurou as rédeas com apenas uma das mãos, aliviado por poder apontar para a frente e mudar de assunto.

– É na próxima curva.

– Mill Farm?

Ele a encarou. Havia algo estranho na voz dela.

– Está nervosa?

– Um pouco.

– Não fique. Você é a senhora de Maycliffe.

Ela bufou.

– É exatamente por isso que estou nervosa.

Richard fez menção de dizer algo, mas se limitou a balançar a cabeça. Ela não percebia que os Burnhams é que deviam ficar nervosos por conhecê-la?

– Oh! – exclamou Iris. – É muito maior do que eu imaginava.

– Eu disse que é o maior sítio de Maycliffe – murmurou Richard, parando a carroça.

Várias gerações dos Burnhams tinham vivido lá cultivando a terra e, com o passar do tempo, construíram uma boa casa, com quatro quartos, uma sala de estar e um escritório. Já haviam chegado a empregar uma criada, mas tiveram que abrir mão dela quando a família enfrentou tempos difíceis antes da morte do Sr. Burnham.

– Nunca fiz visitas com meus primos – comentou Iris, preocupada.

Richard desceu da carroça e lhe ofereceu a mão.

– Por que ficou tão insegura de repente?

– Acho que percebi que sei muito pouco sobre Maycliffe. – Ela gesticulou em direção à residência. – Imaginei que todos os colonos vivessem em casas pequenas.

– A maioria vive. Mas alguns são bastante prósperos. Um homem não precisa ser dono da terra para viver bem.

– Mas um homem precisa ser dono da terra para ser considerado um cavalheiro. Ou, pelo menos, ter nascido em uma família que possui terras.

– É verdade – admitiu Richard.

Nem mesmo um pequeno proprietário rural seria considerado membro da pequena nobreza. Era necessário possuir propriedades maiores.

– Sir Richard! – gritou alguém.

Richard sorriu ao ver um menino correndo em sua direção.

– Tommy! – exclamou ele, desarrumando o cabelo do garoto. – O que sua mãe está lhe dando para comer? Você cresceu muito desde nosso último encontro.

Tommy Burnham abriu um sorriso radiante.

– John me colocou para trabalhar nos campos. Mamãe diz que é o sol. Devo ser igual a uma erva daninha.

Richard riu e, em seguida, apresentou-o a Iris, que ganhou a devoção eterna de Tommy por tratá-lo como a um adulto, oferecendo-lhe a mão para ele que a apertasse.

– John está em casa? – indagou Richard, estendendo a mão para a caixa na carroça.

– Com mamãe – respondeu Tommy, indicando a casa. – Fizemos uma pausa para comer.

– É esta aqui? – murmurou Richard para Iris, que assentiu. Ele ergueu a caixa e sinalizou para que a esposa o acompanhasse. – Mas outros homens estão trabalhando com vocês nos campos, certo?

– Ah, sim. – Tommy o olhou como se ele fosse louco por cogitar o contrário. – Não poderíamos fazer tudo sozinhos. Na verdade, John nem precisa de mim, mas acha que preciso participar.

– Seu irmão é um homem sábio – comentou Richard.

Tommy revirou os olhos.

– É o que ele diz.

Iris deu uma risadinha.

– Tome cuidado com ela – alertou Richard, meneando a cabeça para Iris. – Assim como você, ela tem muitos irmãos e aprendeu a ser sagaz.

– Sagaz, não – corrigiu Iris. – Ardilosa.

– Pior ainda.

– Ele é o mais velho – disse ela a Tommy. – Tudo o que ele conseguiu com força bruta, tivemos que conseguir com nossa argúcia.

– Ela o pegou nessa aí, sir Richard. – Tommy riu.

– Ela sempre me pega.

– É mesmo? – murmurou Iris, levantando as sobrancelhas.

Richard apenas sorriu para si mesmo. Resolveu deixá-la pensar o que quisesse.

Entraram na casa, com Tommy à frente avisando à mãe que sir Richard estava ali com a nova lady Kenworthy. A Sra. Burnham apareceu imediatamente, limpando as mãos enfarinhadas no avental.

– Sir Richard – falou ela, fazendo uma reverência. – É uma honra.

– Vim lhes apresentar minha esposa.

Iris abriu um sorriso bonito.

– Nós lhes trouxemos um presente.

– Ora, nós é quem devíamos lhes dar um presente – protestou a Sra. Burnham. – Pelo casamento.

– Nada disso – replicou Iris. – Vocês estão me recebendo em sua casa, em sua terra.

– Agora ela é sua também – lembrou-a Richard, colocando a caixa de regalos sobre uma mesa.

– Sim, mas os Burnhams estão aqui um século a mais do que eu. Ainda tenho que conquistar meu lugar.

Com essas palavras, Iris ganhou a lealdade eterna da senhora e, por extensão, a de todos os arrendatários. Comunidades eram sempre as mesmas em qualquer esfera. A Sra. Burnham era a comandante do maior sítio local, e isso fazia dela a líder da sociedade de Maycliffe. As palavras de Iris chegariam aos ouvidos de cada alma do lugar antes que a noite caísse.

– A senhora está vendo por que me casei com ela – disse Richard à Sra. Burnham.

As palavras fluíram naturalmente de seus lábios sorridentes, mas logo uma pontada de culpa lhe feriu as entranhas. Não fora esse o motivo da união. Desejou que fosse.

– John, venha conhecer a nova lady Kenworthy – chamou a Sra. Burnham.

Richard não percebera que John Burnham entrara no pequeno vestíbulo. Era um sujeito tranquilo, sempre fora, e estava de pé, perto da porta da cozinha, esperando que os outros o vissem.

– Milady – disse John, com uma pequena mesura. – É uma honra conhecê-la.

– E minha também – respondeu Iris.

– Como está o sítio? – perguntou Richard.

– Muito bem – afirmou John, e os dois conversaram por uns minutos sobre campos, cultivos e irrigação, enquanto Iris falava sobre amenidades com a Sra. Burnham.

– Temos que seguir nosso caminho – informou Richard. – Temos muitas paradas para fazer antes de voltar a Maycliffe.

– Deve estar tudo muito tranquilo sem suas irmãs por lá – comentou a Sra. Burnham.

John se virou de repente.

– Suas irmãs foram embora?

– Só para visitar nossa tia. Ela achou que deveríamos passar algum tempo a sós. – Ele deu a John uma espécie de sorriso cúmplice. – Irmãs não acrescentam muito a uma lua de mel.

– Não, imagino que não.

Despediram-se e Richard tomou o braço de Iris para saírem.

– Acredito que tenha corrido tudo bem – disse ela enquanto ele a ajudava a subir na carroça.

– Você foi esplêndida – afirmou ele.

– De verdade? Não está falando só para me agradar?

– Eu diria mesmo para lhe agradar – admitiu ele –, mas é verdade. A Sra. Burnham já a adora.

Os lábios de Iris se entreabriram e Richard teve certeza de que a esposa ia indagar algo como "Jura?" ou "Você achou mesmo?". Mas ela apenas sorriu, o rosto ruborizado de orgulho.

– Obrigada – falou em voz baixa.

Ele a beijou na mão e sacudiu as rédeas.

– Este é um dia maravilhoso – comentou Iris enquanto se afastavam de Mill Farm. – Estou tendo um dia maravilhoso.

Ele também. O mais maravilhoso de sua vida.

CAPÍTULO 14

Três dias depois

Iris estava se apaixonando por Richard. Não sabia como isso poderia ser mais evidente.

As pessoas não diziam que o amor era confuso? Ela não deveria estar deitada em sua cama, agonizando sob o peso de torturantes pensamentos: *Isso é real? Isso é amor?* Quando ainda estava em Londres, havia perguntado a Sarah sobre o assunto – à prima, apaixonada de forma tão clara pelo marido – e até *ela* lhe respondera que não tinha certeza no início.

Mas não, Iris sempre precisava fazer as coisas à sua maneira e acordou um dia pensando: *Eu o amo.*

Ou, se ainda não o amava, faltava muito pouco. Era só uma questão de tempo. Ela perdia o fôlego toda vez que Richard entrava no quarto. Pensava nele constantemente. E ele a fazia rir – ah, como ele a fazia rir.

Iris também o fazia rir. E, quando isso acontecia, seu coração saltava no peito.

O dia da visita aos arrendatários tinha sido mágico e ela sabia que o marido sentira o mesmo. Ele a beijara como se fosse um tesouro de valor inestimável – *não*, pensou, não assim, pois teria sido frio e sem emoção.

Richard a beijara como se ela fosse a luz, o calor, o arco-íris, tudo ao mesmo tempo. Ele a beijara como se o sol brilhasse com um só raio de luz, apenas sobre eles, apenas para eles.

Tinha sido perfeito.

Pura magia.

E, então, ele não a beijara mais.

Passavam os dias juntos, explorando Maycliffe. Ele a fitava com um olhar caloroso. Segurava sua mão, até beijava a delicada pele de seu pulso. Mas nunca mais pousou os lábios sobre os dela.

Ele imaginava que seus avanços não seriam bem-vindos? Achava que ainda era muito cedo? Como poderia ser muito cedo? Estavam casados, pelo amor de Deus. Ela era sua esposa.

Por que Richard não percebia que ela ficava constrangida de lhe perguntar a respeito?

E, assim, Iris continuava fingindo que achava a atitude dele normal. Muitos casais mantinham quartos separados. Ela nem sabia se os próprios pais alguma vez dormiram na mesma cama.

E nem queria saber, pensou com um estremecimento.

Todavia, ainda que Richard quisesse dividir os aposentos, certamente desejaria consumar a união. Sua mãe lhe dissera que os homens *gostavam* de fazer… aquilo. E Sarah afirmara que as mulheres também podiam gostar.

A única explicação era que Richard não a desejava. Mas ela pensava… talvez… que sim.

Por duas vezes, ela o surpreendera olhando-a com uma intensidade que fez sua pulsação acelerar. E, naquela mesma manhã, ele quase a beijara. Tinha certeza disso. Estavam caminhando pelo atalho sinuoso que levava até a estufa e Iris tropeçara. Richard se retorceu para conseguir ampará-la e ela caiu contra ele, os seios pressionados contra o peito do marido.

Foi o mais perto dele que já havia estado. Ela ergueu o olhar, diretamente para os olhos de Richard. O mundo ao seu redor desapareceu e Iris não enxergava mais nada, apenas o rosto do amado. Ele inclinou a cabeça, baixou o olhar para seus lábios, ela suspirou…

E o marido deu um passo atrás.

– Perdoe-me – murmurou e, uma vez mais, seguiram seu caminho.

Mas a manhã havia perdido toda a magia. A conversa, que antes fluía fácil, mais uma vez ficou tensa, e Richard não voltou a tocá-la, nem de modo casual. Não colocou a mão em suas costas, não entrelaçou o braço ao dela.

Outra mulher – uma que tivesse mais experiência com o sexo masculino ou talvez uma que conseguisse ler mentes – poderia entender por que Richard agia daquele jeito, mas Iris estava perplexa.

E frustrada.

E triste.

Ela gemeu e se voltou para o livro que estava lendo. Já era fim de tarde e havia encontrado um velho romance de Sarah Gorely na biblioteca de Maycliffe – provavelmente comprado por uma das irmãs de Richard. Não podia imaginar que ele mesmo o tivesse adquirido. Apesar de não ser muito bom, era dramático e, acima de tudo, uma distração. E o sofá azul da sala era extremamente confortável. O tecido estava um pouco desgastado, o suficiente para que ficasse macio, mas não tanto que o tornasse incômodo.

Iris gostava de ler ali. A luz da tarde era excelente e, bem no coração da casa, quase conseguia convencer a si mesma de que pertencia ao lugar.

Ela já estava envolvida na história havia um ou dois capítulos quando ouviu passos no corredor que só podiam ser de Richard.

– Como você está esta tarde? – perguntou ele da porta, saudando-a com uma educada inclinação da cabeça.

Iris sorriu.

– Muito bem, obrigada.

– O que está lendo?

Ela levantou o livro, embora fosse pouco provável que ele pudesse ler o título do outro lado da sala.

– *Miss Truesdale e o Cavalheiro Silencioso*. É um romance antigo de Sarah Gorely. Mas não é sua melhor obra.

Ele entrou na sala de vez.

– Nunca li nada dessa autora. Mas é bastante famosa, certo?

– Não acho que você gostaria deste livro.

Richard abriu aquele sorriso cálido, lânguido, que parecia se derreter em seu rosto.

– Será que não?

Iris pestanejou e olhou para o volume em suas mãos antes de estendê-lo.

Ele riu, divertindo-se.

– Eu não seria capaz de tirá-lo de você.

Ela o olhou, surpresa.

– Deseja que leia para você?

– Por que não?

Iris arqueou as sobrancelhas, em dúvida.

– Não diga que não lhe avisei – murmurou ela, movendo-se um pouco no sofá, tentando disfarçar a pontada de decepção quando ele se sentou na cadeira em frente.

– Você o descobriu na biblioteca? Imagino que Fleur o tenha comprado.

Iris assentiu enquanto marcava a página em que estava antes de voltar ao começo do livro.

– Vocês possuem toda a obra de Gorely.

– É mesmo? Não fazia a menor ideia de que minha irmã era admiradora dela.

– Você disse que ela gosta de ler, e Sarah Gorely é uma autora muito popular.

– Disso eu já sabia.

Iris o encarou e ele inclinou regiamente a cabeça, indicando-lhe que começasse.

– "Capítulo um" – começou Iris. – "Miss Ivory Truesdale ficou órfã em..." – Ela ergueu os olhos. – Tem certeza de que quer que eu leia isto? Não imagino que vá apreciar.

Ele a olhou com uma expressão de divertimento.

– Depois de tantos protestos, acho que você vai ser obrigada a lê-lo.

Iris balançou a cabeça.

– Muito bem. – Ela pigarreou. – "Miss Ivory Truesdale ficou órfã em uma tarde de quarta-feira, quando seu pai foi atingido no coração por uma flecha envenenada, disparada por um exímio arqueiro húngaro, trazido para a Inglaterra com o único propósito de causar essa horripilante e prematura morte."

Ela olhou para Richard.

– Lúgubre – comentou ele.

Iris assentiu.

– E vai piorar.

– Como é possível?

– O arqueiro húngaro *também* morre daqui a alguns capítulos.

– Deixe-me adivinhar... Um acidente de carruagem.

– Prosaico demais – zombou ela. – Essa é a mesma autora que, em outro livro, fez com que pombos bicassem um personagem até a morte.

A boca de Richard se abriu e se fechou.

– Pombos – disse ele por fim, piscando várias vezes. – Notável.

Iris levantou o livro.

– Devo continuar?

– Por favor – respondeu ele, com a expressão de quem não tinha totalmente certeza.

Iris limpou a garganta.

– "Pelos seis anos seguintes, Ivory não podia enfrentar uma tarde de quarta-feira sem se recordar do zunido da flecha passando por seu rosto, a caminho do condenado coração do pai."

Richard murmurou algo. Iris não pôde distinguir as palavras exatas, mas sem dúvida uma delas era *embriaguez*.

– "Toda quarta-feira era uma tortura. Levantar-se da cama requeria uma vitalidade que ela raramente tinha. A comida lhe era insípida e o sono, quando o encontrava, era sua única via de escape."

Richard bufou. Iris olhou para ele.

– O que foi?

– Nada.

Ela voltou os olhos para o livro.

– Mas, realmente – disse Richard, com indignação –, quartas-feiras?

Iris o encarou.

– A mulher tem medo das quartas-feiras? – perguntou ele.

– É o que parece.

– Só das quartas-feiras.

Iris deu de ombros.

– O que acontece às quintas-feiras?

– Eu ia começar a revelar.

Richard revirou os olhos diante da impertinência de Iris e lhe indicou que continuasse.

Iris lhe dirigiu um olhar paciente, sinalizando que estava preparada para outra interrupção. Ele retribuiu com uma expressão de igual ironia e ela se voltou para o texto.

– "As quintas-feiras traziam esperança e renovação, embora não se pudesse dizer que Ivory tinha alguma razão para nutrir esperanças, nem que sua alma se renovasse. Sua vida no Lar da Srta. Winchell para Crianças Órfãs era tediosa, na melhor das hipóteses, e desventurada, na pior."

– Tediosa pode ser a primeira palavra capaz de descrever essa história – troçou Richard.

Iris arqueou as sobrancelhas.

– Devo parar?

– Por favor. Não acredito que consiga suportar o resto.

Iris conteve um sorriso, sentindo-se um pouco cruel por desfrutar da agonia dele.

– Mas ainda quero saber como o arqueiro húngaro morre – acrescentou Richard.

– Se você souber, vai estragar a história – rebateu Iris, adotando uma expressão cerimoniosa.

– Por algum motivo, duvido.

Iris deu uma risadinha sem querer. Richard tinha uma maneira de dizer as coisas com um tom malicioso que nunca deixava de diverti-la.

– Muito bem. O arqueiro recebeu um tiro na cabeça.

– Nada interessante. – Ao ver a expressão dela, Richard acrescentou: – No sentido literário, é claro.

– A arma foi disparada por um cachorro.

Richard ficou boquiaberto.

– E agora temos outro cavalheiro silencioso – comentou Iris, com um sorriso de superioridade.

– Não, de verdade, não. Devo protestar.

– Contra quem?

Ele ficou desconcertado.

– Não sei. Mas, sem a menor dúvida, aqui cabe um protesto.

– Não acredito que o cachorro teve a *intenção* de atirar – objetou Iris.

– Quer dizer que a autora não deixou claras as motivações do animal?

Iris fingiu uma expressão séria.

– Nem ela tem tamanho talento.

Richard bufou.

– Eu falei que essa não é uma de suas melhores obras – ela o alertou.

Ele parecia incapaz de responder.

– Posso ler para você outro livro dela – ofereceu-se Iris, sem sequer tentar dissimular sua diversão.

– Por favor, não.

Iris soltou uma gargalhada.

– Como é possível que ela seja uma das autoras mais populares atualmente? – questionou Richard.

– Eu acho as histórias dela bastante divertidas – admitiu Iris.

Era verdade. Não eram muito bem escritas, mas havia algo que não deixava as pessoas abandonarem a leitura.

– Um desvio da sanidade – zombou Richard. – Quantos romances a Srta. Gorely já escreveu? Ou é Sra. Gorely?

– Não faço ideia. – Iris consultou as páginas iniciais e finais. – Aqui não há nada sobre ela. Nem sequer uma frase.

Ele deu de ombros com indiferença.

– Já era de se esperar. Se você escrevesse um romance, eu não ia querer que usasse seu nome verdadeiro.

Iris o encarou, surpresa pelo leve brilho de mágoa nos próprios olhos.

– Você se envergonharia de mim?

– É claro que não. Mas não ia querer que a sua fama se intrometesse em nossa vida privada.

– Você acha que eu poderia ficar famosa?

– É claro que sim.

Ele a olhou sem nenhuma paixão, como se a conclusão fosse tão óbvia que não merecesse nenhuma contenda.

Iris refletiu sobre isso, tentando não se derramar de prazer. Mas não conseguiu, pois pôde sentir o rosto ficar cada vez mais quente. Ela mordeu o lábio inferior. Era muito estranha aquela alegria toda, só porque ele pensara que... que ela era... ora, inteligente.

E o mais incompreensível era que ela *sabia* que era inteligente. Não precisava que Richard o dissesse para que acreditasse.

Iris ergueu o olhar, com um sorriso tímido.

– Você não se importaria se eu escrevesse um romance?

– Você *quer* escrever um romance?

Ela refletiu.

– Na verdade, não.

Ele riu.

– Por que estamos tendo esta conversa?

– Não sei. – Iris sorriu, primeiro para ele, depois para si mesma. O exemplar de *Miss Truesdale e o Cavalheiro Silencioso* ainda jazia em seu colo, então ela o pegou e perguntou: – Quer que eu continue?

– Não! – exclamou ele vigorosamente, ficando de pé e lhe estendendo a mão. – Venha, vamos dar um passeio.

Iris pousou a mão na dele, procurando ignorar o calafrio de prazer que percorreu seu corpo quando ele a tocou.

– Como foi que o cachorro apertou o gatilho? – perguntou Richard. – Não, não me conte, não quero saber.

– Tem certeza? Na verdade, foi uma solução muito engenhosa.

– Está pensando em ensinar aos nossos cachorros?

– Nós temos cachorros?

– É claro que temos.

Iris se perguntou o que mais ela desconhecia sobre o novo lar. Muita coisa, provavelmente. Ela o fez parar no meio do saguão, olhou-o bem nos olhos e disse, solene:

– Prometo não ensinar a nenhum de nossos cães como disparar uma arma.

Richard soltou uma risada, e mais de um criado enfiou a cabeça no corredor para espiar.

– Você é um tesouro, Iris Kenworthy – disse ele, guiando-a uma vez mais para a porta principal.

Um tesouro, pensou Iris, com um toque de angústia. *Será?*

– Você gosta de seu novo nome? – perguntou ele sem refletir.

– É mais fácil de pronunciar do que Smythe-Smith.

– Acho que combina com você.

– Assim espero – murmurou ela.

Era difícil imaginar um nome mais desajeitado do que o de sua família.

Richard abriu a pesada porta da frente e uma rajada de vento frio redemoinhou para dentro. Iris logo abraçou a si mesma. Era mais tarde do que ela percebera e o ar estava gelado.

– Deixe-me correr até meu quarto e pegar um xale. Foi tolice de minha parte vestir mangas curtas.

– Tolice? Ou otimismo?

Ela riu.

– Eu raramente sou otimista.

– Verdade?

Só quando já estava na metade do caminho, subindo pela escada, que se deu conta de que ele a seguia.

– Acho que nunca ouvi alguém se declarar pessimista com uma risada de alegria.

– Também não sou pessimista.

Pelo menos Iris não acreditava que fosse. Não vivia prevendo desastres e decepções.

– Não é otimista nem pessimista... – falou Richard ao chegarem ao topo da escada. – Então o que você é?

– Não sou uma esposa – murmurou ela.

Ele ficou imóvel.

– O que disse?

Iris ofegou diante da resposta que escapou espontaneamente de seus lábios.

– Sinto muito. Não era minha intenção...

Ela ergueu os olhos e logo desejou não tê-lo feito. Ele a fitava com uma expressão inescrutável e Iris se sentiu péssima. Envergonhada, zangada, arrependida, ofendida e provavelmente outras oito coisas que não se sentia inclinada a identificar.

– Peço que me perdoe – balbuciou ela, correndo para o quarto.

– Espere!

Mas Iris não obedeceu.

– Iris, espere!

Ela não parou, os pés se movendo o mais rápido possível, sem chegar a correr. Mas então tropeçou – não sabia em quê – e mal conseguiu recuperar o equilíbrio.

Em um segundo, Richard estava a seu lado, segurando-a.

– Você está bem?

– Sim – respondeu ela, com a voz entrecortada.

Iris tentou desvencilhar o braço, mas ele não a soltou. Ela quase riu. Ou talvez quase chorou. *Agora* ele queria tocá-la? *Agora* não queria soltá-la?

– Preciso pegar meu xale – murmurou, porém não tinha mais vontade de dar um passeio.

Só queria se meter na cama e se cobrir dos pés à cabeça.

Richard a encarou por vários segundos antes de soltar seu braço.

– Está bem.

Ela se esforçou para sorrir, mas não conseguiu. Suas mãos tremiam e, de repente, sentiu-se mal.

– Iris – disse ele, observando-a com preocupação –, tem certeza de que está bem?

Ela assentiu, mas mudou de ideia e negou, balançando a cabeça.

– Talvez seja melhor eu me deitar.

– É lógico – concordou ele, sempre um cavalheiro. – Vamos deixar o passeio para outro momento.

Iris tentou sorrir de novo – e fracassou de novo – e fez uma reverência desajeitada. Mas, antes que pudesse escapar, ele a segurou pelo braço de novo para levá-la ao quarto.

– Não preciso de ajuda. Estou bem, de verdade.

– Mas *eu* me sentiria melhor.

Iris cerrou os dentes. Por que ele tinha que ser tão *gentil*?

– Vou chamar um médico – avisou Richard enquanto cruzavam a soleira.

– Não, por favor, não.

Meu Deus, o que ela diria a um médico? Que tinha o coração partido? Que estava louca de tanto imaginar se algum dia seu marido chegaria a gostar dela?

Richard a soltou e suspirou, perscrutando seu rosto.

– Iris, vejo claramente que há algo errado.

– Estou apenas cansada.

Ele não disse nada, apenas a olhou com firmeza, e Iris sabia o que ele estava pensando. Ela não se mostrara nada cansada quando se encontravam na sala.

– Vou ficar bem – garantiu, aliviada por sua voz começar a recuperar o tom casual de sempre. – Prometo.

Richard comprimiu os lábios e Iris percebeu que ele não sabia se acreditava nela. Por fim, respondeu "Muito bem", colocando as mãos suavemente nos ombros dela e se inclinando para baixo...

Para beijá-la! Iris recuperou o fôlego e, em um momento de enganosa felicidade, fechou os olhos, inclinando o rosto na direção dele. Ansiava por isso, os lábios dele sobre os dela, o toque quente da língua dele sobre a pele macia de sua boca.

– Richard – sussurrou.

Os lábios dele a tocaram na testa. Não era o beijo de um homem apaixonado.

Humilhada, ela se afastou bruscamente, voltando-se para a parede, para a janela, para qualquer lugar menos para ele.

– Iris...

– Por favor, vá embora – pediu ela, engasgando.

Richard não disse nada, mas tampouco saiu do quarto. Ela teria escutado seus passos. Teria sentido sua ausência.

Iris abraçou o próprio corpo, rogando em silêncio que ele obedecesse.

E Richard o fez. Ela o ouviu dar meia-volta, escutou o som inconfundível de suas botas sobre o tapete. Fazia o que ela queria, o que ela pedira, mas tudo estava errado. Iris precisava entender. Precisava *saber*.

Ela se voltou.

Ele se deteve, a mão já na maçaneta.

– Por quê? – perguntou ela, a voz falha.

Richard não se virou.

– Não finja que não me ouviu.

– Não estou fingindo – replicou ele, baixinho.

– Então não finja que não entendeu a pergunta.

Ela fitou as costas dele, observando sua postura ficar cada vez mais rígida. A mão pendendo ao lado do corpo se transformou em uma garra. Se Iris tivesse algum juízo, não o teria provocado. Mas estava cansada de ser sensata.

– Você me escolheu. Dentre todas as mulheres em Londres, você me escolheu.

Ele ficou paralisado por um tempo. Então, com movimentos precisos, fechou a porta e se virou de frente para ela.

– Você poderia ter recusado.

– Nós dois sabemos que não é bem verdade.

– Você se sente tão infeliz assim?

– Não – admitiu Iris, pois não se sentia mesmo. – Mas isso não nega a verdade fundamental de nosso casamento.

– A verdade fundamental… – repetiu ele, a voz tão apática e vazia como ela jamais ouvira.

Iris ficou de lado para não encará-lo. Era muito difícil criar coragem olhando para o rosto dele.

– Por que se casou comigo? – perguntou, quase engasgada.

– Eu a comprometi.

– *Depois* de ter proposto casamento – rebateu ela, surpreendida pela própria impaciência.

– A maioria das mulheres considera que uma proposta de matrimônio é algo *bom* – replicou ele, a voz contida.

– Está me dizendo que eu devia me considerar afortunada?

– Eu não disse isso.

– Por que se casou comigo? – insistiu ela.

– Porque eu quis. – Richard de ombros. – E você aceitou.

– Eu não tive opção! Você fez de tudo para que eu não tivesse escolha.

Richard agarrou de repente o pulso de Iris, mas sem machucá-la – ele era gentil demais. Mas ela não poderia escapar.

– Se você *tivesse* escolha, se sua tia não tivesse chegado, se ninguém tivesse visto meus lábios colados aos seus... – Ele fez uma pausa, o silêncio tão pesado e tenso que ela precisou olhar para cima. – Diga-me, Iris – continuou ele em voz baixa –, sua resposta teria sido diferente?

Não.

Ela teria pedido um tempo. Ela *pediu* um tempo. Mas, ao final, teria aceitado. Ambos sabiam disso.

A pressão da mão em seu pulso se suavizou e era quase uma carícia.

– Iris?

Richard não ia permitir que a pergunta fosse ignorada. Mas ela não queria responder. Encarou-o com rebeldia, trincando os dentes com tanta força que chegava a estremecer. Não voltaria atrás. Não sabia por que era tão importante não responder, mas sentia que a própria alma dependia disso.

Meu Deus, sua alma estava tão abalada quanto a da fictícia Miss Truesdale! Era isso que o amor fazia? Convertia o cérebro em uma parvoíce melodramática?

Uma dolorosa risada brotou de sua garganta. Era um som horrível, amargo e áspero.

– Você está *rindo*? – questionou Richard.

– É o que parece – respondeu Iris, porque ela mesma não podia acreditar.

– Mas por que diabo...?

Iris deu de ombros.

– Não sei o que fazer.

– Estávamos tendo uma tarde perfeitamente agradável – comentou ele após uma pausa.

– É verdade.

– Por que está zangada?

– Nem sei se estou zangada.

Uma vez mais, ele a encarou, incrédulo.

– Olhe para mim – pediu Iris, erguendo a voz, exaltada. – Eu sou lady Kenworthy e praticamente não sei como isso aconteceu.

– Você se postou diante de um sacerdote e...

– Não me trate de forma condescendente. Por que você forçou o casamento? Por que precisava ser tão rápido?

– Isso é importante?

Ela deu um passo para trás.

– Sim – respondeu em voz baixa. – Sim, acredito que sim.

– Você é minha esposa – replicou ele, os olhos flamejantes. – Jurei que lhe daria minha fidelidade e sustento. Ofereci a você tudo o que possuo, dei a você o meu nome.

Iris nunca o vira tão zangado, nunca teria imaginado que seu corpo poderia ser possuído pela fúria daquele modo. Ela morria de vontade de dar uma bofetada na cara dele, mas se recusou a se aviltar dessa maneira.

– Por que importa como aconteceu? – acrescentou Richard.

Iris fez menção de responder, mas a voz falha do marido a deteve. Algo estava errado. Obrigou-se a encará-lo, seus olhos encontrando os dele com uma intensidade inflexível.

Ele sustentou o olhar de Iris… e então desviou os olhos.

CAPÍTULO 15

Ele era um canalha da pior espécie.

Richard tinha consciência disso, mas, ainda assim, voltou-se para a porta. *Poderia* ter dito a verdade. Não havia nenhuma razão para não fazê-lo, a não ser o fato de ser egoísta, covarde e, maldição, apenas queria ter mais alguns dias antes que o desgosto da esposa se convertesse em ódio declarado. Era pedir muito?

– Vou deixá-la a sós – disse secamente.

Se nada tivesse acontecido, se ela não tivesse falado nem uma palavra, ele teria aberto a porta e ido embora. Teria se trancado, com uma garrafa de conhaque, em algum local cujas paredes fossem grossas o suficiente para que ninguém pudesse ouvir seus gritos.

Mas então, justo quando sua mão pressionava a maçaneta para baixo, ele a ouviu sussurrar:

– Eu fiz alguma coisa errada?

A mão dele ficou imóvel. Mas o braço tremia.

– Não sei o que você quer dizer com isso.

Porém, é claro que ele sabia.

– É que... eu...

Richard se obrigou a se virar. Meu Deus, como *doía* vê-la assim, tão constrangida e magoada. Iris não conseguia formular a frase. Se ele fosse um homem de verdade, encontraria alguma forma de evitar que ela se humilhasse tanto.

Ele engoliu em seco várias vezes, procurando palavras que, tinha certeza, não seriam suficientes.

– Você é tudo o que eu poderia desejar em uma mulher.

Mas os olhos de Iris demonstraram desconfiança.

Ele suspirou fundo. Não podia abandoná-la daquele jeito. Atravessou o quarto e tomou a mão da esposa. Talvez se a levasse aos lábios, se a beijasse...

– Não! – Ela puxou a mão, a voz tão dura quanto o olhar. – Não consigo pensar direito quando você faz isso.

Sob circunstâncias normais, esse reconhecimento teria sido maravilhoso.

Iris desviou o olhar, fechou os olhos por um segundo, apenas pelo tempo suficiente para balançar um pouco a cabeça.

– Eu não o compreendo – afirmou ela em voz muito baixa.

– E isso é necessário?

– Que tipo de pergunta é essa?

Ele se forçou a dar de ombros, a parecer casual.

– Eu não compreendo ninguém.

Menos ainda a si mesmo.

Ela o encarou por tanto tempo que Richard precisou lutar contra o desejo de se remexer.

– Por que se casou comigo? – perguntou Iris por fim.

– Não acabamos de ter essa conversa?

Os lábios dela se comprimiram, formando uma linha implacável. Iris ficou em silêncio e, após um longo instante, ele se viu obrigado a dizer algo, mas sem olhá-la nos olhos:

– Você sabe por que me casei com você.

– Não. Não sei mesmo.

– Eu a comprometi.

Iris lhe lançou um olhar fulminante.

– Você sabe muito bem que tudo começou muito antes disso.

Ele tentou calcular quanto tempo poderia fingir ignorância.

– Ora, pelo amor de Deus, Richard, não insulte a minha inteligência. Você me beijou naquela noite com o propósito específico de ser visto por minha tia. Você me insulta quando insiste no contrário.

– Eu a beijei porque tive vontade – replicou ele com veemência.

Era verdade. Não toda a verdade, mas, por Deus, era parte dela.

Mas Iris bufou de incredulidade.

– Talvez sim, mas a questão é *por que* queria fazê-lo.

Ele passou a mão pelo cabelo.

– Por que um homem deseja beijar uma mulher?

– Não tenho como saber, não é mesmo? – ela quase cuspiu as palavras. – Meu marido me acha repulsiva.

Richard deu um passo atrás, surpreso. Enfim, sabendo que precisava falar alguma coisa, respondeu:

– Não diga absurdos.

Resposta errada.

Ela arregalou os olhos, ultrajada, e girou nos calcanhares, afastando-se dele. Porém, ele foi mais rápido e a agarrou pelo pulso.

– Não a acho repulsiva.

Os olhos de Iris se fixaram nele na mesma hora.

– Posso não ter a experiência que você tem, mas sei o que deve acontecer entre marido e esposa. E sei que entre nós não...

– Iris – ele a interrompeu, desesperado para pôr um fim à discussão –, você está transtornada sem motivo.

Os olhos de Iris brilharam com uma fúria gélida quando ela se desvencilhou.

– Não me trate de forma condescendente!

– Não estou tratando.

– *Está.*

Claro que estava.

– Iris... – ele começou a dizer.

– Você gosta de homens? É isso?

Ele ficou boquiaberto e tentou respirar fundo, mas sentia-se sem ar, como se tivesse levado um soco no estômago.

– Porque se você gosta...

– Não! – ele praticamente urrou. – Como você sabe que isso existe?

Iris o olhou bem nos olhos e Richard teve a incômoda impressão de que ela tentava decidir se acreditava nele.

– Conheço uma pessoa – respondeu ela.

– Você *conhece* uma pessoa?

– Bom, eu *sei* de uma pessoa. O irmão de minha prima.

– Eu não gosto de homens – garantiu Richard com firmeza.

– Preferiria que gostasse – murmurou ela, desviando o olhar. – Pelo menos isso explicaria...

– Chega! – rugiu Richard.

Meu Deus, quanto um homem está destinado a suportar? Ele não gostava de homens e sentia *desejo* pela esposa. E muito, para falar a verdade. Se tivesse outra vida, tiraria todas as dúvidas dela, de todas as formas possíveis.

Ele se aproximou. O suficiente para deixá-la desconfortável.

– Você acredita mesmo que a acho repulsiva?

– Eu… Eu não sei.

– Permita-me demonstrar.

Richard tomou o rosto dela entre as mãos e aproximou os lábios, ardendo com toda a tortura que trazia no coração. Passara a semana inteira desejando-a, imaginando cada delícia que faria com ela quando pudesse, afinal, levá-la para a cama. Fora uma semana de autonegação, de suplício, de punição do corpo da forma mais primitiva possível, e ele havia chegado ao limite.

Não podia fazer tudo o que queria, mas, por Deus, ela saberia a diferença entre desejo e desprezo.

Sua boca mergulhou na dela, degustando-a, devorando-a. Era como se cada momento de sua vida se concentrasse nesse único beijo e, se rompesse aquele contato, ainda que só por um instante, até para respirar, tudo desapareceria.

A cama. Era só nisso que conseguia pensar, embora soubesse que seria um erro. Tinha que levá-la para a cama. Precisava senti-la debaixo dele, fundir-se ao corpo dela.

Ela era dele. Ela precisava entender isso.

– Iris – gemeu contra sua boca. – Minha mulher.

Foi conduzindo-a para trás até chegarem à beira da cama. Ela era tão delgada, uma coisinha tão frágil, mas retribuía o beijo com um fogo que ameaçava consumir os dois.

Ninguém mais sabia o que havia debaixo de sua superfície serena. E ninguém jamais saberia, ele prometeu. Ela poderia dar aos outros seu sorriso estonteante ou mesmo um aperitivo de sua inteligência maliciosa e sutil, mas *aquilo*…

Aquilo era dele.

Richard colocou as mãos nas costas dela e as deslizou para a encantadora curva de suas nádegas.

– Você é perfeita – disse ele, tocando sua pele. – Perfeita em meus braços.

A única reação dela foi um acalorado gemido e, com um movimento incrivelmente rápido, Richard levantou a saia dela e a puxou para cima, para que seus quadris ficassem na mesma altura que os dele.

– Enlace-me com suas pernas – ordenou Richard.

Ela obedeceu. Foi quase a sua ruína.

– Você sente isso? – perguntou ele, com voz áspera, pressionando a sua ereção contra Iris.

– Sim – respondeu ela em desespero.

– Sente? Sente de verdade?

Richard podia senti-la meneando a cabeça contra seu corpo, mas não aliviou a pressão até que ela sussurrou uma vez mais:

– Sim.

– *Nunca* mais me acuse de não desejá-la.

Ela recuou. Não os quadris – ele a segurava com muita força para que pudesse fazê-lo. Mas ela recuou a cabeça, apenas o suficiente para obrigá-lo a olhar dentro de seus olhos.

Azuis. Pálidos, mas tão azuis. E tão confusos.

– Você vai poder me acusar de muitas coisas – grunhiu ele –, mas nunca disso.

Richard se jogou com ela na cama, desfrutando do suave ofegar que saiu dos lábios de Iris quando ele desabou sobre ela.

– Você é linda – sussurrou Richard, saboreando a pele salgada debaixo da orelha. – Esplêndida – murmurou, passando a língua por seu pescoço.

Os dentes dele encontraram o fecho forrado de seu corpete e as mãos trabalharam com rapidez, puxando-o para baixo até deixar visível a forma surpreendentemente deliciosa dos seios através da fina seda da camisa. Ele os tomou, acomodando-os em suas mãos, e estremeceu de desejo.

– Você é minha – afirmou Richard, inclinando-se para sugar um mamilo.

Ele a beijou através da seda e, quando isso não era mais suficiente, beijou sua pele, o corpo trêmulo de prazer ao ver o rubor de cereja de seu mamilo.

– Você não é pálida aqui – comentou ele, a língua dançando em círculos maliciosos ao redor do bico.

Ela sussurrou o nome dele, mas Richard apenas riu.

– Você é tão pálida… – disse ele com a voz rouca, passando a mão pela perna de Iris. – Foi a primeira coisa que notei em você. Seus cabelos…

Fez cócegas no ombro de Iris com uma mecha dela.

– Seus olhos…

Inclinou-se, roçando os lábios na têmpora dela.

– Sua pele…

Essas últimas palavras foram ditas com um gemido, porque a pele de

Iris, muito suave e branca como leite, estava nua debaixo dele, em marcado contraste com o delicioso bico rosado do mamilo.

– Fico imaginando de que cor você é aqui – murmurou ele, subindo os dedos pela coxa dela.

Iris estremeceu debaixo dele, soltando um suspiro de prazer enquanto ele deslizava um dedo pela abertura íntima onde a perna se encontrava com o quadril.

– O que está fazendo? – sussurrou ela.

Richard abriu um sorriso ávido.

– Estou fazendo amor com você. – Então, impulsionado por certo humor diabólico, deslizou o corpo até que seus lábios quentes roçaram os ouvidos dela. – Pensei que fosse evidente.

Ela deu uma risada surpreendida e ele não pôde deixar de sorrir ao ver sua expressão.

– Não acredito que acabei de rir – comentou Iris, tapando a boca.

– E por que não? Fazer amor é para ser prazeroso.

Ela abriu a boca, mas não emitiu nenhum som.

– *Eu* estou achando prazeroso.

Iris deixou escapar outra risada perplexa.

– Você está? – murmurou ele.

Ela assentiu. Richard fingiu refletir sobre o assunto.

– Não estou muito convencido.

– Não? – perguntou Iris, surpresa.

Ele negou lentamente.

– Você está vestida demais para desfrutar de verdade.

Iris olhou a si mesma. Seu vestido havia sido puxado para baixo e levantado de todas as maneiras possíveis; estava toda desarrumada.

Ele gostou de vê-la assim. Não a queria em um pedestal. Queria-a amassada e mundana, presa debaixo dele e tomada de prazer. Richard levou os lábios à orelha dela.

– Vai ficar ainda melhor.

O vestido já estava aberto; não daria muito trabalho para livrá-la completamente da roupa.

– Isto aqui também tem que sair – avisou ele, agarrando a barra da camisa de Iris.

– Mas você…

– Estou vestido, eu sei – disse ele com uma risadinha. – Vamos ter que fazer algo a respeito.

Ele se sentou, sem sair de cima dela, e tirou o casaco e a gravata. Sem desviar os olhos de seu rosto, Richard a viu umedecer os lábios e morder o lábio inferior, como se estivesse nervosa ou talvez tentando tomar alguma decisão.

– Diga-me o que você quer.

Os olhos de Iris subiram do peito dele ao rosto e desceram outra vez. Richard prendeu a respiração quando os dedos de Iris, trêmulos, alcançaram os botões de seu colete.

– Quero ver você – sussurrou ela.

Cada nervo do corpo de Richard gritava para que arrancasse o resto da roupa, mas ele se obrigou a permanecer imóvel – apenas o peito subia e descia com rapidez. Estava hipnotizado pelas pequeninas mãos da esposa, que tremiam enquanto remexia nos botões da roupa. Ela se demorava muito; poderia simplesmente forçá-los para fora das casas.

– Sinto muito – lamentou-se, tímida. – Eu…

A mão de Richard cobriu a dela.

– Não se desculpe.

– Mas…

– *Não*… – Iris o encarou. Ele tentou sorrir. –… se desculpe.

Juntos, conseguiram desabotoar a camisa e Richard logo a tirou.

– Você é lindo – sussurrou ela. – Nunca vi um homem antes. Não dessa maneira.

– Espero que não – ele procurou brincar, mas, quando os dedos dela pousaram sobre seu peito, sentiu que o ar estava sendo sugado do corpo. – O que você faz comigo – disse Richard, sem fôlego, voltando a cobri-la com o próprio corpo, esperando que ela não percebesse que ele não havia tirado a roupa de baixo.

Não podia. Ele estava muito perto do fogo. Em algum lugar, no canto mais recôndito de sua mente febril, sabia que, se removesse essa última barreira, não sobreviveria.

Ele a possuiria. Ele a faria sua de verdade.

E não podia.

Ainda não.

Mas tampouco podia deixá-la. Ela era a tentação em pessoa, deitada sob ele, mas não era isso que o mantinha preso ali.

Não podia ter o que tão desesperadamente desejava, mas podia dá-lo a ela.

Iris merecia.

E algo dentro dele disse que talvez, só talvez, o prazer dela fosse ser quase tão bom quanto o seu próprio.

Richard rolou até ficar de lado, puxando-a consigo enquanto capturava sua boca com outro beijo ardente. As mãos dela estavam nos cabelos dele, depois nas costas e, enquanto ele beijava seu pescoço, sentiu-a pulsar. Iris estava tão excitada, provavelmente tanto quanto Richard. Ela podia ser virgem, mas, por Deus, ele ia lhe dar prazer.

As mãos dele separaram as pernas dela com suavidade antes de descansar sobre sua parte íntima. Iris ficou rígida, mas Richard era paciente e, depois de um momento de carícias suaves, ela relaxou o suficiente para que ele enfiasse os dedos ali.

– Shhhh – cantarolou Richard, aproximando seu rosto. – Deixe-me fazer isso por você.

Iris assentiu de forma brusca, mas sem dúvida não tinha ideia do que "isso" significava. Era humilhante pensar na confiança que ela depositara nele. Expurgou de sua mente todas as razões pelas quais não a merecia.

Ele a beijava por todo o rosto enquanto os dedos faziam mágica em seu núcleo de prazer. Ela era tão deliciosa, quente, úmida e feminina... Richard estava quase a ponto de explodir, mas ignorou a sensação, beijando-a profundamente antes de sussurrar:

– Você está gostando?

Ela assentiu de novo, os olhos desconcertados pelo desejo.

– Você confia em mim?

– Sim – sussurrou ela.

Ele deslizou por seu corpo, detendo-se em cada seio antes de descer.

– Richard? – A voz dela era apenas um sussurro de pânico.

– Confie em mim – murmurou ele, as palavras mergulhando na pele suave do ventre de Iris.

As mãos dela agarraram os lençóis, mas ela não deteve o sensual progresso do marido.

Então Richard a beijou bem em seu cerne, fazendo amor com os lábios e a língua. As mãos dele se estenderam sobre as coxas dela, mantendo-as no lugar, segurando-a para sua erótica invasão.

Iris começou a se retorcer debaixo dele e Richard a beijou com mais força, deslizando um dedo para dentro e gemendo de desejo ao sentir como os músculos dela o apertavam. Nesse instante, teve que fazer uma pausa para respirar e se acalmar. Quando voltou a beijá-la, ela empurrou o corpo contra o dele, arqueando as costas pela força da sofreguidão.

– Eu não a deixarei – disse ele, sem ter ideia se ela o ouvira.

Abriu ainda mais as pernas de Iris e beijou, chupou e enfiou os dedos, até que ela gritou seu nome e se desmanchou debaixo dele.

E ele ainda a sorveu, mantendo-se colado a Iris, até ela retornar à Terra.

– Richard – disse ela, ofegante, batendo a mão freneticamente na cama. – Richard…

Ele deslizou o corpo ao longo dela, pairando acima para que pudesse contemplar seu rosto vidrado de paixão.

– Por que você fez isso? – sussurrou ela.

Richard deu um sorriso preguiçoso.

– Você não gostou?

– Sim, mas…

Iris piscou rapidamente, impossibilitada de encontrar palavras. Ele se acomodou junto a ela, beijando sua orelha.

– Foi prazeroso?

O peito dela subiu e desceu várias vezes antes que Iris respondesse:

– Foi, mas você…

– Eu achei muito prazeroso – interrompeu ele.

E achara mesmo, embora agora estivesse extremamente frustrado.

– Mas você… você…

Iris tocou a cintura dos seus calções. Ele não sabia se a paixão a deixara sem palavras ou se ela estava muito envergonhada para falar de suas intimidades.

– Shhhh.

Ele levou um dedo aos lábios. Não queria falar sobre isso.

Não queria nem pensar nisso.

Richard a segurou até ela adormecer. Então, deslizou para fora da cama e cambaleou até o próprio quarto.

Não podia dormir na cama dela. Não confiava em si mesmo para despertar em seus braços.

CAPÍTULO 16

Iris acordou um pouco antes do jantar do modo usual: devagar e com as pálpebras pesadas. Sentia-se maravilhosamente lânguida, os membros preguiçosos de sono e por causa de algo mais... algo sensual e prazeroso. Começou a esfregar os pés contra os lençóis, imaginando se alguma vez eles haviam lhe parecido tão sedosos. O ar era doce, com cheiro de flores frescas e de outra coisa, algo mundano e exuberante. Respirou fundo, enchendo os pulmões enquanto rolava de lado e afundava o rosto no travesseiro. Nunca dormira tão bem em toda a vida. Sentia-se...

Seus olhos se abriram de repente.

Richard.

Ela olhou ao redor, movendo a cabeça de um lado para outro. Onde ele estava?

Agarrando o lençol sobre o corpo nu, Iris se sentou e olhou para o canto oposto da cama. Que horas seriam? Quando ele teria saído?

Ficou fitando o outro travesseiro. O que ela achava que iria ver? Uma marca do rosto dele?

O que os dois tinham feito? Ele havia...

Ela havia...

Mas ele definitivamente *não* havia...

Fechou os olhos, agoniada. Não sabia o que estava acontecendo. Não conseguia *entender.*

Richard não consumara a união. Nem mesmo tirara a parte de baixo da roupa. Iris podia ser ignorante em relação ao que se passava na cama de um casal, mas *disso* ela sabia.

Seu estômago roncou, lembrando-a de que se passara muito tempo desde sua última refeição. Meu Deus, estava faminta! Teria perdido a hora do jantar?

Ela olhou na direção da janela, tentando descobrir se era muito tarde. Alguém havia fechado as pesadas cortinas de veludo. Provavelmente Richard, imaginou, pois uma ponta estava virada. Uma criada nunca as fecharia daquela maneira.

Estava escuro lá fora, mas ainda não completamente e... Céus, era melhor se levantar e verificar.

Com um gemido, soltou as beiradas do lençol para envolver o corpo nele. Não sabia *por que* sentia essa estranha compulsão por saber a hora, mas por certo não teria nenhuma resposta se ficasse olhando através de um pequeno triângulo da janela, espiando por trás das cortinas desalinhadas.

Tropeçando na borda do lençol, ela cambaleou até a janela e olhou para fora. A lua resplandecia, não de modo tão intenso, mas refletia um brilho perolado. Quanto tempo teria dormido?

– Eu nem estava cansada – murmurou.

Envolveu o lençol com mais firmeza ao redor do corpo, fazendo uma careta ao se dar conta de como era difícil andar. Mas ela não mudou a posição do lençol – teria sido algo sensato demais. Em vez disso, saiu pulando até o relógio sobre a lareira. Virou-o um pouco para a janela, esperando que o luar o iluminasse. Quase nove e meia. Isso significava que havia dormido por... três horas? Quatro?

Para ter certeza, precisaria saber quanto tempo passara com Richard, fazendo...

Aquilo.

Ela estremeceu. Não sentia nem mesmo um pouquinho de frio, mas estremeceu.

Precisava se vestir. Precisava conseguir algo para comer e...

A porta se abriu.

Iris gritou.

O mesmo fez a criada, que parou na entrada do quarto.

Mas só uma delas estava embrulhada como uma múmia e o movimento sobressaltado de Iris a fez cair no chão.

– Ah, milady! – exclamou a criada. – Sinto muito, sinto muito.

Ela correu, estendeu a mão e, em seguida, a recolheu, claramente insegura sobre qual seria a conduta apropriada diante da esposa de um baronete quase nua no chão.

Iris fez menção de pedir ajuda, mas acabou mudando de ideia. Recompondo-se com o máximo de desenvoltura possível, encarou a criada e tentou exibir a expressão mais fria e digna que conseguiu.

Pensou que, naquele momento, parecia-se muito com a mãe.

– Sim? – perguntou ela.

– Ahn... – A criada parecia bastante constrangida e fez uma reverência desajeitada. – Sir Richard mandou perguntar se a senhora deseja jantar em seu quarto.

Iris assentiu de forma majestosa.

– Seria maravilhoso, obrigada.

– Tem alguma preferência? A cozinheira fez peixe, mas, se não for de seu agrado, ela pode preparar outra coisa. Pediu-me que dissesse isso à senhora.

– Desejo o que sir Richard escolheu.

Ele já devia ter jantado havia uma hora e Iris não queria forçar o pessoal da cozinha a cozinhar outro prato só para satisfazer seus caprichos.

– Imediatamente, milady.

A criada fez outra mesura e quase saiu correndo do quarto.

Iris suspirou, mas logo começou a rir. Ora, o que mais poderia fazer? Calculou que, em cinco minutos, todos na casa ficariam sabendo daquele tombo humilhante e das vestimentas ridículas. Exceto seu marido, é claro. Ninguém se atreveria a dizer nada sobre isso a *ele*.

Era uma minúscula partícula de dignidade, mas decidiu se apegar a ela.

Dez minutos depois, vestiu uma de suas novas camisolas de seda e a cobriu com um robe menos revelador. Fez uma trança nos cabelos para poder dormir assim que terminasse de comer. Sabia que não adormeceria de imediato, pois acabara de acordar. Mas podia ler. Não seria a primeira vez que passaria metade da noite com um livro e uma vela.

Aproximou-se da mesa de cabeceira para examinar a pilha de livros que havia tirado da biblioteca naquela tarde. Tinha deixado *Miss Truesdale e o Cavalheiro Silencioso* na sala, mas perdera o gosto por arqueiros húngaros.

E pelas patéticas heroínas que passavam o tempo todo tremendo e chorando, perguntando a si mesmas quem viria resgatá-las.

Iris lera mais à frente. Ela sabia o que ia acontecer.

Não, não ia perder mais tempo com a lacrimosa Miss Truesdale.

Pegando os livros um a um, examinou as opções. Outro romance de Sarah Gorely, um pouco de Shakespeare e a história de Yorkshire.

Escolheu o último. Esperava que fosse tedioso.

Porém, assim que se acomodou na cama, ouviu alguém bater à porta.

– Entre! – gritou, ansiosa para se alimentar.

Entretanto, a porta que se abriu não era a que levava ao corredor, mas a que conectava ao outro quarto. E a pessoa que surgiu foi o marido.

– Richard! – guinchou, saltando para fora da cama.

– Boa noite – disse ele, a voz suave como conhaque.

Não que ela bebesse conhaque, mas todos diziam que era suave.

Meu Deus, ela estava nervosa.

– Você está vestido para jantar.

Na verdade, ele estava esplendidamente vestido, com um fino casaco verde-escuro e um colete de brocado amarelo-claro. Agora, ela sabia com certeza que os casacos dele não precisavam de enchimentos. Uma vez, Richard lhe dissera que costumava ajudar os arrendatários nos campos. Ela já não tinha dúvidas.

– E você não – comentou ele.

Iris olhou para seu robe apertado na cintura. Estava mais coberta do que quando usava a maioria de seus vestidos de festa, mas eles não podiam ser tirados apenas puxando-se uma faixa.

– Pensei em comer em meu quarto.

– Eu também.

Ela olhou para a porta aberta atrás dele.

– Em seu quarto – esclareceu Richard.

Iris pestanejou.

– No meu quarto?

– Algum problema?

– Mas você já jantou.

Um canto da boca de Richard se ergueu.

– Na verdade, ainda não.

– Já passa de nove e meia – balbuciou ela. – Por que não jantou?

– Estava esperando você – explicou ele, como se fosse a coisa mais óbvia do mundo.

– Ah. – Ela engoliu em seco. – Não precisava fazer isso.

– Eu quis esperar.

Iris abraçou o próprio corpo, sentindo-se estranha, como se tivesse que proteger a si mesma ou cobrir-se, ou algo assim. Sentia-se bastante desconfortável. Aquele homem a vira nua. É claro que ele era seu marido, mas, ainda assim, as coisas que havia feito a ela… e a forma como ela reagira…

Iris enrubesceu. Não precisava se olhar no espelho para saber como estava vermelha.

Ele arqueou uma sobrancelha.

– Pensando em mim?

Aquilo foi suficiente para tirá-la do sério.

– Acho que você deveria sair.

– Mas estou com fome.

– Bem, deveria ter pensado nisso antes.

Richard sorriu.

– Vou ser castigado por esperar a minha esposa?

– Não é isso que eu quero dizer, e você sabe muito bem.

– E eu que pensei que estava sendo um cavalheiro ao permitir que você dormisse.

– Eu estava cansada – retrucou ela, ruborizando outra vez, pois ambos sabiam o motivo de seu cansaço.

Iris foi salva por uma batida na porta e, de repente, dois lacaios entraram com uma mesa pequena e cadeiras, seguidos por duas criadas que carregavam bandejas.

– Meu Deus – disse Iris, observando aquela atividade frenética.

Havia planejado levar sua bandeja para comer na cama. Mas, é óbvio, não podia fazer isso agora, já que Richard insistia em jantar com ela.

Os lacaios arrumaram a mesa com rápida precisão, dando um passo para trás a fim de permitir que as criadas trouxessem a comida. O aroma era divino e, quando todos saíram, o estômago de Iris roncou.

– Um momento – murmurou Richard, aproximando-se da porta e olhando para o corredor. – Ah, aqui está. Obrigado.

Quando voltou para dentro do quarto, segurava um vaso alto e estreito.

Com uma única flor de íris.

– Para você – falou ele com suavidade.

Os lábios dela tremiam.

– Onde você... Não estão na época de florescer.

Ele deu de ombros e, por uma fração de segundo, pareceu um pouco apreensivo. Mas isso não podia ser verdade; Richard nunca ficava tenso.

– Há algumas poucas se a pessoa souber onde procurar.

– Mas está...

Iris se deteve, boquiaberta. Olhou para a janela, apesar de as cortinas estarem agora bem fechadas. Era tarde. Ele havia saído na escuridão? Só para pegar uma flor?

– Obrigada.

Muitas vezes era melhor não questionar um presente. Era melhor apenas ficar feliz ao recebê-lo, sem saber por quê.

Richard colocou o vaso no centro da pequena mesa e Iris ficou olhando, hipnotizada, para a flor, com as suaves pétalas roxas e seus finos riscos internos dourados, delicados e brilhantes.

– É linda.

– As íris são lindas.

Os olhos dela passaram da flor para o rosto do marido. Não pôde evitar.

Ele lhe estendeu a mão.

– Venha. Vamos jantar.

Era um pedido de desculpas. Iris percebeu isso em sua mão estendida. Queria saber por que ele estava se desculpando.

Pare, disse a si mesma. *Pare de questionar tudo*. Uma vez na vida ela se permitiria ser feliz sem a necessidade de saber por quê. Estava apaixonada pelo marido, e isso era bom. Ele havia lhe proporcionado um prazer inimaginável na cama. Isso também era bom.

Era suficiente. Tinha que ser.

Iris tomou a mão de Richard. Era grande, forte e cálida, tudo o que uma mão deve ser. *Tudo o que uma mão deve ser?* Deu uma risadinha absurda. Meu Deus, ela estava ficando melodramática.

– O que é tão engraçado? – indagou ele.

Ela balançou a cabeça. Como explicar que a mão dele era tão perfeita?

– Conte-me – pediu Richard, apertando os dedos. – Eu insisto.

– Não.

Ela continuava a balançar a cabeça, os pensamentos tornando sua voz jovial.

– Conte-me – insistiu ele, puxando-a para mais perto.

Iris comprimiu os lábios com força, lutando desesperadamente para não sorrir.

Richard sussurrou ao seu ouvido.

– Eu tenho meios de fazer você falar.

Algo malicioso surgiu dentro dela, algo voraz e luxurioso.

Os dentes dele encontraram o lóbulo da orelha de Iris, mordiscando sua pele macia com suavidade.

– Conte-me, Iris…

– Suas mãos – disse ela, quase sem reconhecer a própria voz.

Richard não respondeu de imediato, mas Iris sentiu o sorriso dele contra a pele.

– Minhas mãos? – perguntou ele.

– Uhum.

Ele pousou as mãos na cintura dela.

– Estas mãos?

– Sim.

– Você gosta delas?

Iris assentiu, então perdeu o fôlego quando ele as deslizou para baixo sobre a curva suave de suas nádegas.

Ele roçou a boca na bochecha de Iris, ao longo de seu pescoço, voltando para o canto dos lábios.

– E do que mais você gosta?

– De tudo.

As palavras lhe escaparam sem aviso prévio. Ela deveria ter ficado envergonhada, mas não foi o que aconteceu. Não conseguia. Não com ele.

Richard deu uma gargalhada plena de um sólido orgulho masculino. Suas mãos se moveram para a frente do corpo dela, agarrando a ponta do nó da faixa que amarrava o robe.

Os lábios dele tocaram a orelha dela.

– Você é o meu presente?

Antes que Iris pudesse responder, Richard puxou o laço com força, fitando-a com um desejo ardente quando o robe se soltou.

– Richard – sussurrou ela.

Mas ele já estava se movendo, deslizando aquelas mãos tão maravilhosas por todo o seu corpo, detendo-se por um angustiante momento em seus seios antes de chegar aos ombros e empurrar o robe para baixo. A peça de roupa caiu no chão como uma nuvem de seda azul pálida.

Iris surgiu diante dele com outra das reveladoras camisolas de seu enxoval. Não era uma peça prática; nem sequer era capaz de aquecê-la durante a noite. Mas não se lembrava de ter se sentido tão feminina, tão desejável e tão ousada em toda a vida.

– Você é tão linda… – murmurou Richard, acariciando de novo o seio dela.

Ele brincava com o mamilo usando a palma da mão, movendo-a em um círculo lento sobre a seda da camisola.

– Eu…

Ela se interrompeu. Richard a encarou, levantando o queixo até que seus olhos se encontraram. As sobrancelhas dele se arquearam, questionadoras.

– Não é nada – sussurrou Iris.

Ela quase protestara, quase dissera que não era linda. Uma mulher não chegava aos 21 anos sem saber se era ou não bonita. Mas, então, ela refletiu…

Não. *Não*. Se ele a achava linda, ela não iria contradizê-lo. Se ele a achava bela, então ela era – pelo menos naquela noite, naquele quarto.

– Beije-me – sussurrou ela.

Os olhos dele chamejaram, calorosos, e seu rosto se aproximou do dela. Quando seus lábios se tocaram, Iris sentiu um solavanco de desejo no âmago da feminilidade. Ele a beijara naquele lugar apenas algumas horas antes. Deixou escapar um pequeno gemido. O simples pensamento a fez perder as forças.

Mas agora Richard estava beijando seus lábios. A língua varria sua boca, fazendo cócegas na pele sensível do céu da boca, desafiando-a a reagir à mesma altura. Foi o que ela fez, o desejo tornando-a mais audaciosa, e quando ele gemeu e a puxou com mais força contra seu corpo, ela estremeceu. Moveu as mãos até o peito dele e o despiu do casaco.

Queria senti-lo de novo. Era pura luxúria; poucas horas haviam se passado desde aquela primeira vez e Iris já queria levá-lo para a cama, sentir seu peso imobilizando-a contra o colchão.

Isso não podia ser normal, essa necessidade incrível e sublime.

– *Meu* presente – falou ela, estendendo as mãos para sua gravata branca como neve.

Estava amarrada de maneira simples, graças a Deus; não acreditava que seus dedos trêmulos conseguiriam desatar um daqueles nós intrincados que eram muito apreciados pelos dândis de Londres.

Em seguida, concentrou-se nos três botões do colarinho da camisa de Richard. Entreabriu os lábios ao ver surgir o pescoço dele e perceber a velocidade e a força da pulsação.

Ela tocou a pele de Richard, amando a maneira como os músculos dele se contraíam sob seus dedos.

– Você é uma feiticeira – grunhiu ele, tirando a camisa pela cabeça.

Iris se limitou a sorrir, porque se sentia como uma feiticeira, alguém com novos poderes. Na outra vez, havia tocado no peito dele, tateando os músculos rijos, só que não fora capaz de fazer mais nada. Ele agira muito rápido ao fazer tudo aquilo com ela. As mãos dele subiram e desceram por seu corpo, ela perdera o controle e, quando a boca dele cobriu o seu lugar mais privado, Iris saiu de si mesma.

Mas não agora.

Dessa vez, queria explorá-lo.

Ela o ouviu arquejar quando seus dedos seguiram pelo tenso abdômen. Uma fina linha de pelos, escura e nítida, ia do umbigo até a altura dos calções. Quando ela os tocou, ele contraiu todo o ventre, abrindo espaço quase suficiente para que Iris deslizasse a mão por debaixo do tecido.

Ela não prosseguiu, no entanto. Não era tão audaz. Ainda não.

Mas seria. Jurou que seria antes que a noite terminasse.

A comida ficou esquecida, pois Richard a carregou até a cama. Fez com que ela se deitasse – não com rudeza, mas tampouco com brandura – e Iris sentiu um calafrio de contentamento ao se dar conta de quanto ele estava perto de perder o controle.

Encorajada, deixou que sua mão descesse de novo para os calções. Porém, um segundo antes que seus dedos deslizassem sob a cintura da roupa, a mão dele caiu pesadamente sobre a dela.

– Não – disse, rude, mantendo-a parada. E então, antes que ela pudesse fazer alguma pergunta, acrescentou: – Não posso.

Ela sorriu, um demônio ladino enfim despertando em seu interior.

– Por favor – murmurou Iris.

– Eu vou fazê-la sentir-se bem. – Richard moveu a mão livre pela perna dela e apertou sua coxa. – Vou fazê-la sentir-se muito bem.

– Mas eu quero fazer *você* se sentir bem.

Richard fechou os olhos e, por um instante, Iris achou que ele sentia dor. Seus dentes estavam trincados, seu rosto era uma máscara tensa e dura. Iris levantou a mão para alisar a testa de Richard, deslizando os dedos por seu rosto, e ele inclinou a cabeça para aninhá-la na mão dela.

Iris percebeu que ele aquiescia, sentiu um pouco da tensão se aliviar, e a outra mão, que descansava tão perigosamente sobre o ventre de Richard, meteu-se em suas calças. Ela não chegou muito longe, só sentiu o pelo crespo de seu abdômen. Isso a surpreendeu, embora não soubesse muito bem por quê, e ela mordeu o lábio inferior e ergueu os olhos para ele.

– Não pare aí – gemeu Richard.

Iris não queria parar, mas os calções não tinham pregas, eram justos, deixando pouco espaço para que ela enfiasse a mão inteira. Procurou o fecho e, lentamente, liberou-o.

Ela ofegou.

Aquilo não era igual ao que tinha visto em uma estátua do museu.

Muito do que a mãe dissera começou a fazer sentido.

Iris o encarou com um olhar questionador e ele assentiu bruscamente com a cabeça. Contendo a respiração, ela estendeu a mão e o tocou, com cautela a princípio, retirando-a quando o membro se contraiu sob seus dedos.

Richard se colocou de lado e Iris o acompanhou, só então percebendo que ele ainda estava com as botas.

Ela não se importou. Ele também não demonstrou se importar.

Iris o empurrou até que ele se deitasse de barriga para cima e, então, agachou-se a seu lado e ficou observando. Como aquilo podia ter crescido tanto?

Mais um mistério da vida.

Tocou-o de novo, dessa vez deixando que seus dedos passeassem ao longo da pele surpreendentemente sedosa. Richard sugou o ar e seu corpo se contraiu, mas ela sabia que era de prazer, não de dor.

Ou, se fosse dor, era um tipo de dor prazerosa.

– Mais – gemeu ele, e Iris envolveu com suavidade o membro, olhando para o rosto de Richard, tentando se assegurar de que fazia certo.

Ele tinha os olhos fechados e respirava forte e depressa. Ela moveu a mão só um pouco, mas, antes que pudesse fazer algo, os dedos dele envolveram os dela, levando-a a parar.

Por um instante, Iris pensou que o havia machucado, mas logo sentiu sua mão ser apertada com mais força e se deu conta de que ele lhe mostrava como fazer. Depois de uns poucos movimentos, a mão dele a soltou e ela assumiu o controle, excitada com o poder sedutor que exercia sobre o marido.

– Meu Deus, Iris – gemeu Richard. – O que está fazendo comigo…

Ela mordeu o lábio e sentiu o orgulho inflar. Queria levá-lo ao limite, como ele fizera com ela. Após tantas noites de solidão, queria uma prova de que ele a desejava, de que era mulher o bastante para satisfazê-lo. Richard não seria mais capaz de se esconder atrás de um casto beijo na testa.

– Posso beijá-lo?

Ele abriu os olhos de supetão.

– Como você fez comigo?

– Não – respondeu ele rapidamente, a voz rouca rasgando a garganta. – Não – repetiu, parecendo entrar em pânico.

– Por que não?

– Porque... Porque... – Ele praguejou e se ergueu para se apoiar nos cotovelos. – Porque não vou... não posso...

– Você sentiria dor?

Ele gemeu, fechando os olhos. Dava a impressão de estar angustiado. Iris o tocou outra vez, examinando seu rosto, enquanto seu corpo se sacudia debaixo dela. O som de sua respiração a excitava e ele parecia... parecia...

Parecia se sentir como ela. Subjugado.

Richard jogou a cabeça para trás e Iris percebeu o instante em que ele cedeu. A tensão não abandonou seu corpo, mas algo lhe disse que ele estava cansado de lutar contra si mesmo. Encarou-o de novo para ter certeza de que seus olhos ainda se encontravam fechados – por algum motivo, não tinha coragem de fazer aquilo sendo observada –, inclinou-se e beijou de leve a ponta de sua virilidade.

Ele ofegou, o abdômen tenso, mas não a deteve. Encorajada, Iris o beijou de novo, permitindo que seus lábios permanecessem ali por mais tempo. Richard se retorceu e ela se afastou, fitando-lhe o rosto. Ele não abrira os olhos, mas devia ter percebido a hesitação da esposa, porque fez um breve meneio de cabeça e, com apenas duas palavras, fez a alma de Iris exultar:

– Por favor.

Era muito estranho pensar que, havia poucas semanas, ela era a Srta. Iris Smythe-Smith, escondendo-se atrás do violoncelo no terrível recital da família. Seu mundo tinha mudado muito, virado de cabeça para baixo. Era como se ela tivesse aterrissado naquele lugar de repente como lady Kenworthy, na cama com um homem glorioso, beijando-o em uma parte do corpo que ela nem sequer sabia que existia. Pelo menos não em seu estado atual.

– Como ele faz isso? – murmurou para si mesma.

– O quê?

– Ah, desculpe-me – falou ela, ruborizada. – Não foi nada.

Richard a segurou pelo queixo, forçando-a a olhá-lo.

– Diga-me.

– Eu, bem, estava só imaginando…

Ela engoliu em seco, mortificada, numa situação ridícula. Estava a ponto de beijá-lo outra vez *ali* e se envergonhava de perguntar como tudo funcionava?

– Iris…

A voz dele era como mel quente escorrendo pela pele dela.

Sem encará-lo, Iris gesticulou para o membro ereto.

– Não é assim o tempo todo… – e então acrescentou, só para ter certeza –… certo?

Ele soltou uma risada rouca.

– Ah, Deus, não. Isso me mataria.

Ela piscou, confusa.

– É o desejo, Iris. O desejo faz com que um homem fique assim. Duro.

Ela o tocou com suavidade. Estava de fato duro. Sob a pele fina, estava duro como granito.

– Desejo por você – disse ele, depois admitiu: – Fiquei assim a semana toda.

Iris arregalou os olhos. Permaneceu em silêncio, mas Richard pareceu ler a pergunta em seus olhos.

– Sim – respondeu com uma risadinha autodepreciativa. – Dói.

– Mas então…

– Não é uma dor como a de uma lesão – explicou ele, acariciando o rosto da esposa. – É dor de frustração, de necessidade não satisfeita.

Mas você poderia ter feito amor comigo. As palavras apenas surgiram em sua mente. Obviamente ele achava que a mulher não estava preparada. Talvez pensasse que era cavalheirismo. Mas Iris não queria ser tratada como um frágil adorno. As pessoas pareciam pensar que ela era delicada e vulnerável – talvez por causa de sua cor tão clara, de seu corpo diminuto. Mas ela não era. Nunca fora. Por dentro, era impetuosa.

E estava pronta para provar isso.

CAPÍTULO 17

Richard não sabia se estava no céu ou no inferno.

Sua esposa, com a qual ainda não se deitara corretamente, estava... beijando seu... Por Deus, Iris tinha seu pênis na boca, e o que lhe faltava em habilidade ela compensava com entusiasmo e...

Que diabo ele estava dizendo? Ela não carecia de habilidade. E habilidade faria alguma diferença? Esse era o sonho erótico de todo homem. E ela não era uma cortesã, era sua esposa. Sua *esposa*!

Devia fazê-la parar. Mas não podia, por Deus, não podia. Ansiava por ela havia tanto tempo e agora, enquanto Iris se ajoelhava entre suas pernas, beijando-o da forma mais íntima imaginável, ele estava escravizado pelo desejo. A cada gesto vacilante de sua língua, Richard arqueava as costas e chegava cada vez mais ameaçadoramente perto de se liberar.

– Você gosta assim? – sussurrou Iris.

Ela parecia quase *envergonhada*, mas estava com seu pênis na boca.

Se ele gostava? A inocência da pergunta quase o emasculou. Ela não tinha a mínima ideia do que estava fazendo, não sabia que ele jamais ousaria sonhar que ela se entregasse dessa maneira.

– Richard?

Ele era um animal. Um calhorda. Uma esposa não deveria fazer essas coisas, pelo menos não antes de ser gentilmente iniciada nas peripécias da cama de um casal.

Mas Iris o havia surpreendido. Sempre o surpreendia. E quando levara seu membro à boca, ele perdera qualquer resquício de sanidade.

Nada lhe dera tamanho prazer.

Nunca se sentira tão amado.

Ele gelou. *Amado?*

Não, isso era impossível. Iris não o amava. Ele não merecia.

Então, uma terrível voz interior – que só podia ser de sua indócil consciência – o lembrou de que esse era o seu plano. Usaria a breve lua de mel em Maycliffe para seduzi-la, senão fisicamente, pelo menos fisgando-lhe o coração. Ele tentara levá-la a se apaixonar.

Não deveria ter feito isso. Não deveria nem sequer ter sonhado com isso.

E, entretanto, se ela o amasse… se ela o amasse…

Seria *maravilhoso*.

Fechou os olhos, permitindo que essa sensação tomasse conta dele. Os lábios inocentes da esposa lhe proporcionavam um prazer inimaginável, que se irradiava com uma intensidade elétrica e, ao mesmo tempo, tomava seu corpo com um incandescer tépido, de alegria. Ele se sentia…

Feliz.

Ora, isso era algo que ele não estava acostumado a experimentar na agonia da paixão. Excitação, sim. Desejo, é claro. Mas felicidade?

E foi então que a verdade o golpeou. Não era Iris que estava se apaixonando. *Ele* é que estava.

– Pare! – gritou, a palavra dilacerando sua garganta.

Não podia permitir que ela continuasse.

Iris recuou, olhando-o desconcertada.

– Eu o machuquei?

– Não – respondeu ele às pressas, afastando-se dela antes que mudasse de opinião e se rendesse à furiosa necessidade de seu corpo.

Iris não o machucara. Nem de longe. Mas ele estava prestes a feri-la. Era inevitável. Cada uma de suas atitudes desde o momento em que a vira pela primeira vez no recital…

Tudo fora planejado para alcançar um único resultado.

Como ele poderia deixar que ela se entregasse de forma tão íntima quando sabia o que ia acontecer?

Iris o odiaria. E também odiaria a si mesma por ter feito aquilo, por não ter feito nada além de servi-lo.

– Eu estava fazendo errado? – indagou ela, os olhos azul-pálidos fixos nele.

Bom Deus, Iris era mesmo direta. Essa fora a qualidade que o fizera gostar dela, mas aquele não era um bom momento para exibi-la.

– Não. Não estava… quer dizer…

Não podia contar que Iris havia sido tão perfeita que ele tivera medo de perder o controle. Ela o fizera sentir coisas que jamais imaginara possíveis. O toque de seus lábios, sua língua… o suave sussurro de sua respiração... Tudo fora extraordinário. Richard tinha passado o tempo todo se agarrando aos lençóis para se obrigar a não deitá-la de costas e se enterrar em sua tepidez.

Forçou-se a ficar sentado. Era mais fácil pensar naquela posição, ou talvez fosse apenas uma forma de se distanciar um pouco mais dela. Beliscou o nariz, tentando decidir o que dizer. Iris o olhava como um passarinho perdido, esperando, com uma calma quase sobrenatural.

Ele puxou o lençol, cobrindo sua ereção. Não havia nada que o impedisse de contar a verdade agora, nenhum motivo, a não ser covardia. Seria tanta fraqueza de sua parte querer que ela tivesse, por mais alguns dias, uma boa opinião a seu respeito?

– Não espero que você faça uma coisa assim.

Foi a pior forma de escapar, porém não sabia o que mais poderia dizer.

Iris o encarou com um olhar inexpressivo e franziu ligeiramente a testa.

– Não estou entendendo.

É óbvio que não. Ele suspirou.

– A maioria das esposas não faz... – ele gesticulou de forma patética –... *isso*.

Iris enrubesceu no mesmo instante.

– Ah! – exclamou ela, a voz dolorosamente rouca. – Você deve estar pensando... Eu não sabia... Sinto m...

– Pare, *por favor* – implorou ele, tomando-lhe a mão. Não suportaria se ela se desculpasse. – Você não fez nada de errado. Juro. Pelo contrário – disse sem pensar, então se censurou.

Ela saiu da cama de forma desajeitada e ele viu a confusão em seu rosto.

– É apenas... É demais... Com tão pouco tempo de casados...

Richard deixou que as palavras se desvanecessem. Era a única coisa a fazer. Não sabia como concluir a frase. Meu Deus, ele era um completo imbecil.

– Tudo isso é demais... – repetiu, esperando que ela não notasse a breve pausa antes que acrescentasse –... para você.

Levantou-se de supetão, praguejando, enquanto abotoava as calças apressadamente. Que tipo de homem ele era? Havia se aproveitado dela da pior maneira. Pelo amor de Deus, ainda tinha as malditas botas calçadas.

Richard fitou a esposa. Os lábios dela estavam entreabertos, inchados pelos beijos recebidos. Mas o desejo desaparecera de seus olhos, substituído por algo que ele não sabia bem o que era.

Algo que não queria identificar. Passou as mãos pelos cabelos e falou:

– Acho melhor eu sair.

– Você ainda não comeu.

A voz dela não demonstrava nenhuma emoção. Ele odiou ouvi-la.

– Não tem importância.

Iris assentiu, mas Richard estava seguro de que nenhum dos dois sabia por quê.

– *Por favor* – sussurrou ele, permitindo-se tocá-la pela última vez. Seus dedos acariciaram suavemente a testa de Iris, em seguida se detiveram no queixo dela. – Por favor, saiba de uma coisa: você não fez nada errado.

Ela continuou em silêncio. Limitou-se a encará-lo, com seus enormes olhos azuis, sem nem demonstrar confusão. Parecia apenas…

Resignada. E isso era ainda pior.

– Não é você – garantiu ele. – Sou eu.

Tinha a sensação de que, a cada palavra, piorava ainda mais a situação, porém não conseguiu se conter. Engoliu em seco, esperando que ela dissesse algo, mas não foi o que aconteceu.

– Boa noite – falou ele, com voz suave.

Fez uma mesura apenas com a cabeça e saiu do quarto. Nunca, em toda a vida, havia se sentido tão mal agindo da forma certa.

Dois dias depois

Richard estava sentado no escritório, bebendo devagar o segundo copo de conhaque, quando viu se aproximar uma carruagem, cujas janelas refletiam o sol da tarde.

Suas irmãs?

Ele tinha enviado uma mensagem para a tia, dizendo que Fleur e Marie-Claire não podiam ficar com ela duas semanas inteiras, mas, ainda assim, não as esperava já naquele dia.

Pousando o copo na mesa, chegou mais perto da janela para enxergar melhor. Era de fato a carruagem da tia. Fechou os olhos por alguns instantes. Não sabia por que retornavam tão cedo, mas já não havia nada que pudesse fazer a respeito.

Estava na hora.

Ficou em dúvida se devia recebê-las sozinho ou com Iris, mas, no fim das contas, não fez diferença: Iris o chamou quando ele passou pela sala de visitas onde ela estava lendo.

– Chegou alguma carruagem?

– Minhas irmãs.

– Ah.

E isso foi tudo o que disse: *Ah.* Richard teve a sensação de que logo ela estaria dizendo muito mais.

Ele se deteve à porta, observando-a deixar o livro de lado. Estava acomodada no sofá azul, as pernas dobradas debaixo do corpo, e se demorou um pouco para calçar os chinelos antes de se levantar.

– Estou com uma boa aparência? – perguntou ela, alisando o vestido.

– É claro que sim – respondeu ele distraidamente.

Iris comprimiu os lábios.

– Você está linda – elogiou Richard, admirando o vestido de listras verdes e o cabelo preso com delicadeza. – Perdoe-me. Minha mente está em outro lugar.

Ela pareceu aceitar a explicação e segurou o braço de Richard quando ele o ofereceu. A esposa nem o olhou nos olhos. Não haviam falado sobre o que acontecera no quarto duas noites antes, e pelo visto não o fariam tão cedo.

No dia anterior, quando Iris descera para tomar café da manhã, Richard tinha certeza de que a conversa entre os dois seria formal, se é que iriam se falar. Mas, como sempre, ela o surpreendeu. Ou talvez ele tivesse surpreendido a si mesmo. De qualquer maneira, eles conversaram sobre o tempo, os livros que Iris estava lendo e um problema que os Burnhams enfrentavam com uma inundação em um dos campos. Tudo tinha sido muito tranquilo.

Mas havia algo estranho no ar.

Quando conversavam, ele se sentia quase... cauteloso. Desde que restringissem a conversa a trivialidades, poderiam fingir que nada mudara. Ambos pareciam saber que, com o passar do tempo, não teriam mais nenhum tema impessoal para discutir, por isso mediam as palavras, poupando-as como se fossem tesouros.

Porém, tudo estava prestes a terminar.

– Não imaginei que chegariam antes de quinta-feira – comentou Iris enquanto se deixava levar.

– Eu também não.

– Por que você está tão sombrio? – indagou ela, após uma breve pausa.

"Sombrio" era uma definição muito otimista.

– Devemos esperá-las na entrada.

Iris assentiu, ignorando o fato de que não obtivera uma resposta, e os dois se dirigiram à porta da frente. Cresswell já estava posicionado no pátio principal, ao lado da Sra. Hopkins e de dois lacaios. Richard e Iris tomaram seus lugares no exato momento em que a carruagem parou, conduzida pelos cavalos de pelo cinza mosqueado que a tia tanto apreciava.

A porta do veículo se abriu e, imediatamente, Richard deu um passo adiante para ajudar as irmãs. Marie-Claire saltou primeiro, dando um leve aperto na mão de Richard enquanto descia.

– Ela está com um humor abominável – avisou, sem preâmbulos.

– Que ótimo – murmurou Richard.

– Você deve ser Marie-Claire – disse Iris, num tom jovial.

Entretanto, sentia-se tensa. Richard percebeu como suas mãos se entrelaçavam com força na frente do corpo. Já notara que ela agia assim quando estava nervosa, para evitar repuxar o tecido do vestido.

Marie-Claire fez uma pequena reverência. Aos 14 anos, já era mais alta que Iris, mas seu rosto ainda era arredondado como o de uma criança.

– Sou eu, sim. Por favor, perdoe-nos por voltar tão cedo. Fleur não estava se sentindo muito bem.

– Não? – indagou Iris, espiando pela porta entreaberta da carruagem. Não havia sinal de Fleur.

Marie-Claire olhou para Richard sem que Iris percebesse e fez um gesto como se vomitasse.

– Na carruagem? – ele não pôde deixar de perguntar.

– Duas vezes.

Richard fez uma careta, subiu na banqueta junto à porta da carruagem e olhou para dentro.

– Fleur?

Ela estava encolhida em um canto, infeliz e pálida. Tinha mesmo a aparência de quem vomitara duas vezes. E o cheiro também.

– Não quero falar com você.

Que inferno!

– Então vai ser assim?

Ela se virou e os cabelos escuros ocultaram seu rosto.

– Prefiro que um dos lacaios me ajude a descer da carruagem.

Richard beliscou o nariz, tentando aplacar a persistente enxaqueca que em pouco tempo o faria sentir como se a cabeça estivesse enfiada em um torno. Fleur e ele vinham brigando havia mais de um mês. Só existia uma solução aceitável. Ele tinha certeza disso e se enfurecia por ela se negar a aceitar o que devia ser feito.

Ele suspirou, cansado.

– Pelo amor de Deus, Fleur, esqueça sua irritação por um minuto e me deixe ajudá-la. O cheiro aqui dentro está horrível.

– Eu não estou irritada.

– Mas está me irritando.

Ela se retraiu diante do insulto.

– Eu quero um lacaio.

– Você vai pegar a minha mão – replicou ele, entre os dentes.

Por um momento, pensou que a irmã ia se jogar pela porta do outro lado só para aborrecê-lo, mas ela devia ter conservado pelo menos um resquício do bom senso de outrora, já que o encarou e grunhiu "Está bem". Com uma intencional falta de graça, Fleur deu um tapa na mão dele em vez de apenas pousá-la e lhe permitiu ajudá-la a sair da carruagem. Iris e Marie-Claire estavam lado a lado, fingindo não observar a cena.

– Fleur – disse Richard, em um tom ameaçador –, gostaria de lhe apresentar minha esposa, lady Kenworthy.

Fleur olhou para Iris. Houve um silêncio desagradável.

– É um prazer conhecê-la – falou Iris, estendendo-lhe a mão.

A cunhada não a pegou. Pela primeira vez na vida, Richard quase bateu em uma mulher.

– *Fleur* – repreendeu ele.

Pressionando os lábios de maneira desrespeitosa, a irmã fez uma reverência.

– Lady Kenworthy.

– Por favor – pediu Iris, olhando nervosamente para Richard antes de se voltar para a jovem. – Espero que me chame de Iris.

Fleur lhe lançou um olhar fulminante e logo se virou para Richard.

– Não vai dar certo.

– Não faça isso aqui, Fleur.

Ela sacudiu o braço em direção a Iris.

– Olhe só para ela!

Iris deu um pequeno passo para trás. Richard teve a sensação de que ela nem sequer havia percebido o que fizera. Seus olhos se encontraram: ela, desconcertada; ele, exausto. Sem enunciar nenhuma palavra, pediu à esposa que não perguntasse nada – não ainda.

Mas Fleur ainda não terminara.

– Eu já tinha avisado...

Richard a agarrou pelo braço e a arrastou para longe dos outros.

– Este não é o momento nem o lugar.

A irmã o encarou com rebeldia e se desvencilhou.

– Estarei em meu quarto, então – disse, e saiu andando a passos largos em direção à casa.

Porém, Fleur tropeçou no primeiro degrau e só não caiu porque Iris saltou para a frente e a amparou.

Por um momento, as duas permaneceram paralisadas, como se fossem uma pintura. Iris manteve a mão no cotovelo de Fleur, quase como se percebesse que a jovem estava abalada havia semanas e precisava de algum tipo de contato humano.

– Obrigada – disse Fleur, de má vontade.

Iris recuou, voltando a entrelaçar as mãos.

– Por nada.

– Fleur – falou Richard, autoritário.

Não era um tom que costumava usar com as irmãs. Talvez devesse usar mais.

Lentamente, ela se virou.

– Iris é minha esposa. Maycliffe é a casa dela, tanto quanto é nossa.

Os olhos de Fleur se encontraram com os dele.

– Eu nunca deixaria de perceber sua presença aqui. Pode ter certeza.

E então Richard fez algo muito estranho: estendeu o braço e tomou a mão de Iris. Não para beijá-la, não para conduzi-la a algum lugar.

Apenas para segurá-la. Para sentir seu calor.

Os dedos da esposa se entrelaçaram aos dele e Richard os apertou com mais força. Ele sabia que não a merecia. Fleur também. Mas, naquele momento horroroso, com toda a sua vida desmoronando ao redor, ia segurar a mão de Iris e fingir que ela jamais a recolheria.

CAPÍTULO 18

Durante grande parte da vida, Iris havia feito a opção consciente de manter a boca fechada. Não porque não tinha nada a dizer: se a colocassem em uma sala cheia de primos, passaria a noite inteira falando. Uma vez, o pai tinha dito que ela era uma estrategista nata, sempre dois passos à frente, e talvez por isso Iris sempre valorizara a escolha do *momento* certo para se pronunciar. Nunca, entretanto, se vira sem palavras. Atônita, não conseguia formular uma frase completa, muito menos verbalizá-la.

Agora, enquanto observava Fleur Kenworthy desaparecer dentro de Maycliffe, com a mão de Richard ainda surpreendentemente entrelaçada à sua, tudo o que Iris podia pensar era: *O que raios está acontecendo?*

Ninguém se moveu pelo menos durante cinco segundos. A primeira a reagir foi a Sra. Hopkins, que balbuciou algo sobre se certificar de que o quarto de Fleur estava pronto e se apressou a adentrar a casa. Cresswell também tratou de se retirar de maneira rápida e discreta, encorajando os lacaios a acompanhá-lo.

Iris se manteve imóvel; só seus olhos iam de Richard para Marie-Claire.

Mas que diabo acabara de acontecer?

– Sinto muito – lamentou-se Richard, liberando a mão dela. – Em geral, Fleur não é assim.

Marie-Claire bufou.

– Seria mais exato dizer que ela *nem sempre* é assim.

– Marie-Claire – censurou Richard.

Ele parecia esgotado, pensou Iris. Completamente destroçado.

Marie-Claire cruzou os braços e encarou o irmão com um olhar sombrio.

– Fleur tem estado insuportável, Richard. *Insuportável.* Até tia Milton perdeu a paciência com ela.

Richard se voltou bruscamente para a irmã.

– Ela...

Marie-Claire balançou a cabeça. Richard suspirou.

Iris continuou observando tudo. E escutando. Algo estranho se desenrolava, algum tipo de comunicação oculta sob aquelas trocas de olhares e encolhimentos de ombros.

– Eu não o invejo, meu irmão. – Marie-Claire olhou para Iris. – Nem a você.

Iris se sobressaltou. Já quase achava que haviam se esquecido de sua presença.

– Sobre o que ela está falando? – perguntou a Richard.

– Nada.

Bom, *isso* era claramente uma mentira.

– E nem me invejo, para falar a verdade – prosseguiu Marie-Claire. – Sou obrigada a compartilhar o quarto com ela. – A jovem gemeu de maneira dramática. – Vai ser um ano bem longo.

– Agora não, Marie-Claire – advertiu Richard.

Os irmãos se fitaram de um modo que Iris não soube interpretar. Tinham os mesmos olhos, a mesma forma de estreitá-los quando queriam frisar algo importante. Fleur também, embora os dela tivessem um tom esverdeado; já os de Richard e Marie-Claire eram castanho-escuros.

– Seu cabelo é lindo – elogiou Marie-Claire de repente.

– Obrigada – disse Iris, tentando não demonstrar surpresa diante da brusca mudança de assunto. – O seu também.

Marie-Claire deu uma risadinha.

– Não é, não, mas você é muito amável por falar isso.

– É igual ao do seu irmão – comentou Iris, lançando um olhar mortificado a Richard quando se deu conta do que dissera.

Ele a olhava de forma estranha, como se não soubesse o que fazer com aquele elogio acidental.

– Você deve estar exausta depois dessa viagem – falou Iris, tratando de salvar o momento. – Não gostaria de descansar?

– Ahn... sim. Acho que sim, embora não tenha certeza de que meu quarto seja um lugar muito tranquilo neste momento.

– Vou conversar com ela – afirmou Richard, sombrio.

– Agora? – perguntou Iris.

Quase sugeriu que ele esperasse até Fleur se acalmar, mas o que ela sabia sobre a cunhada? Não fazia a mínima ideia do que estava acontecendo. Havia quinze minutos lia tranquilamente um romance. Agora, parecia viver um folhetim.

E ela era a única personagem que devia desconhecer o enredo.

Richard olhou para a casa com uma expressão severa. Iris viu seus lábios se comprimirem de forma intimidante.

– Não há outro jeito – murmurou.

Ele entrou, deixando Iris e Marie-Claire sozinhas.

Iris pigarreou. Tudo aquilo era constrangedor. Abriu um sorriso para a cunhada, do tipo em que os dentes não aparecem, mas que não é de todo falso porque, na verdade, a pessoa está *tentando* ser simpática.

Marie-Claire sorriu da mesma maneira.

– O dia está muito bonito – comentou Iris.

– Sim.

– Ensolarado.

– Sim.

Iris se deu conta de que estava balançando o corpo para a frente e para trás. Obrigou-se a parar. Que diabo ela deveria falar?

Contudo, no fim, não teve que dizer nada, pois Marie-Claire se virou e a olhou com uma expressão que Iris temeu ser de pena.

– Você não sabe, não é verdade? – perguntou em voz baixa.

Iris negou. Marie-Claire olhou por sobre o ombro da nova lady Kenworthy, observando o nada, antes de se voltar para a cunhada.

– Sinto muito.

Em seguida, também entrou na casa.

E Iris ficou parada ali.

Sozinha.

– Abra a porta, Fleur!

Richard deu um murro na madeira, alheio à dor que se irradiou pelo braço. Fleur não respondeu, como ele já esperava.

– Fleur!

Nada.

– Não vou sair daqui enquanto você não abrir a porta – grunhiu.

De repente, ouviu passos e uma réplica:

– Então, vou torcer para que você não precise utilizar o urinol!

Richard teve vontade de matá-la. Sem dúvida nenhum irmão mais velho já fora provocado até aquele ponto.

Ele inspirou fundo e soltou o ar lentamente. Nada de positivo resultaria de seu mau humor. Um dos dois tinha que agir como adulto. Flexionou os dedos, empertigou-se e, de novo, cerrou os punhos. Cravar as unhas nas palmas das mãos tinha um efeito calmante, por mais que parecesse estranho.

Calmante. Mas ele não estava calmo, de jeito nenhum.

– Como posso ajudá-la se você não fala comigo? – questionou, com a voz tensa mas controlada.

Não houve resposta.

Richard chegou a pensar em ir até a biblioteca, de onde poderia acessar a escada secreta que levaria ao quarto dela. Mas conhecia muito bem Fleur e imaginou que a irmã já teria pensado nessa hipótese. Não seria a primeira vez que ela bloquearia a porta oculta com a penteadeira. Além disso, saberia o que ele estava pensando em fazer no instante em que abandonasse seu posto atual.

– Fleur! – gritou, batendo à porta com a palma da mão. Dolorido, ele praguejou com fúria. – Vou pegar um serrote e arrancar essa maldita maçaneta!

De novo, nada.

– Eu vou fazer isso! Não duvide!

Silêncio.

Richard fechou os olhos e se apoiou na parede. Estava horrorizado com a triste figura a que fora reduzido, gritando como um louco diante da porta do quarto da irmã. Não queria nem pensar no que os criados estariam comentando lá embaixo. É claro que saberiam que algo estava errado; sem dúvida, cada um teria a própria teoria lúgubre.

Mas ele não se importava, desde que ninguém descobrisse a verdade.

Ou melhor, qual acabaria sendo a verdade.

Odiava-se pelo que tinha que acontecer. Mas que outra coisa podia fazer? Com a morte do pai, ele herdara a responsabilidade de cuidar do bem-estar das irmãs. Só estava tentando proteger Fleur. E Marie-Claire. Como ela podia ser tão egoísta e não enxergar isso?

– Richard?

Ele quase deu um salto. Iris havia se aproximado enquanto ele estava de olhos fechados.

– Desculpe-me – disse ela em voz baixa. – Não pretendia assustá-lo.

Richard conteve uma risada irracional.

– Você é a pessoa que menos me assusta nesta casa, pode acreditar.

Sabiamente, ela não respondeu.

Mas sua presença só trouxe a Richard mais determinação de falar com a irmã.

– Perdoe-me – lamentou-se com a esposa e, mais uma vez, berrou: – Fleur! – Esmurrou a porta com tanta força que a parede tremeu. – Que Deus me ajude, eu vou derrubar esta porta!

– Antes ou depois de serrar a maçaneta? – veio a resposta zombeteira da irmã.

Ele cerrou os dentes e inspirou pelo nariz, trêmulo.

– Fleur!

Iris pousou a mão no seu braço.

– Posso ajudar?

– É um assunto de família – retrucou ele.

Ela retirou a mão e se afastou.

– Perdoe-me – disse de maneira brusca. – Pensei que eu também fizesse parte da família.

– Você a conheceu há três minutos.

Foi um comentário cruel e totalmente desnecessário, mas estava tão furioso que não foi capaz de se controlar.

– Então vou deixar que resolva sozinho – disse Iris com altivez. – Já que está se saindo tão bem.

– Você não sabe nada sobre o que está acontecendo.

Ela estreitou os olhos.

– Um fato do qual tenho plena consciência.

Meu Deus, não podia lutar contra as duas ao mesmo tempo.

– Por favor, tente ser razoável.

Isso era algo que *nunca* se deveria dizer a uma mulher.

– Razoável? Você quer que eu seja *razoável*? Depois de tudo o que aconteceu nos últimos quinze dias, é um milagre que eu ainda tenha alguma lucidez!

– Não acha que está exagerando, Iris?

– Não me trate como se eu fosse idiota.

Ele nem se deu o trabalho de contradizê-la. Com olhos flamejantes, ela deu um passo à frente, ficando quase perto o suficiente para ser tocada.

– Primeiro, você me arrasta para este casamento…

– Eu não a arrastei.

– Foi exatamente o que fez.

– Você não estava se queixando há dois dias.

Ela se encolheu. Ele sabia que havia ido longe demais, mas não tinha mais forças. Não conseguiria se deter agora. Aproximou-se mais, porém ela não se moveu nem um centímetro.

– Na alegria e na tristeza, você é minha esposa.

O tempo parou. Iris retesou o maxilar, contendo a raiva. Richard não conseguia tirar os olhos daquela boca rosada e luxuriosa. Conhecia seu sabor. Conhecia tanto quanto a própria respiração.

Praguejando, ele lhe deu as costas. Que tipo de monstro era? Em meio a tudo aquilo, a única coisa que podia pensar era em beijá-la.

Consumi-la.

Fazer amor antes que ela o desprezasse.

– Quero saber o que está acontecendo! – exclamou Iris, a voz entrecortada pela fúria.

– Neste momento, tenho que lidar com a minha irmã.

– Não, você vai me dizer agora mesmo…

– Eu vou lhe contar quando você precisar saber.

Provavelmente esse momento chegaria nos minutos seguintes, caso Fleur nunca abrisse a maldita porta.

– Tem algo a ver com a razão pela qual se casou comigo, não tem?

Richard se virou para encará-la. Ela estava pálida, mais do que o normal, porém seus olhos chamejavam.

Talvez não estivesse pronto para contar toda a verdade, mas não podia continuar a mentir para ela.

– Fleur! Abra esta maldita…

A porta se abriu de repente, e ali estava a irmã, com os olhos desvairados, tremendo de fúria. Richard nunca a tinha visto daquele jeito. Os cabelos escuros haviam se soltado um pouco dos grampos, formando ângulos estranhos. Suas bochechas estavam muito vermelhas.

Onde estava aquela irmã meiga e dócil que ele um dia conhecera? Pelo amor de Deus, eles costumavam ir a festas juntos.

– Queria falar comigo? – A voz de Fleur destilava desdém.

– Não no corredor – respondeu ele, agarrando-a pelo braço com raiva.

Tentou puxá-la para o quarto que ela dividia com Marie-Claire, mas a menina parecia presa ao chão.

– Ela vem também – exigiu Fleur, meneando a cabeça para Iris.

– *Ela* tem nome – rugiu Richard.

– Desculpe-me. – Fleur se voltou para Iris e tremelicou as pestanas. – Com toda a humildade, solicito a honra de sua presença, lady Kenworthy.

Richard foi tomado pela ira.

– Não fale com ela nesse tom.

– Quer que eu fale como? Como se ela fosse da família?

Richard não confiava em si mesmo para abrir a boca. Arrastou a irmã de volta para o quarto. Iris os seguiu, embora não estivesse muito convencida de que era o certo.

– Vamos ser muito próximas, eu sei – disse Fleur a Iris, com um sorriso repugnante de tão doce. – Você não imagina quanto.

Iris a encarou, apreensiva.

– Talvez seja melhor eu voltar mais…

– Ah, não – interrompeu Fleur. – Você deve ficar.

– Feche a porta – ordenou Richard.

Iris obedeceu e ele apertou mais o braço de Fleur, tentando empurrá-la mais para dentro do quarto.

– Solte-me – sibilou Fleur, tentando se libertar do irmão.

– Você vai se comportar direito?

– Eu sempre me comporto direito.

Isso não era verdade, mas ele a largou. Desprezava o louco no qual ela o estava transformando.

Então, Fleur se virou para enfrentar Iris, com um brilho perigoso no olhar.

– Richard não falou sobre mim?

Iris engoliu em seco e seus olhos se fixaram em Richard antes de enfim responder:

– Alguma coisa.

– Só *alguma coisa*? – Fleur fitou Richard, uma das sobrancelhas arqueada de modo sarcástico. – Você omitiu todas as partes boas, não é verdade?

– Fleur…

Mas a irmã já havia voltado sua atenção para Iris.

– Por acaso meu irmão lhe contou que estou grávida?

Richard sentiu o coração falhar. Lançou um olhar desesperado para Iris. Ela estava mais pálida ainda. Ele queria correr até a esposa, abraçá-la e protegê-la, mas sabia que, se ela precisava de proteção contra alguém, era exatamente contra ele.

– Logo vai ficar aparente – continuou Fleur, fingindo decoro de forma debochada. Ela alisou o vestido, pressionando o tecido rosa-pálido contra o ventre. – Não será lindo?

– Pelo amor de Deus, Fleur, você não tem nenhum discernimento?

– Não – disse Fleur com impertinência. – Agora sou uma mulher perdida.

– Não diga isso – vociferou Richard.

– E por que não? É verdade. – Fleur se voltou para Iris. – Você não teria se casado com ele se soubesse da miserável irmã perdida, teria?

Iris meneava a cabeça em pequenos movimentos para trás e para a frente, como se não pudesse acreditar.

– Você sabia disso? – perguntou a Richard. Em seguida, ergueu a mão, quase como se quisesse afastá-lo. – Ora, é claro que sabia.

Richard deu um passo adiante, tentando encontrar seu olhar.

– Iris, preciso lhe dizer uma coisa.

– Tenho certeza de que vamos encontrar uma solução – replicou Iris, sua voz adquirindo um tom estranho, quase frenético. Olhou para Fleur, olhou para o armário, olhou para todos os lugares, menos para o marido. – Sem dúvida essa não é uma boa situação, mas você não é a primeira jovem que se encontra nesta circunstância e…

– Iris – interrompeu Richard em voz baixa.

– Você vai ter o apoio da família – disse ela a Fleur. – Seu irmão a ama. Eu sei disso e sei que você também o ama. Vamos pensar em alguma coisa. Sempre se pode fazer algo.

– Nós já pensamos em algo, Iris.

Enfim, Iris o encarou.

– Por que você se casou comigo, Richard? – sussurrou ela.

Era hora de dizer a verdade:

– Você vai fingir estar grávida, Iris. E vamos criar o bebê de Fleur como nosso filho legítimo.

CAPÍTULO 19

Iris olhou fixamente para o marido, com uma crescente incredulidade. Sem dúvida ele não queria dizer... Ele jamais...

– Não.

Não, ela não faria isso. *Não*, ele não podia lhe pedir uma coisa dessas.

– Acho que você não tem escolha – retrucou Richard, sombrio.

Iris o encarou, boquiaberta.

– Não tenho *escolha*?

– Se não fizermos isso, Fleur estará arruinada.

– Acredito que ela já conseguiu isso sem a nossa ajuda – rebateu Iris antes que pudesse pensar melhor.

Fleur soltou uma gargalhada áspera, parecendo se divertir com o insulto de Iris, mas Richard deu um passo à frente com um olhar enfurecido.

– Você está falando da minha irmã.

– E você está falando *com* a sua mulher!

Horrorizada pela nota de agonia na própria voz, Iris levou a mão à boca e virou o rosto. Não podia encará-lo. Não agora.

Sempre soube que ele estava ocultando algo. Mesmo quando se apaixonava e tentava convencer a si mesma de que tudo não passava de imaginação, sabia que havia uma razão por trás do casamento apressado. Mas nunca cogitara algo assim. Não conseguiria.

Era uma loucura e, entretanto, explicava tudo. Desde o matrimônio precipitado até a recusa de Richard em consumá-lo... tudo fazia um perfeito e medonho sentido. Por isso precisava encontrar uma noiva tão depressa. E, é claro, não podia se arriscar a engravidar Iris antes que Fleur tivesse o bebê. Iris gostaria de vê-lo explicar *isso*.

Teriam que alegar que Iris tinha dado à luz um mês – ou até dois – antes do tempo. E depois, quando o bebê nascesse perfeitamente sadio e grande, todo mundo assumiria que o casamento fora forçado, que Richard a havia seduzido antes das bodas.

Iris soltou uma risada. Santo Deus, nada poderia ser menos verdadeiro.

– Você acha isso engraçado? – perguntou Richard.

Ela abraçou o próprio corpo na tentativa de conter a dolorosa histeria que se avolumava em seu interior. Virando-se para olhá-lo de frente, respondeu:

– Não acho graça nenhuma.

Ele teve o bom senso de não pedir mais esclarecimentos. Iris podia imaginar a fúria de seu olhar.

Depois de alguns instantes, Richard pigarreou.

– Eu sei que a coloquei em uma situação difícil…

Difícil? Ela ficou boquiaberta. Ele queria que ela fingisse uma gravidez e depois declarasse que o filho de outra mulher era seu? E descrevia a situação como *difícil*?

–… mas acho que entenderá que essa é a única solução.

Não. Ela balançou a cabeça.

– Isso não será possível. Tem que haver outra maneira.

– Você acha que essa decisão foi fácil para mim? – retrucou Richard, elevando a voz com exasperação. – Pensa que não levei em consideração todas as alternativas possíveis?

Os pulmões de Iris se contraíram e ela lutou contra a necessidade de aspirar enormes golfadas de ar. Ela não conseguia respirar. Mal podia *raciocinar*. Quem era aquele homem? Era quase um desconhecido quando se casaram, mas pensara que se tratava de uma pessoa boa e honesta. Havia permitido que ele a beijasse da forma mais íntima e nem sequer o *conhecia*.

Chegou a pensar que estava se apaixonando por ele.

E a pior parte era que Richard podia mesmo obrigá-la a fazer o que propunha. Em um casamento, a palavra do homem era a lei, e o dever da esposa era obedecer. Ah, ela poderia correr para a casa dos pais, mas eles acabariam enviando-a de volta a Maycliffe. Ficariam chocados, pensariam que Richard estava louco por elaborar um plano como aquele, mas, ao final, lhe diriam que era seu marido e que, se ele assim achasse, ela deveria cumprir as ordens.

– Você me enganou – sussurrou. – Você criou uma armadilha para que eu me casasse com você.

– Sinto muito.

E provavelmente sentia, mas isso não o desculpava.

E então ela fez a pergunta mais aterradora de todas:

– Por que eu?

Richard empalideceu.

Iris sentiu o sangue abandonar seu corpo e cambaleou para trás, pois a força do silêncio era como um soco no estômago. Ele não precisava dizer nada: a explicação estava bem ali, na cara dele. Richard a escolhera porque *pôde* fazê-lo. Porque sabia que, com um dote tão modesto e uma aparência tão insignificante, Iris não teria pretendentes clamando por sua mão. Uma garota como ela estaria ansiosa para se casar. Uma garota como ela nunca recusaria um homem como ele.

Meu Deus, será que a *investigara*? É claro que sim. Por que Richard teria ido assistir ao recital se não fosse para procurar uma mulher com quem pudesse se casar?

O rosto de Winston Bevelstoke lhe veio de repente à cabeça, apresentando-os com um sorriso ensaiado e cortês. Estaria ajudando Richard a escolher uma noiva?

Iris quase se engasgou com o horror. Richard devia ter pedido aos amigos que elaborassem listas das mulheres mais desesperadas de Londres. E seu nome provavelmente era o primeiro em todas.

Ela havia sido julgada. E tida como digna de comiseração.

– Você me humilhou – acusou Iris, mal conseguindo encontrar a voz.

Ninguém poderia chamar sir Richard Kenworthy de tolo. Ele sabia muito bem o que precisava encontrar em uma noiva: uma pessoa tão patética e grata pela proposta de casamento que o aceitaria sem pestanejar e diria "Sim, é claro" quando ele enfim revelasse a verdade.

Era *isso* que ele pensava dela.

Iris ofegou, pressionando a mão na boca para conter o choro que ameaçava irromper.

Fleur a fitou com um olhar desconcertante antes de dizer ao irmão:

– Você precisava ter contado a verdade antes de pedi-la em casamento.

– Cale a boca – vociferou ele.

– Não a mande calar a boca – exigiu Iris.

– Ah, agora você está do lado dela?

– Bem, ninguém parece estar do *meu*.

– Saiba que avisei a ele que não estava de acordo com o plano – afirmou Fleur.

Iris a encarou de verdade pela primeira vez, para tentar enxergar algo além da menina petulante e histérica que havia descido da carruagem.

– Você enlouqueceu? O que propõe que seja feito? Quem é o pai da criança?

– É óbvio que não é ninguém que você conheça – rebateu Fleur.

– O filho mais novo de um barão local – esclareceu Richard, a voz inexpressiva. – Ele a seduziu.

Iris se voltou para ele.

– Ora, então por que não o obriga a se casar com ela?

– Ele está morto.

– Ah. – Iris sentiu como se tivesse recebido um murro. – Ah. – Ela olhou para Fleur. – Sinto muito.

– Pois eu não – retrucou Richard.

Iris arregalou os olhos, surpresa.

– Ele se chamava William Parnell – continuou o marido. – Era um canalha. Sempre foi.

– O que aconteceu? – perguntou Iris, mas não estava muito segura de querer saber.

Richard a olhou com uma sobrancelha arqueada.

– Caiu de uma varanda, bêbado e agitando uma pistola. Foi um milagre que ninguém se ferisse.

– Você estava lá? – sussurrou Iris, com uma horrível sensação de que ele poderia ter alguma ligação com aquilo.

– É óbvio que não. – Ele a encarou, desgostoso. – Havia uma dúzia de testemunhas. Inclusive três prostitutas.

Iris engoliu em seco, desconfortável. O rosto de Richard era uma máscara de desolação.

– Estou contando isso só para que saiba que tipo de homem ele era.

Iris assentiu. Não sabia o que dizer. Não sabia o que *sentir*. Depois de um instante, virou-se para Fleur, recordando a si mesma que ela era sua nova irmã, e lhe tomou as mãos.

– Sinto muito mesmo. – Engoliu em seco, mantendo a voz suave e cautelosa: – Ele a machucou?

Fleur desviou o olhar.

– Não foi dessa maneira.

Richard avançou para a irmã.

– Você está querendo me dizer que permitiu…

– Pare! – protestou Iris, empurrando-o para trás. – Qual é a vantagem de fazer acusações?

Richard deu um breve meneio de cabeça, mas ele e Fleur continuaram a se entreolhar de modo cuidadoso.

Iris engoliu em seco. Odiava ser insensível, mas não fazia ideia da duração atual da gravidez de Fleur – o vestido era largo o bastante para ocultar o início de uma gestação – e pensou que não tinham muito tempo a perder.

– Algum outro cavalheiro se casaria com ela? Alguém que…

– Não vou me casar com um estranho – interrompeu Fleur com veemência.

Eu me casei. As palavras vieram na mesma hora à mente de Iris. Espontâneas e inegavelmente certas.

Richard revirou os olhos com desdém.

– De qualquer maneira, não tenho dinheiro suficiente para comprar um marido.

– Sem dúvida você poderia encontrar alguém…

– Disposto a tomar o bebê como herdeiro no caso de ser um menino? Para isso seria necessário um suborno bem robusto.

– Entretanto, você está disposto a fazê-lo.

Richard estremeceu, mas disse:

– O bebê será meu sobrinho.

– Mas não seu filho! – Iris se afastou, abraçando o próprio corpo. – E nem meu.

– Você não pode amar uma criança que não saia de seu corpo?

A voz dele era baixa, acusadora.

– É óbvio que posso. Mas é uma fraude. Está errado. Você sabe que está!

– Desejo que tenha a sorte de convencê-lo – comentou Fleur.

– Ora, pelo amor de Deus, fique quieta! Não vê que estou tentando ajudá-la?

Fleur cambaleou para trás, surpreendida pela demonstração de força de Iris.

– O que vai fazer quando tivermos um menino e seu filho, seu primogênito, não puder herdar Maycliffe porque você já a terá entregado ao sobrinho? – perguntou Iris a Richard.

Ele não disse nada, os lábios comprimidos com tanta força que estavam quase brancos.

– Você negaria ao próprio filho o que lhe é de direito? – pressionou Iris.

– Vou fazer alguns acertos – replicou ele secamente.

– Não existem acertos possíveis! – gritou Iris. – Você não deve ter pensado nisso. Se você proclamar o filho de sua irmã como nosso, não poderá fazer com que um menino mais novo seja seu herdeiro. Você…

– Maycliffe não está vinculada à herança – recordou-lhe Richard.

Iris inspirou fundo, irritada.

– Isso é ainda pior. Você permitiria que o filho de Fleur acreditasse que é seu primogênito e cederia Maycliffe ao irmão mais novo?

– É claro que não – Richard quase sibilou. – Que tipo de homem você acha que sou?

– Sinceramente? Não sei.

Ele se encolheu, mas então continuou a falar:

– Vou dividir a propriedade se for necessário.

– Ah, isso seria justo – disse Iris, falando bem devagar. – Um menino ficará com a casa e o outro com os jardins. Ninguém vai se sentir menosprezado.

– Pelo amor de Deus, cale a boca!

Iris ofegou, estremecendo diante do tom de voz do marido.

– Eu não teria dito isso se fosse você – comentou Fleur.

Richard grunhiu algo para a irmã; Iris não soube distinguir o quê. Fleur deu um passo atrás e os três ficaram paralisados, como num quadro inquietante, até que ele inspirou alto e disse, com uma voz sem emoção:

– Viajaremos todos à Escócia na semana que vem. Para visitar uns primos.

– Não temos primos na Escócia – replicou Fleur.

– Agora temos.

A irmã o encarou, como se ele tivesse enlouquecido.

– Acabamos de descobri-los em nossa árvore genealógica – completou Richard, com uma alegria falsa o bastante para indicar que estava inventando tudo. – Hamish e Mary Tavistock.

– Agora você está criando parentes? – zombou Fleur.

Ele ignorou o sarcasmo da irmã.

– Você vai desfrutar tanto da companhia deles que vai decidir ficar lá. – Deu um sorriso forçado. – Por vários meses.

Fleur cruzou os braços.

– Não mesmo.

Iris encarou Richard. A dor vívida em seus olhos era demais para ela suportar. Por um instante, quis correr até ele, pousar a mão em seu braço e consolá-lo.

Mas não. *Não*. Ele não merecia. Mentira para ela e a enganara da pior maneira possível.

– Não posso ficar aqui – afirmou Iris de repente.

Ela não podia permanecer naquele quarto. Não podia olhar para ele. Nem para a cunhada.

– Você não vai me abandonar – rebateu Richard.

Ela se virou, não muito segura de que conseguia disfarçar a incredulidade. Ou o desprezo.

– Vou para o meu quarto – disse lentamente.

Ele ficou perplexo. Estava envergonhado. Ótimo.

– E não quero ser incomodada – acrescentou ela.

Nem Richard nem Fleur falaram uma única palavra.

Iris caminhou até a porta e a escancarou. Deparou com Marie-Claire, que tropeçou nos próprios pés enquanto saltava para trás, tentando parecer que não escutava descaradamente atrás da porta.

– Boa tarde – disse Marie-Claire com um sorriso rápido. – Estava só...

– Ora, pelo amor de Deus, você já sabe de tudo.

Ela passou pela cunhada sem se preocupar em não esbarrar na moça. Quando chegou ao quarto, não bateu a porta com força. Ao contrário, fechou-a com um cuidadoso clique, a mão permanecendo congelada na maçaneta. Com um estranho distanciamento, viu os dedos começarem a tremer. Então as pernas fraquejaram e ela teve que se apoiar na porta para não cair, deslizando o corpo até o chão, onde se inclinou sobre si mesma e se pôs a chorar.

Só um minuto depois de Iris sair é que Richard se atreveu a olhar para a irmã.

– Não ponha a culpa disso em mim – disse Fleur, sem muito entusiasmo. – Não pedi nada disso.

Richard tentou não responder. Estava extremamente cansado de discutir. Entretanto, não conseguia visualizar mais nada além do olhar destroçado de Iris e tinha a terrível sensação de que havia estilhaçado algo dentro dela, algo que nunca poderia consertar.

Sentiu-se enregelar, a fúria quente do último mês substituída por uma geada devastadora. Seus olhos se fixaram duramente em Fleur.

– Sua falta de gratidão me assombra.

– Não fui eu que exigi que ela cometesse uma fraude tão imoral.

Richard trincou os dentes até estremecer. Por que ela não enxergava os fatos racionalmente? Ele estava fazendo de tudo para protegê-la, para lhe dar a oportunidade de uma vida respeitável e feliz.

Fleur lhe dirigiu um olhar desdenhoso.

– Você pensou mesmo que ela ia sorrir e dizer "Como o senhor desejar"?

– Vou lidar com minha esposa quando achar conveniente.

A irmã bufou.

– Meu Deus! Você não tem a mínima… – Ele se interrompeu, passando a mão pelo cabelo enquanto se afastava e se virava para a janela. – Você acha que gosto do que estou fazendo? – questionou, controlando a raiva. Ele se agarrou ao batente com os dedos embranquecidos. – Acha que tive prazer em enganá-la?

– Então não o faça.

– O dano já está feito.

– Mas você pode repará-lo. É só lhe dizer que ela não precisa roubar meu filho.

Richard se voltou de supetão.

– Não é um roubo… – Ele percebeu o olhar de triunfo dela. – Você está se divertindo?

Fleur lhe lançou um olhar pétreo.

– Pode ter certeza de que não estou gostando nada dessa situação.

Ele a encarou longamente. No fundo, ela estava tão magoada quanto Iris. A dor em seu rosto… Ele é que a teria provocado? Não. *Não*. Estava tentando ajudá-la, salvá-la de uma existência arruinada à qual aquele desgraçado do Parnell a havia relegado.

Richard cerrou os punhos. Se o canalha maldito não tivesse morrido, ele mesmo o teria matado. Não, o teria enviado primeiro à igreja com Fleur e *depois* o matado. Pensou em como a irmã era antes, cheia de sonhos e romances. Ela costumava se deitar na grama, perto da estufa, e ler sob o sol. Ela costumava *rir*.

– Ajude-me a entender – pediu Richard. – Por que você resiste? Não percebe que é sua única esperança de uma vida respeitável?

Os lábios de Fleur tremeram e, pela primeira vez naquela tarde, ela pareceu insegura. Richard enxergou o rosto da menina que um dia ela fora e isso partiu seu coração mais uma vez.

– Por que você não pode me estabelecer em algum lugar como se eu fosse uma jovem viúva? Posso ir a Devon. À Cornualha. A algum lugar onde ninguém nos conheça.

– Não tenho dinheiro suficiente para lhe oferecer um lar adequado – respondeu Richard num tom endurecido pela vergonha que lhe causavam as limitações financeiras. – E não vou permitir que viva na pobreza.

– Não preciso de muito. Só uma pequena cabana e...

– Você acha que não precisa de muito. Mas não tem ideia. Passou a vida inteira com criados. Nunca teve que comprar a própria comida ou acender uma lareira.

– *Você* também não.

– Isso não diz respeito a mim. Não seria eu a morar em um casebre cheio de goteiras e me preocupar com o preço da carne.

Fleur desviou o olhar.

– Eu seria aquele que precisaria me preocupar com você – acrescentou ele, numa voz mais suave –, pensar no que você faria quando ficasse doente ou quando se aproveitassem de você, e nem poderia ajudá-la porque você estaria do outro lado do país.

Fleur ficou em silêncio por um bom tempo, então afirmou:

– Não posso me casar com o pai do bebê. E não vou renunciar a meu filho.

– Ele estará comigo.

– Mas não será *meu*! Não quero ser tia dele.

– Você diz isso agora, mas o que vai acontecer daqui a dez anos, quando se der conta de que ninguém vai querer se casar com você?

– Eu sei disso agora – replicou ela, ríspida.

– Se cuidasse da criança sozinha, você seria rechaçada pela sociedade respeitável. Não poderia permanecer aqui.

Ela ficou petrificada.

– Você me abandonaria, então.

– Não – ele se apressou em responder. – Jamais. Mas não poderia mantê-la na casa. Não enquanto Marie-Claire estivesse solteira.

Fleur desviou o olhar.

– A sua ruína é a ruína dela. Tenho certeza de que sabe disso.

– É claro que sei – retrucou ela com veemência. – Por que você acha que eu…

Fleur se interrompeu, comprimindo os lábios.

– Você o quê? – exigiu saber Richard.

Ela balançou a cabeça e, em voz baixa e triste, disse:

– Nunca vamos concordar quanto a isso.

Ele suspirou.

– Só estou tentando ajudá-la, Fleur.

– Eu sei.

Ela o encarou, o olhar cansado, melancólico e, talvez, um pouco ajuizado.

– Eu a amo – falou ele, a voz embargada. – Você é minha irmã. Eu jurei protegê-la. E fracassei. *Fracassei.*

– Você não fracassou.

Richard indicou a barriga ainda lisa da irmã.

– Isso significa que você se entregou a Parnell de livre e espontânea vontade?

– Eu já disse, não foi assim que…

– Eu deveria ter estado aqui para protegê-la, e não estava. Então, pelo amor de Deus, Fleur, me dê a chance de protegê-la agora.

– Não posso ser tia do meu filho – replicou ela, determinada. – Não posso.

Richard esfregou o rosto com a base da mão. Estava muito cansado. Nunca se sentira tão exausto em toda a vida. Conversaria com a irmã no dia seguinte e iria convencê-la.

Caminhou até a porta e disse em voz baixa:

– Não faça nada sem pensar. – Em seguida, acrescentou: – Por favor.

Ela assentiu. Era o bastante. Richard confiava na irmã. Era a coisa mais infernal do mundo, mas confiava.

Ele saiu do quarto, fazendo apenas uma pausa para demonstrar que estava ciente da presença de Marie-Claire no corredor. Ela ainda se encontrava perto da porta, os dedos nervosamente entrelaçados. Richard não entendia por que ela precisara ouvir atrás da porta; grande parte da conversa acontecera num tom bem alto.

– Você acha que devo entrar? – indagou a menina.

Ele deu de ombros. Não sabia. Continuou andando.

Queria conversar com Iris. Queria pegar a mão dela e fazê-la entender que também odiava tudo aquilo, que se arrependia por tê-la enganado.

Mas não estava arrependido de ter se casado com ela. Jamais ficaria.

Deteve-se diante da porta do quarto da esposa. Ela estava chorando.

Queria abraçá-la.

Mas como podia lhe servir de consolo, quando fora ele mesmo que a magoara?

Então, seguiu andando, passou pelo próprio quarto, desceu as escadas. Foi até o escritório e fechou a porta. Olhou o copo meio cheio de conhaque e decidiu que não havia bebido o suficiente.

Esse era um problema fácil de solucionar.

Bebeu o que restava no copo e voltou a enchê-lo, erguendo-o em um brinde silencioso ao diabo.

Queria que todos os seus problemas tivessem soluções tão fáceis assim.

CAPÍTULO 20

Maycliffe nunca estivera tão fria e silenciosa.

No café da manhã do dia seguinte, Richard sentou-se taciturno, os olhos seguindo Fleur, que pegava a comida no aparador. Ela se acomodou de frente para ele, mas não se falaram e, quando Marie-Claire entrou na sala, suas saudações não foram mais que grunhidos.

Iris não desceu.

Richard não a viu o dia inteiro. No momento em que o gongo do jantar soou, ele ergueu a mão para bater à porta do quarto dela, mas ficou paralisado. Não conseguia se esquecer da sua expressão ao saber o que ela deveria fazer, não podia apagar da memória o choro da esposa no quarto.

Sabia que isso iria acontecer. Temia a situação desde o momento em que colocara o anel no dedo de Iris. Mas fora muito pior do que imaginara. A culpa havia sido substituída por um ódio profundo por si mesmo e ele não tinha sequer certeza de que um dia voltaria a ficar em paz.

Ele costumava ser uma boa pessoa. Talvez não a *melhor* pessoa, mas um ser humano essencialmente bom. Certo?

No fim das contas, não bateu à porta. Desceu sozinho até a sala de jantar, parando apenas para instruir a criada a levar a refeição à esposa em uma bandeja.

Iris também não apareceu para tomar o café da manhã no dia seguinte, deixando Marie-Claire com inveja.

– É muito injusto que mulheres casadas possam tomar café na cama e eu não – comentou ela, enfiando a faca na manteiga. – Não tem…

Ela se interrompeu. A expressão de ira de Richard e Fleur era suficiente para silenciar qualquer um.

Na manhã seguinte, ele resolveu conversar com a esposa. Sabia que Iris merecia privacidade depois de tamanho choque, mas ela precisava entender, melhor do que qualquer um, que o tempo não agia a favor deles. Ele lhe dera três dias; não poderia estender mais o tempo.

Mais uma vez, tomou o café com as irmãs e ninguém disse uma única palavra. Tentava decidir a melhor maneira de abordar Iris, ordenando frases coerentes e persuasivas, quando ela surgiu à porta. Estava usando um vestido azul bem claro - já deduzira que era sua cor favorita - e seu penteado se constituía de uma intrincada mistura de tranças e presilhas. Para falar a verdade, Richard nem sabia como descrevê-lo, porém parecia mais arrumado do que os demais que ela já ostentara.

Percebeu que Iris vestira uma armadura. Não podia culpá-la.

Por alguns instantes, ela ficou parada e, de repente, Richard se levantou, percebendo que apenas a fitava.

- Lady Kenworthy - disse ele com toda a solenidade.

Talvez fosse formal demais, mas as irmãs ainda estavam à mesa e ele não queria que elas pensassem que ele não nutria respeito e consideração pela esposa.

Iris lhe lançou um olhar gélido, fez um ligeiro meneio de cabeça e logo se ocupou com a comida no aparador. Richard a observou colocar uma pequena porção de ovos no prato, acrescentando duas fatias de bacon e uma de presunto. Seus movimentos eram firmes e precisos e ele não pôde deixar de admirar sua compostura quando se sentou e cumprimentou um por um:

- Marie-Claire. Fleur. Sir Richard.

- Lady Kenworthy - falou Marie-Claire, em uma saudação cortês.

Iris não pediu que a chamasse pelo seu primeiro nome.

Richard olhou para o próprio prato. Havia ainda alguns bocados de comida. Embora não sentisse fome, achou que, se Iris estava comendo, deveria fazer o mesmo. Por isso, pegou uma torrada de uma bandeja no centro da mesa e começou a passar manteiga nela, mas com força exagerada, produzindo um som bem alto em meio àquele silêncio avassalador.

- Richard? - murmurou Fleur.

Ele a encarou. Ela olhou de soslaio para a torrada, cujo aspecto era completamente estropiado.

Richard a fitou, irritado, sem nenhum motivo lógico, e deu uma dentada furiosa na torrada. Então, tossiu. Maldição, estava seca demais. Olhou para baixo. Toda a manteiga que tentara passar ficara grudada na faca, misturada aos farelos.

Com um grunhido, espalhou a manteiga, agora mais macia, e deu outra mordida. Iris o observou com um olhar fixo e desconcertante e, em seguida, disse sem nenhuma inflexão na voz:

– Geleia?

Ele pestanejou, surpreso com o som da voz dela quebrando o silêncio.

– Obrigado – respondeu, pegando o pequeno prato das mãos da esposa.

Não fazia ideia do sabor – viu que se tratava de uma substância avermelhada, por isso provavelmente gostaria –, mas isso não tinha importância. Sem contar o nome dele, aquela era a primeira palavra que haviam trocado em três dias.

Depois de cerca de um minuto, ele já começava a pensar que seria também a única palavra ouvida nos três dias seguintes. Richard não entendia como o silêncio podia gerar diferentes graus de desconforto, mas aquele entre quatro pessoas era infinitamente mais terrível do que o suportado na companhia apenas das irmãs. Um manto gélido se abateu sobre a sala – não enregelante, mas de um humor terrível – e cada batida do garfo contra o prato era como uma rachadura no gelo.

Até que – graças a Deus – Marie-Claire falou. Ocorreu a Richard que talvez ela fosse a única capaz de fazê-lo. Era a única que não estava atuando na farsa macabra em que a sua vida se convertera.

– É agradável vê-la aqui embaixo – disse ela a Iris.

– É agradável estar aqui embaixo – comentou Iris, mal olhando na direção da cunhada. – Estava um pouco enjoada.

Marie-Claire piscou, surpresa.

– Você estava doente?

Iris tomou um pouco do chá.

– De certa maneira, sim.

Pelo canto do olho, Richard viu a cabeça de Fleur se virar, tensa.

– E está bem agora? – perguntou Richard, olhando para Iris, até que ela se viu obrigada a encará-lo também.

– Muito bem. – Ela voltou a atenção à torrada e a pousou de volta no prato, com um movimento estranhamente mecânico. – Se me derem licença... – falou ela, levantando-se.

Richard ficou de pé de imediato e, dessa vez, as irmãs o acompanharam.

– Você não comeu nada – comentou Marie-Claire.

– Temo que meu estômago esteja um pouco incomodado – respondeu

Iris, com uma voz que Richard achou bastante contida. Ela colocou o guardanapo sobre a mesa, ao lado do prato. – Acho que é um mal muito frequente nas mulheres em minha condição.

Fleur ofegou.

– Não vão me desejar felicidades? – indagou Iris, sem emoção.

Richard constatou que não podia. Conseguira o que queria – não, não o que *queria*, nunca tinha sido isso. Mas o que planejara. Embora não estivesse feliz, para todos os efeitos Iris acabara de anunciar sua gravidez. As três pessoas ali sabiam muito bem que se tratava de uma mentira, porém, ainda assim, era uma indicação de que faria o que Richard exigira dela. Ele vencera.

Só que não podia felicitá-la.

– Com licença – disse Iris, saindo da sala.

Ele ficou paralisado. E então...

– Espere!

De alguma maneira, Richard recobrou os sentidos ou pelo menos o suficiente para obrigar suas pernas a se mexerem. Atravessou a sala, consciente de que as irmãs estavam boquiabertas, como peixes fora d'água. Ele chamou Iris, mas ela já havia desaparecido. Sua esposa era rápida, pensou com ironia. Ou estava se escondendo dele.

– Querida? – gritou, sem se importar se todos na casa poderiam ouvi-lo. – Onde você está?

Procurou-a na sala de visitas, em seguida na biblioteca. Que inferno! Ele sabia que Iris tinha o direito de dificultar as coisas, porém já estava mais do que na hora de conversarem.

– Iris! Preciso muito falar com você!

Ele ficou parado no meio do saguão, frustrado além de qualquer medida. Frustrado e também extremamente envergonhado. William, o mais jovem dos dois lacaios, estava de pé à porta, observando-o.

Richard fez uma careta, recusando-se a admitir a situação.

Então, William começou a estremecer.

Sir Kenworthy não pôde fazer outra coisa senão olhar.

A cabeça do lacaio começou a se inclinar para a direita.

– Você está bem? – Richard não conseguiu se conter.

– Milady... – disse William em um sussurro audível. – Ela entrou na sala de visitas.

– Ela não está lá agora.

O lacaio pestanejou. Deu uns poucos passos e indicou com a cabeça o cômodo em questão.

– O túnel – acrescentou William, voltando-se de novo para seu senhor.

– O... – Richard franziu a testa, olhando por cima do ombro de William. – Você acha que ela entrou em um dos túneis?

– Não creio que tenha saído pela janela – replicou William. Então, pigarreou e completou: – Senhor.

Richard entrou na sala, o olhar brilhante ao fitar o confortável sofá azul, que havia se tornado um dos lugares prediletos de Iris para ler – não que ela tivesse se aventurado a sair do quarto nos últimos dias. Na parede do fundo, ficava o painel, habilmente camuflado, que escondia a entrada de um dos túneis secretos mais utilizados de Maycliffe.

– Tem certeza de que ela entrou na sala? – perguntou a William.

O lacaio assentiu.

– Então só pode estar no túnel, é verdade. – Richard deu de ombros, cruzando o cômodo em três passos largos. – Obrigado, William – disse, abrindo o fecho oculto sem dificuldade.

– Não foi nada, senhor.

– Mesmo assim – falou Richard, assentindo. Ele espiou para dentro do túnel, piscando em meio à escuridão. Já não lembrava mais como era frio e úmido ali dentro. – Iris?

Era improvável que ela pudesse ter chegado muito longe. Não tivera tempo para acender uma vela, e as trevas se adensavam à medida que a pessoa se afastava da sala.

Entretanto, não houve resposta e Richard acendeu uma vela, colocou-a em um pequeno lampião e entrou na passagem.

– Iris?

Nenhuma resposta ainda. Talvez ela não tivesse ido para ali. Estava zangada, mas não era tola a ponto de se esconder em um buraco escuro só para evitá-lo.

Segurando baixo o lampião para iluminar o caminho, deu um passo adiante, cauteloso. Os túneis de Maycliffe não tinham calçamento de pedra e o chão era áspero e desigual, com rochas soltas e até alguma raiz de árvore ocasional serpenteando. Teve uma repentina visão de Iris caindo, torcendo o tornozelo ou, pior, batendo a cabeça...

– Iris! – gritou de novo e, dessa vez, viu-se recompensado com um leve ruído, uma mistura de fungada e soluço. – Graças a Deus – sussurrou.

Seu alívio foi tão rápido e repentino que nem conseguiu se lamentar pelo choro que ela tentava ocultar. Dobrou uma esquina estreita e ali estava ela, sentada na terra batida, suja, enrodilhada como uma criança, os braços envolvendo os joelhos.

– Iris! – exclamou, abaixando-se ao seu lado. – Você caiu? Está machucada?

Ela apenas balançou a cabeça, que mantinha enterrada entre os joelhos.

– Tem certeza?

Richard engoliu em seco. Já a encontrara; agora não sabia o que dizer. Quando ela se portara com uma magnificência fria e contida na sala do café, ele poderia ter conversado. Ter lhe agradecido por aceitar ser a mãe do filho de Fleur, ter lhe dito que já era hora de fazerem planos. Pelo menos teria sido capaz de formular algumas *palavras*.

Mas vê-la assim, desamparada e encolhida... sentiu-se perdido. Levou a mão vacilante às costas dela e lhe deu tapinhas, dolorosamente consciente de que não ela não queria consolo do homem que a tornara tão infeliz.

Entretanto, Iris não se afastou e, por alguma razão, Richard se sentiu ainda mais incomodado. Ele colocou o lampião no chão, a uma distância segura, e continuou agachado ao lado dela.

– Sinto muito – lamentou-se, ciente de que não tinha nem ideia do motivo exato de seu pedido de desculpas.

Havia muitas transgressões para escolher apenas uma.

– Eu tropecei – explicou Iris de repente. Ela o encarou com olhos desafiadores. Desafiadores e *secos*. – Eu tropecei. É por isso que estou chateada. Porque tropecei.

– É claro.

– E estou bem. Não me machuquei.

Ele assentiu devagar e lhe estendeu a mão.

– Ainda posso ajudá-la a se levantar?

Por um instante, ela não se moveu. Em meio à luz bruxuleante, Richard viu-a retesar o maxilar antes de pousar a mão na sua.

Ele se levantou, puxando-a junto.

– Tem certeza de que consegue caminhar?

– Já disse que não me machuquei – retrucou ela, mas havia um tom rouco e forçado em sua voz.

Richard permaneceu em silêncio. Pegou o lampião e colocou a mão dela na dobra de seu braço.

– Você prefere voltar para a sala ou passear ao ar livre?

– Ao ar livre – respondeu ela, o queixo trêmulo, mas tentando manter um tom de superioridade. – Por favor.

Richard aquiesceu e a conduziu adiante. Iris não parecia mancar, porém era difícil ter certeza; ela mantinha uma postura muito rígida. Já haviam caminhado juntos muitas vezes durante o breve período que passara a considerar como uma lua de mel, mas nunca a sentira assim, tão frágil, débil.

– É longe? – indagou ela.

– Não. – Ele percebeu que Iris engolira em seco e não gostou nem um pouco. – A saída fica perto da estufa.

– Eu sei.

Richard nem se deu o trabalho de perguntar como ela sabia. Um dos criados devia ter lhe contado; tinha certeza de que ela não havia conversado com nenhuma de suas irmãs. Ele pensara em lhe mostrar os túneis e estava ansioso para fazê-lo. Mas não houvera tempo. Ou talvez não tivesse procurado arranjar tempo.

– Eu tropecei – repetiu ela. – Eu teria saído se não tivesse tropeçado.

– Estou certo de que sim.

Iris parou tão repentinamente que ele quase tropeçou.

– Teria mesmo!

– Eu não estava sendo sarcástico.

Ela fechou a cara e desviou o olhar depressa; Richard soube que sua ira se voltava para si mesma.

– A saída está bem ali – comentou ele e, instantes depois, recomeçaram a andar.

Iris assentiu de modo rígido. Richard a conduziu ao longo do fim do túnel, soltando o braço da esposa para abrir a porta do teto. Ele sempre precisava se agachar naquele trecho. Divertiu-se ao ver que Iris podia ficar de pé no local, o topo da cabeça loura apenas roçando o teto.

– É aí em cima? – perguntou Iris, olhando para a portinhola.

– É num lugar inclinado – respondeu ele, trabalhando no mecanismo de abertura. – De fora, parece ser a porta de um simples depósito.

Ela observou por um momento e indagou:

– É trancada pelo lado de dentro?

Ele cerrou os dentes.

– Pode segurar isto aqui? – perguntou, entregando-lhe o lampião. – Preciso usar as duas mãos.

Iris obedeceu. Richard fez uma careta quando o fecho beliscou seu dedo indicador.

– É meio complicado – comentou, enfim conseguindo destrancar. – Pode-se abrir de qualquer lado, mas é preciso saber como. Não é uma porta comum.

– Eu teria ficado presa – constatou ela, com um vazio na voz.

– Não, não teria. – Ele empurrou a porta, piscando à luz do sol. – Teria dado a volta e se dirigido de novo até a sala.

– Fechei aquela porta também.

– Aquela é mais fácil de abrir – mentiu.

Concluiu que precisaria lhe mostrar como fazê-lo, para sua própria segurança, mas, por enquanto, ele a deixaria pensar que não haveria problema.

– Não sou capaz nem de fugir adequadamente – murmurou ela.

Richard estendeu a mão para ajudá-la a subir os estreitos degraus.

– Era isso que estava fazendo? Fugindo?

– Estava tentando achar a saída.

– Então você fez um bom trabalho.

Iris se voltou para o marido com uma expressão inescrutável e, em seguida, se desvencilhou dele. A intenção parecia ser sombrear os olhos com a mão, mas pareceu um ato de rejeição.

– Você não precisa ser gentil comigo – disse ela, direto ao ponto.

Ele ficou boquiaberto e levou algum tempo para ocultar sua surpresa.

– Não vejo por que não deveria ser.

– Eu não *quero* que seja gentil comigo!

– Você não...

– Você é um monstro!

Iris pressionou o punho contra a boca, mas ainda assim ele ouviu o soluço contido. Com uma voz muito menos intensa, ela acrescentou:

– Por que não age como um monstro e me deixa odiá-lo?

– Não quero que você me odeie – replicou Richard em voz baixa.

– Não cabe a você escolher.

– Não, é verdade.

Ela desviou o olhar, a luz da manhã formando brilhos salpicados nas intrincadas tranças que usava como se fossem uma coroa. Ele a achava tão linda que chegava a doer. Queria se aproximar dela, abraçá-la e sussurrar tolices ao seu ouvido. Queria fazê-la se sentir melhor e ter certeza de que ninguém a magoaria outra vez.

Isso, pensou causticamente, era algo que ele mesmo poderia fazer.

Será que algum dia ela o perdoaria? Ou pelo menos o compreenderia? Sim, o que ele lhe pedira era uma loucura, mas o fizera pelo bem da irmã. Para protegê-la. Dentre todas as pessoas, Iris talvez fosse a única capaz de entender sua atitude.

– Eu gostaria de ficar sozinha agora – pediu Iris.

Richard ficou calado por um momento, então respondeu:

– Se é o que deseja…

Mas ele continuou parado. Queria permanecer só mais um momento ao lado dela, ainda que fosse em silêncio.

Iris o encarou, como se dissesse: "E agora, o que você quer?"

Ele pigarreou.

– Posso acompanhá-la até um banco?

– Não, obrigada.

– Eu gostaria…

– Pare! – Ela se lançou para trás, estendendo os braços como se quisesse se proteger de um espírito maligno. – Pare de ser *gentil*. O que você fez foi imperdoável.

– Não sou um monstro.

– É, sim. Tem que ser.

– Iris, eu…

– Você não entende? Não quero gostar de você.

Richard sentiu um fiapo de esperança.

– Eu sou o seu marido.

Ela deveria gostar dele. Deveria sentir muito mais que aquilo.

– Você só é meu marido porque me enganou – retrucou Iris em voz baixa.

– Não foi bem assim – protestou Richard, embora tivesse acontecido *exatamente* assim. Mas o sentimento havia sido diferente, pelo menos um pouco. – Você precisa entender… Durante todo aquele tempo… Em Londres, quando eu a estava cortejando... Tudo aquilo que a tornava uma boa escolha era também o que eu gostava muito em você.

– É mesmo? – questionou ela, não com sarcasmo, mas com incredulidade. – Você gostou de mim por causa do meu desespero?

– Não!

Deus do céu, do que ela estava falando?

– Eu sei por que você me escolheu – afirmou ela com veemência. – Precisava de alguém que precisasse ainda mais de *você*. Alguém que pudesse passar por cima de uma proposta estranhamente apressada e estivesse desesperada para lhe *agradecer* por receber um pedido de casamento.

Richard se retraiu. Odiava o fato de que esses pensamentos uma vez tivessem passado por sua cabeça. Não se lembrava de algo específico assim em relação a Iris, mas sem dúvida eles faziam parte de seu plano antes de conhecê-la. Foram a razão pela qual havia comparecido ao recital naquela primeira e fatídica noite.

Tinha ouvido falar das Smythe-Smiths. E *desesperada* foi mesmo a palavra que ouviu.

Desesperada foi a palavra que o levou até Iris.

– Você precisava de alguém que não tivesse que escolher entre você e outro cavalheiro – continuou Iris com devastadora tranquilidade. – Precisava de alguém que tivesse que escolher entre você e a solidão.

– Não – retrucou ele, balançando a cabeça. – Isso não é...

– Mas foi assim! – gritou ela. – Não me diga que...

– Talvez no início. Talvez eu pensasse que era isso que procurava... Não, vou ser honesto, era isso que eu *procurava*. Mas você pode me culpar? Eu precisava...

– Sim! Sim, posso culpá-lo. Eu era perfeitamente feliz antes de conhecer você.

– Era? – indagou ele, com rudeza. – Era mesmo feliz?

– O suficiente. Tinha minha família, meus amigos. E a possibilidade de, um dia, encontrar alguém que...

As palavras se desvaneceram e ela lhe deu as costas.

– No instante em que a conheci – disse ele em voz baixa –, comecei a pensar de outra forma.

– Não acredito em você.

Sua voz era ínfima, mas suas palavras saíram duras e claras.

Ele se manteve parado. Caso se movesse, caso apenas estendesse um dedo na direção dela, não seria capaz de se conter. Queria tocá-la. Desejava-a com tamanho ardor que sentia medo.

Esperou que Iris se voltasse de novo para ele. Não foi o que aconteceu.

– É difícil ter uma conversa com você de costas.

Os ombros de Iris ficaram tensos. Ela se virou de frente para Richard com uma intensidade lenta, os olhos brilhando de fúria. Ele podia ver que a esposa queria odiá-lo. Estava se prendendo a isso. Mas por quanto tempo? Alguns meses? A vida inteira?

– Você me escolheu porque teve pena de mim – acusou.

Richard se esforçou para não se encolher.

– Não foi assim que aconteceu.

– Então como foi? – A voz de Iris se elevou de raiva e seus olhos pareceram, de alguma forma, se escurecer. – Quando me pediu que me casasse com você, quando *teve* que me beijar...

– É exatamente esse o ponto! Eu nem ia *pedir* a você. Nunca pensei que encontraria alguém a quem pudesse propor casamento em tão pouco tempo.

– Ora, muito obrigada – disse ela com uma voz sufocada, ofendida por suas palavras.

– Não foi isso que eu quis dizer – replicou ele, impaciente. – Imaginei que precisaria encontrar a mulher adequada e colocá-la em uma situação comprometedora.

Iris o encarou com tamanha decepção que era quase impossível suportar. Porém, ele continuou a explicar. Tinha que continuar. Era a única maneira de fazê-la entender.

– Não me orgulho disso, mas era o que pensava que devia fazer para salvar minha irmã. E, antes que você pense o pior de mim, eu jamais a teria seduzido antes do casamento.

– É claro que não – falou ela, com uma risada amarga. – Não podia ter a esposa e a irmã grávidas ao mesmo tempo.

– Sim... Não! Quer dizer, sim, é claro, mas não era nisso que eu estava pensando. Meu Deus! – Ele passou a mão pelos cabelos. – Você acha que eu me aproveitaria de uma moça inocente depois do que aconteceu à minha própria irmã?

Ele a viu engolir em seco. Viu que ela lutava contra as próprias palavras.

– Não – respondeu Iris por fim. – Sei que não.

– Obrigado – disse ele, rígido.

Ela lhe deu as costas outra vez, abraçando o próprio corpo.

– Não quero falar com você neste momento.

– Tenho certeza de que não quer, mas você precisa. Se não for hoje, então será em breve.

– Já disse que vou concordar com seu plano infame.

– Não com essas palavras.

Ela se voltou de novo para ele.

– Vai me obrigar a dizer em voz alta? Meu pequeno anúncio no café da manhã não foi suficiente?

– Preciso de sua palavra, Iris.

Ela o olhou fixamente, mas ele não sabia dizer se com incredulidade ou horror.

– Preciso de sua palavra porque confio nela.

Richard se deteve por um momento para deixá-la refletir.

– Você é meu marido – comentou Iris sem emoção. – Vou obedecer.

– Não quero que você... – Ele se interrompeu.

– Então o que você quer? Que eu *goste* dessa situação? Que lhe diga que acredito estar fazendo o certo? Porque isso eu não consigo. Vou mentir ao mundo inteiro, mas não a você.

– Para mim é suficiente que você aceite o bebê de Fleur – respondeu ele, apesar de não ser verdade.

Desejava mais. Desejava tudo, porém nunca teria o direito de lhe pedir.

– Beije-me – ordenou Richard, de maneira tão impulsiva que nem ele mesmo acreditou.

– *O quê?*

– Não vou exigir mais nada de você. Mas, agora, só desta vez, beije-me.

– Por quê?

Ele a encarou sem entender. Por quê? *Por quê?*

– Precisa haver um motivo?

– Sempre há um motivo – retrucou ela com a voz embargada. – Eu fui muito tola por me permitir esquecer disso.

Ele sentiu os próprios lábios se moverem, tentando encontrar palavras em vão. Não tinha uma poesia doce que a fizesse continuar a se esquecer. A brisa da manhã varreu o rosto de Richard, que observou um único cacho de cabelo dela se soltar da trança, rebrilhando à luz do sol como platina.

Como ela podia ser tão adorável? Como ele não havia percebido?

– Beije-me – pediu outra vez, porém agora implorando.

Já não se importava.

– Você é meu marido – repetiu Iris. Seus olhos eram como fogo encarando os dele. – Vou obedecer a você.

Foi o mais duro dos golpes.

– Não diga isso – suplicou.

Ela comprimiu os lábios de modo desafiador.

Richard reduziu a distância entre os dois, sua mão prestes a agarrar o braço da esposa, mas, no último segundo, se deteve. Com suavidade, sem pressa, ele a tocou no rosto.

Iris estava tão rígida que ele achou que poderia se quebrar. E então Richard ouviu – um minúsculo som de respiração, um pequeno soluço de aquiescência, e ela se voltou, permitindo que a mão do marido virasse seu queixo.

– Iris – sussurrou ele.

Ela ergueu os olhos para o marido. Pálidos, azuis e incrivelmente tristes.

Richard não queria magoá-la. Queria apenas acariciá-la.

– Por favor – sussurrou, os lábios sobre os dela com a suavidade de uma pluma. – Deixe-me beijá-la.

CAPÍTULO 21

Beijá-lo?

Iris quase riu. Essa ideia a havia consumido nos últimos dias, mas não daquela maneira. Não com o rosto banhado em lágrimas e empoeirado, não com o cotovelo ferido por ter tropeçado nos próprios pés, porque nem era capaz de fugir com dignidade. Não quando ele não dissera nenhuma palavra de recriminação no túnel e se portava de forma tão irritantemente gentil.

Beijá-lo?

Não havia nada que ela quisesse mais. Ou menos. A raiva era a única coisa que a mantinha de pé e, se Richard a beijasse... se ela o beijasse...

Ele a faria esquecer tudo. E, então, Iris se perderia outra vez.

– Sinto falta de você – murmurou ele, acariciando-lhe o rosto com a mão carinhosa e cálida.

Ela devia se afastar. Embora soubesse disso, não ousava se mexer. Não havia mais nada no mundo além dos dois e da forma como ele a olhava, como se sua vida dependesse de Iris.

Richard era um exímio ator, ela agora sabia. Não a enganara por completo – Iris se orgulhou um pouco de ter percebido que ele escondia algo –, mas atuava tão bem que a levara a pensar que poderia se apaixonar. Por tudo isso, ela sabia que ele estava mentindo agora.

Talvez ele não a quisesse. Talvez tudo o que quisesse fosse a sua complacência.

Porém, Iris não tinha certeza de que isso era importante. Porque ela o desejava. Desejava o toque de seus lábios e o suave roçar da respiração dele sobre a sua pele. Desejava o *momento*. Aquele sagrado e esperado momento antes de se tocarem, quando apenas se encaravam, com atração.

Premência.

Expectativa. Era quase melhor que o beijo. O ar entre eles era carregado e promissor, quente e denso pelo calor da respiração tão próxima.

Iris se manteve imóvel, esperando que ele a abraçasse, que a beijasse e a fizesse esquecer, ainda que só por um momento, que ela era a maior tola do mundo.

Só que ele não fez nada disso. Ficou parado como uma estátua, os olhos escuros fitando os dela. Iris se deu conta de que ele ia obrigá-la a falar. Não a beijaria sem sua permissão.

Até que admitisse seu desejo.

– Não posso – sussurrou.

Ele não disse uma única palavra. Nem mesmo se moveu.

– *Não posso* – repetiu ela, a voz falhando com a frase curta. – Você me tirou tudo.

– Não tudo.

– Ah, sim. – Ela quase achou graça da ironia. – Deixou minha inocência intacta. Muito amável de sua parte.

Ele se afastou.

– Ora, pelo amor de Deus, Iris, você sabe por que…

– Pare. Simplesmente pare. Será que não entende? Não quero conversar sobre isso.

E não queria mesmo. Ele só ficava tentando se explicar e ela não desejava ouvi-lo. Richard diria que não tivera opção, que agia por amor à irmã. Embora talvez fosse tudo verdade, Iris continuava furiosa. Ele não merecia seu perdão. Não merecia sua compreensão.

Ele a humilhara. Não seria dissuadida de sua fúria.

– É só um beijo – insistiu Richard suavemente, mas ele não era nada ingênuo.

É claro que sabia que era mais que um beijo.

– Você roubou a minha liberdade – acusou ela, odiando ouvir como a própria voz estava trêmula de emoção. – Roubou a minha dignidade. Mas não vai roubar o meu amor-próprio.

– Você sabe que não era minha intenção. O que posso fazer para que você entenda?

Iris balançou a cabeça, melancólica.

– Talvez depois… – Ela baixou o olhar para o ventre. – Talvez eu me apaixone pelo bebê de Fleur. E talvez diga que valeu a pena, que foi um plano de Deus. Mas neste exato momento…

Ela engoliu em seco, tentando encontrar dentro de si a compaixão pela criança inocente no cerne daquela situação. Não seria capaz nem de fazer isso? Ou talvez Iris fosse egoísta, talvez estivesse magoada demais pela manipulação de Richard para refletir sobre o que poderia ser um bem maior.

– Neste instante – disse ela em voz baixa –, é impossível.

Iris deu um passo para trás e sentiu como se rompesse uma corda que antes os atava. Sentia-se poderosa. E infinitamente mais triste.

– Você precisa conversar com sua irmã.

Richard a olhou de relance.

– A menos que você enfim tenha obtido a concordância dela – acrescentou Iris, respondendo a uma pergunta não formulada.

Ele parecia vagamente perturbado pelo fato de ela ter dúvida.

– Fleur não discutiu isso comigo desde que chegou.

– E você acha que isso demonstra aquiescência?

De fato os homens podiam ser muito estúpidos.

Richard franziu a testa.

– Eu não teria muita certeza de que ela mudou sua maneira de pensar – comentou Iris.

Ele lhe lançou um olhar duro.

– Você conversou com ela?

– Você sabe muito bem que não conversei com ninguém.

– Então talvez fosse melhor não especular – replicou ele, com uma voz que Iris achou indevidamente arrogante.

Ela deu de ombros.

– Talvez não.

– Você não conhece Fleur. A interação entre vocês se limitou a uma única conversa.

Iris revirou os olhos. "Conversa" não era bem a palavra que teria usado para descrever a cena horrorosa no quarto de Fleur.

– Não sei por que ela está tão decidida a ficar com o bebê. Talvez seja o tipo de coisa que só uma mãe pode entender.

Ele estremeceu.

– Não falei isso para provocá-lo – informou Iris com frieza.

Os olhos de Richard encontraram os dela e ele murmurou:

– Perdoe-me.

– De qualquer forma, não acredito que você possa se garantir enquanto Fleur não lhe der seu consentimento explícito.

– Ela dará.

Iris arqueou as sobrancelhas, em dúvida.

– Ela não tem outra opção.

Uma vez mais, quanta *estupidez*. Iris lhe dirigiu um olhar de pena.

– É o que você pensa.

Ele a encarou, perscrutando seu rosto.

– Você discorda?

– Já deixei claro que não aprovo seu plano. Mas isso pouco importa.

– O que quero saber é: você acha que ela pode criar o bebê sozinha? – questionou ele, entre dentes.

– Não importa o que acho – rebateu Iris, embora *nisso* ela concordasse com ele.

Fleur estava louca por pensar que suportaria as dificuldades e o desprezo que sofreria como mãe solteira. Quase tão louca quanto Richard por acreditar que faria o filho da irmã passar como seu sem enfrentar muitas tristezas mais tarde. Se fosse uma menina, talvez até desse certo, mas se Fleur tivesse um menino…

Era evidente que precisavam encontrar um marido para ela. Iris ainda não entendia por que ninguém mais parecia entender dessa forma. Fleur se negava a considerar um casamento e Richard continuava a dizer que não havia ninguém adequado. Mas Iris não conseguia acreditar nisso. Talvez não tivessem os recursos para comprar um marido bem-relacionado que estivesse disposto a aceitar seu filho, mas por que ela não poderia se casar com um vigário? Ou um soldado? Ou mesmo um comerciante?

Não era hora para soberba.

– O que importa é o que Fleur pensa, e ela quer ser mãe.

– Que tolice, que mulher tola – disse Richard asperamente, as palavras saindo com um sabor amargo.

– Disso não posso discordar.

Ele a fitou, surpreso.

– Você não se casou com um modelo cristão de caridade e perdão – falou ela, sarcástica.

– Aparentemente não.

Iris ficou em silêncio por um momento, depois afirmou de modo quase respeitoso:

– Ainda vou apoiá-la. E amá-la como a uma irmã.

– Como você ama Daisy? – brincou ele.

Iris apenas o encarou. Em seguida, começou a rir. Ou talvez estivesse apenas bufando. De qualquer maneira, não havia dúvida de que era um som de divertimento. Ela levou a mão à boca, incapaz de acreditar na própria reação.

– Eu amo Daisy – afirmou, pousando a mão no coração. – De verdade.

Um leve sorriso brincou nos lábios de Richard.

– Você tem mais potencial de caridade e perdão do que imagina.

Iris bufou outra vez. Daisy era mesmo inconveniente.

– Se ela lhe deu um motivo para sorrir – continuou ele com suavidade –, então eu também devo amá-la.

Iris o olhou e suspirou. Richard parecia cansado. Seus olhos sempre haviam sido fundos, mas as olheiras estavam agora muito mais pronunciadas. E as dobras nos cantos... as que se formavam de contentamento quando ele sorria... agora eram rugas de exaustão.

A situação também não era fácil para ele.

Ela desviou o olhar. Não queria ser compreensiva.

– Iris, eu só queria... *Maldição.*

– O que foi? – Ela se virou, seguindo o olhar dele em direção à casa. – Ah...

Fleur se aproximava, avançando até os dois com passos raivosos.

– Ela não parece alegre – comentou Iris.

– Não, não parece – concordou Richard em voz baixa, suspirando. Era um som triste, esgotado, e Iris amaldiçoou o próprio coração por sentir pena.

– Como você se atreve! – exclamou Fleur assim que se achava perto o bastante para ser ouvida.

Dois passos a mais e ficou bem claro quem era o alvo de sua acusação. Iris.

– Que diabo você achou que estava fazendo no café da manhã? – indagou com raiva.

– Comendo – replicou Iris, embora isso não fosse bem verdade.

Ela se sentira tão aterrorizada, sabendo que estava prestes a se comprometer com a maior mentira de sua vida, que mal tocara no prato.

Fleur fechou a cara.

– Você fez o mesmo que anunciar aos quatro ventos que está grávida.

– Foi isso mesmo que eu fiz. Não era o que esperavam que eu fizesse?

– Eu não vou lhe dar o bebê.

Fleur fervia de indignação.

Iris se voltou para Richard com um olhar que claramente dizia "Isso é problema seu".

Fleur se colocou entre eles, quase cuspindo em Iris de tanta raiva.

– Amanhã você vai anunciar que perdeu a criança.

– Para quem?

Só a família estava na sala quando ela fizera sua enigmática declaração.

– Ela não vai fazer isso – retrucou Richard. – Você não tem nem um pouco de compaixão? Não tem noção de quanto sua nova irmã está abdicando por você?

Iris cruzou os braços. Já era hora de alguém reconhecer seu sacrifício.

– Eu não pedi a ela que fizesse nada – protestou Fleur.

Mas Richard foi implacável:

– Você não está raciocinando com clareza.

Fleur ofegou.

– Você é o sujeito mais condescendente e odioso...

– Eu sou seu irmão!

– Mas *não* é meu guardião.

– De acordo com a lei, sou, sim – rebateu ele, num tom gélido.

Fleur deu um passo para trás, como se tivesse sido golpeada. Entretanto, depois de um tempo, replicou com uma intensidade fervilhante:

– Perdoe-me se eu tiver dificuldades para confiar no seu sentido de dever.

– Que diabo você quer dizer com isso?

– Você nos *abandonou*. Quando papai morreu. Você foi embora.

O rosto de Richard, que estava vermelho de raiva, de repente ficou branco.

– Você mal podia esperar para se livrar de nós duas – prosseguiu Fleur. – O corpo de papai ainda estava quente na tumba e você já tinha nos mandado para longe, para morar com tia Milton.

– Eu não podia cuidar de vocês.

Iris mordeu o lábio, olhando-o com cautelosa preocupação. A voz dele estava trêmula e ele parecia...

Destroçado. Parecia totalmente destroçado, como se Fleur tivesse encontrado a ferida mais profunda e dolorida de sua alma e enfiado o dedo nela.

– Poderia ter tentado – sussurrou Fleur.

– Eu teria fracassado.

Fleur comprimiu os lábios. Ou talvez estivessem trêmulos. Iris não sabia identificar o que ela sentia.

Richard engoliu em seco e vários segundos se passaram antes que dissesse:

– Você acha que me orgulho de meu comportamento? Passei cada momento dos últimos anos tentando compensá-las pelo que fiz. Papai praticamente nos abandonou depois que mamãe morreu. E eu… – Ele praguejou, passando a mão pelo cabelo enquanto se virava para a irmã. Então voltou a falar, a voz menos alterada: – Estou sempre tentando ser um homem melhor do que fui, um homem melhor do que *ele* foi.

Iris arregalou os olhos.

– Sinto-me brutalmente desleal e… – Richard se deteve de repente.

Iris ficou imóvel. Fleur também. Era quase como se a falta de movimento de Richard fosse algo contagioso e todos permaneceram assim, tensos, à espera.

– Isso não tem nada a ver com papai – falou enfim Richard. – E não se trata de mim, tampouco.

– Por isso é que a decisão deve ser minha – retrucou Fleur com brusquidão.

Ah, Fleur, pensou Iris, suspirando. Ela havia colocado as garras de fora justo quando as coisas começavam a se acalmar.

Richard olhou para Iris, viu sua postura abatida e se voltou para a irmã, furioso.

– Olhe só o que você fez.

– Eu? – guinchou Fleur.

– Você mesma. Seu comportamento é de extremo egoísmo. Não percebe que posso ter que entregar Maycliffe ao filho de William Parnell? Tem alguma ideia de como acho isso abominável?

– Você disse que amaria o menino – protestou Iris em voz baixa –, independentemente de sua filiação.

– E vou amá-lo – quase explodiu Richard. – Mas isso não quer dizer que seja fácil. E ela… – ele apontou para a irmã –… não está ajudando.

– Eu não pedi nada disso! – exclamou Fleur.

Sua voz tremia, mas não de raiva. Iris percebeu que ela soava como uma mulher a ponto de se despedaçar.

– Chega, Richard – ordenou Iris de repente.

Ele se voltou para ela, surpreso e irritado.

– O quê?

Iris passou um braço ao redor de Fleur.

– Ela precisa se deitar.

Fleur deixou escapar alguns suspiros e logo desabou contra Iris, soluçando.

Richard ficou estupefato.

– Ela estava gritando comigo – justificou-se ele a ninguém em particular. E, em seguida, a Fleur: – Você estava gritando comigo.

– Vá embora – mandou Fleur, aos soluços, as palavras reverberando pelo corpo de Iris.

Richard olhou para as duas por um longo momento e praguejou baixinho.

– Vejo que agora você está do lado dela.

– Não existem *lados* – retrucou Iris, apesar de não saber se ele se referia a ela ou a Fleur. – Você não percebe? Esta situação é horrível. Para todo mundo. *Ninguém* vai sair dela com o coração intacto.

Seus olhos se encontraram – não, seus olhos se chocaram, e Richard por fim girou nos calcanhares e foi embora. Iris o viu desaparecer, então soltou o fôlego por um tempo, trêmula.

– Você está bem? – perguntou a Fleur, que continuava soluçando em seus braços. – Não, não responda. É claro que não está. Ninguém está.

– Por que ele não me escuta? – sussurrou Fleur.

– Ele acredita que está agindo para o seu bem.

– Mas não está.

Iris inspirou e tentou controlar a voz:

– Sem dúvida ele não está atuando em benefício próprio.

Fleur se afastou e a encarou.

– Nem no seu.

– Sem dúvida não no meu – concordou Iris, com um tom cáustico, na melhor das hipóteses.

A boca de Fleur formou uma linha sombria.

– Ele não entende.

– Eu também não – admitiu Iris.

Fleur levou a mão à barriga.

– Eu o amo. Sinto muito, mas eu *amei* o pai dele. O bebê é fruto desse amor. Não posso renunciar a ele.

– Você o *amava*? – perguntou Iris.

Como era possível? Se metade do que Richard dissera fosse verdade, William Parnell tinha sido uma pessoa medonha.

Fleur olhou para baixo, murmurando:

– É difícil explicar.

Iris se limitou a balançar a cabeça.

– Nem tente. Venha, vamos voltar para a casa?

Fleur assentiu e começaram a caminhar. Depois de alguns minutos, ela disse, sem o mínimo fervor:

– Você sabe que continuo a odiá-la.

– Eu sei – falou Iris, apertando a mão da jovem. – Eu também ainda odeio você às vezes.

Fleur a encarou com uma expressão quase esperançosa.

– É mesmo?

– Às vezes. – Iris se agachou e arrancou uma folha de capim. Segurando-a entre os polegares, tentou fazer uma espécie de apito. – Não quero ficar com o seu bebê.

– Não consigo imaginar por que iria querer.

As duas voltaram a caminhar. Depois de uns cinco passos, Iris indagou:

– Você não vai me perguntar por que o estou querendo, então?

Fleur deu de ombros.

– Não faz muita diferença, faz?

Iris refletiu sobre isso por um momento.

– Não, suponho que não.

– Sei que você tem boas intenções.

Iris assentiu, com ar ausente, mantendo o ritmo da subida.

– Você não vai me dizer o mesmo? – questionou Fleur.

Iris voltou a cabeça bruscamente.

– Que você tem boas intenções?

Fleur pressionou os lábios, demonstrando irritação.

– Suponho que sim – capitulou Iris por fim. – Confesso que acho seus motivos desconcertantes, mas imagino que tenha boas intenções.

– Não quero me casar com um estranho.

– Eu me casei.

Fleur estacou.

– Bom, quase um estranho – concedeu Iris.

– Você não estava grávida de outro homem.

Meu Deus, aquela garota era exasperante.

– Ninguém disse que você deve enganar seu noivo – explicou Iris. – Tenho certeza de que existe alguém que vai ficar feliz em se juntar a Maycliffe.

– E deverei me sentir *grata* pelo resto de minha vida – replicou Fleur, amarga. – Já pensou nisso?

– Não – admitiu Iris em voz baixa. – Não pensei.

Chegaram aos limites do gramado oeste e Iris estreitou os olhos para o céu. Continuava nublado, mas as nuvens estavam menos densas. O sol ainda poderia aparecer.

– Vou ficar aqui fora.

Fleur também olhou para cima.

– Você não quer um xale?

– Acho que sim.

– Posso pedir que uma das criadas lhe traga um.

Era um gesto explícito de amizade.

– Seria ótimo, obrigada.

Fleur assentiu e entrou na casa.

Iris se aproximou do banco e se sentou, esperando que o sol surgisse.

CAPÍTULO 22

Ao cair da noite, Iris estava um pouco mais calma. Havia passado o resto do dia sozinha, sentindo-se apenas um pouco culpada por preferir jantar no próprio quarto. Depois das conversas da manhã com Richard e Fleur, decidiu que ganhara o direito de se abster de conversar por um ou dois dias. Toda aquela situação a deixara exausta.

Entretanto, ela não conseguiu pegar no sono, por mais cansada que estivesse e, em algum momento após a meia-noite, desistiu de tentar, afastou os lençóis e cruzou o quarto, indo até a pequena escrivaninha que Richard trouxera na semana anterior.

Examinou a pequena seleção de livros sobre o móvel. Já lera todos, exceto a história de Yorkshire, já que a obra havia se mostrado teimosamente desinteressante, até mesmo o capítulo sobre a Guerra das Rosas. Não sabia como o autor conseguira transformar o tema em algo tão entediante e Iris nem tentava mais entender.

Carregando os livros, ela calçou as pantufas e andou até a porta. Se fosse à biblioteca na ponta dos pés, ninguém acordaria.

Fazia tempo que os criados haviam se recolhido e tudo estava muito tranquilo. Iris seguiu suavemente, agradecida pelos tapetes que amorteciam os passos. Em casa, conhecia todas as tábuas e dobradiças rangentes. Ainda não tivera oportunidade de saber o mesmo sobre Maycliffe.

Deteve-se por um instante, franzindo a testa. Isso não estava certo. Tinha que parar de pensar na casa dos pais como sua. *Maycliffe* o era agora. Precisava se acostumar.

Achava que começara a senti-la assim, pelo menos um pouquinho. Mesmo com todo o drama – e, céus, havia *muito* drama –, Maycliffe já entrava em seu coração. O sofá da sala de visitas passara a ser *seu* sofá, não tinha dúvida, e ela se acostumara ao inimitável canto dos pássaros de barriga amarela que se aninhavam perto de sua janela. Iris não sabia qual era a espécie deles, mas sem dúvida não havia aves como aquelas em Londres.

Já se sentia em casa, por mais estranho que parecesse. Em casa ao lado de um marido que não se deitava com ela, uma irmã que a odiava (às vezes) por tentar salvá-la da ruína, e outra irmã que... que...

Iris pensou em Marie-Claire. Na verdade, não havia muito o que dizer sobre ela. Não tinham trocado mais que duas palavras desde aquele primeiro dia. Precisava resolver isso. Seria bom se pelo menos uma das irmãs de Richard não a visse (às vezes) como a reencarnação do demônio.

Após descer a escada, Iris dobrou à direita. Rumou para a biblioteca, que ficava no fim do corredor, depois da sala de visitas e do escritório de Richard, de que ela gostava. Não tivera muitas oportunidades de entrar naquele santuário masculino, mas sabia que era quente e confortável e tinha a mesma vista de seu quarto, para o sul.

Iris parou um instante para segurar melhor o castiçal e estreitou os olhos. Havia uma luz no fim do corredor ou seria apenas sua vela, lançando sombras brincalhonas e enganosas? Permaneceu quieta, prendendo a respiração, e em seguida continuou a caminhar, pisando com muita suavidade.

– Iris?

Ela ficou paralisada. Não havia o que fazer. Forçou-se a avançar e espiou dentro do escritório de Richard. Ele estava sentado em uma cadeira junto à lareira, segurando um copo pela metade com alguma bebida alcoólica.

O marido virou a cabeça em sua direção, os cabelos despenteados.

– Imaginei que pudesse ser você.

– Desculpe-me. Eu o atrapalhei?

– Não, de jeito nenhum – respondeu, sorrindo de seu confortável lugar.

Iris achou que ele estava um pouco bêbado. Era muito incomum ele não se levantar na presença de uma dama.

Também era um pouco esquisito ele estar sorrindo para ela. Depois da maneira como se separaram e todo o resto.

Ela segurou a pequena pilha de livros com mais força contra o peito.

– Ia pegar algo para ler – explicou Iris, fazendo menção de retomar seu caminho até a biblioteca.

– Foi o que pensei.

– Não conseguia dormir.

Ele deu de ombros.

– Eu também não.

– Estou vendo.

Os lábios de Richard se curvaram em um preguiçoso meio sorriso.

– Como somos perspicazes, hein?

Iris soltou uma risada. Era estranho que pudessem recuperar o bom humor, agora que a casa inteira estava dormindo. Ou talvez não fosse tão estranho. Ela passara o dia todo em um estado de espírito contemplativo, desde a inesperada reaproximação com Fleur. Na verdade, continuavam discordando em tudo, mas Iris achou que, apesar disso, tinham sido capazes de encontrar algo bom uma na outra.

Sem dúvida ela seria capaz de encontrar algo parecido em Richard.

– Uma moeda por seus pensamentos – disse ele.

Iris arqueou as sobrancelhas.

– Já tenho muitas moedas, obrigada.

Ele levou a mão ao coração.

– Atingido no peito! E com moedas.

– Sem moedas, na verdade – corrigiu Iris.

Ela jamais deixaria uma coisa dessas passar.

Richard deu um sorriso torto.

– A precisão é sempre importante – afirmou ela, mas também sorrindo.

Ele riu e ergueu o copo.

– Quer uma bebida?

– O que é isso?

– Uísque.

Iris piscou, surpreendida. Nunca tinha ouvido falar de um homem que oferecesse a uma mulher um gole de uísque.

No mesmo instante, ficou com vontade de provar.

– Só um pouquinho – respondeu, depositando os livros numa mesa. – Não sei se vou gostar.

Richard riu, derramando um dedo do líquido âmbar em um copo.

– Se não gostar deste, é porque não gosta de uísque.

Iris lhe dirigiu um olhar inquisitivo enquanto se sentava na cadeira de espaldar reto, de frente para Richard.

– É o melhor que existe – explicou ele, sem modéstia. – Não é difícil conseguir uísque bom aqui, já que estamos tão perto da Escócia.

Iris analisou bem a bebida em seu copo e tomou um pequeno gole.

– Não sabia que você era um grande conhecedor de uísque.

Ele deu de ombros.

– Parece que ando bebendo muito nos últimos tempos.

Iris desviou o olhar.

– A propósito, eu não disse isso para que você se sinta culpada. – Ele fez uma pausa, provavelmente para beber um gole. – Acredite, sei que tudo isso é um lamaçal de minha autoria.

– E de Fleur – acrescentou Iris em voz baixa.

Os olhos dos dois se encontraram e o canto da boca de Richard se elevou. Só um pouquinho. Apenas o suficiente para lhe agradecer por reconhecer que ele não era o único culpado.

– E de Fleur – concordou.

Sentaram-se em silêncio por vários minutos, Richard esvaziando o copo de uísque enquanto Iris sorvia o seu com cautela. Ela gostou da bebida: era quente e fria ao mesmo tempo. De que outra maneira descrever algo que queimava até fazer estremecer?

Iris passou mais tempo olhando para a bebida do que para o marido, permitindo-se examinar seu rosto apenas quando ele fechava os olhos e apoiava a cabeça no encosto da cadeira. Estaria dormindo? Ela achava que não. Ninguém podia pegar no sono tão depressa, ainda mais na posição vertical.

Levou o copo aos lábios, provando um gole um pouco maior. A bebida desceu ainda mais suave ou talvez fosse só efeito de todo o uísque já consumido.

Richard mantinha os olhos fechados. Definitivamente não caíra no sono. Seus lábios estavam fechados, relaxados, e ela percebeu que reconhecia aquele semblante: ele estava pensando. Bom, é claro que ele sempre pensava, é algo que os seres humanos fazem o tempo todo. Mas o marido assumia aquela expressão quando refletia sobre algo particularmente perturbador.

– Eu sou uma criatura má? – perguntou, sem abrir os olhos.

Os lábios de Iris se entreabriram de surpresa.

– É claro que não.

Ele soltou um leve suspiro e, enfim, abriu os olhos.

– Eu não costumava pensar assim.

– Você não é mau – insistiu Iris.

Richard a encarou por um longo momento e assentiu.

– Que bom saber.

Iris não sabia o que responder, por isso tomou outro gole de uísque, virando o copo para aproveitar as últimas gotas.

– Mais? – perguntou Richard, levantando a garrafa.

– Provavelmente eu não deveria – respondeu ela, mas estendeu o copo.

Dessa vez, ele serviu dois dedos.

Ela fitou bem o copo, mantendo-o à altura dos olhos.

– Isto vai me deixar bêbada?

– Provavelmente não. – Ele inclinou a cabeça, torcendo a boca como se fizesse cálculos. – Mas pode ser que sim. Você é pequena. Você jantou?

– Sim.

– Então não vai ter problema.

Iris aquiesceu e voltou a olhar para o copo, girando-o um pouco. Beberam em silêncio por mais um minuto, depois ela disse:

– Você não deve pensar que é uma pessoa má.

Ele arqueou uma sobrancelha.

– Estou bastante zangada com você e acho que está cometendo um grande erro, mas entendo seus motivos.

Iris fitou a própria bebida, momentaneamente hipnotizada pela maneira como ela parecia tremeluzir e brilhar à luz das velas. Quando conseguiu dizer algo outra vez, sua voz tinha um tom pensativo.

– Ninguém que ame tanto suas irmãs poderia ser uma má pessoa.

Richard ficou calado por um momento, então disse:

– Obrigado.

– O fato de você estar disposto a fazer um sacrifício tão grande depõe a seu favor.

– Espero – disse ele em voz baixa – que eu não sinta que é um sacrifício quando tiver o bebê em meus braços.

Iris engoliu em seco.

– Espero o mesmo.

De repente, ele se inclinou para a frente e apoiou os antebraços nos joelhos. A posição deixou sua cabeça mais baixa que a dela e Richard teve que olhar para cima a fim de encará-la, através de suas grossas e escuras pestanas.

– Sinto muito por tudo. De verdade.

Ela não disse nada.

– Pelo que você foi forçada a fazer – esclareceu ele, embora não fosse necessário. – Provavelmente já não importa mais, mas eu estava morrendo de medo de lhe contar.

– Posso imaginar – replicou Iris, antes de pensar em moderar o tom. É óbvio que ele teria medo. Quem teria prazer em fazer algo assim?

– Não, quero dizer, eu sabia que você me odiaria. – Richard fechou os olhos. – O que eu temia não era contar a você. Nem pensei muito sobre o momento de contar. Eu só não queria que você me odiasse.

Ela suspirou.

– Não odeio você.

Ele ergueu os olhos.

– Deveria.

– Bem, eu odiei mesmo. Pelo menos por alguns dias.

Richard assentiu.

– Isso é bom.

Iris não pôde deixar de sorrir.

– Seria muito rude de minha parte lhe negar isso – afirmou ele com ironia.

– Minha raiva?

Ele levantou o copo. Seria um brinde? Talvez.

– Você merece.

Iris assentiu lentamente, então pensou "E daí?", erguendo sua bebida também.

– A que estamos brindando? – indagou Richard.

– Não tenho a menor ideia.

– Justo. – Ele inclinou a cabeça. – À sua saúde, então.

– À minha saúde – concordou Iris, com uma risada reprimida. Deus do céu, que loucura. – Certamente será a gravidez menos perigosa de toda a história.

Seus olhos se encontraram com um brilho de surpresa e os lábios dele se curvaram em um meio sorriso.

– Você não precisará se preocupar com a febre puerperal.

Iris tomou um gole de uísque.

– Vou recuperar minha forma a uma velocidade sobrenatural.

– As outras damas morrerão de inveja – completou ele, solene.

Iris riu, fechando os olhos brevemente, antes de voltar a encarar Richard. Ele a observava, quase a estudava, e sua expressão… não era carinhosa ou luxuriosa, mas apenas…

Agradecida.

Iris olhou para baixo, perguntando-se por que gratidão lhe pareceu algo tão decepcionante. Ele *devia* mesmo estar agradecido por tudo, porém...

Não parecia certo.

Não parecia suficiente.

Ela girou o uísque. Não sobrara muito.

– O que devemos fazer, Iris? – A voz de Richard era suave e triste em meio à escuridão.

– Fazer?

– Temos toda uma vida de casados diante de nós.

Iris ficou olhando para a bebida. Ele estaria pedindo perdão? Não sabia se estava preparada. Entretanto, de alguma maneira sabia que o faria. Era isso que significava se apaixonar? Ela perdoaria o imperdoável? Se algo assim tivesse acontecido a uma de suas irmãs ou primas, Iris nunca teria desculpado o marido, jamais.

Só que era Richard. E ela o amava. No fim das contas, era só isso que importava.

No fim das contas.

Mas talvez ainda não.

Ela bufou de leve. Isto era típico dela: saber que iria perdoá-lo, mas se negar a fazê-lo na hora. Não se tratava de levá-lo a sofrer. Não se tratava de guardar rancor. Apenas não estava preparada. Ele dissera que era direito dela estar furiosa, e tinha razão.

Iris ergueu o olhar. Richard a observava pacientemente.

– Vai ficar tudo bem – garantiu Iris.

Era tudo o que podia lhe oferecer. Esperava que ele compreendesse.

Richard assentiu, colocou-se de pé e lhe estendeu a mão.

– Posso acompanhá-la até seu quarto?

Uma parte dela ansiava pelo calor do corpo do marido a seu lado, ainda que apenas o toque da mão em seu braço. Mas não queria se apaixonar ainda mais. Pelo menos não naquela noite. Iris lhe abriu um sorriso pesaroso enquanto se levantava.

– Acredito que não seja uma boa ideia.

– Então posso acompanhá-la até a porta?

Boquiaberta, Iris encarou Richard. A porta ficava a poucos metros. O gesto era desnecessário, entretanto não pôde resistir. Pousou a mão sobre a do marido.

Ele a apertou com leveza, erguendo-a alguns centímetros, como se fosse levar seus dedos aos lábios. Mas pareceu mudar de ideia e, assim, entrelaçou suas mãos às dela e a conduziu até a porta.

– Boa noite – disse ele, mas sem soltar a mão de Iris.

– Boa noite – respondeu ela, porém sem se afastar.

– Iris...

Ela ergueu os olhos. Ele ia beijá-la. Podia ver isso em seu olhar, ardente e pleno de desejo.

– Iris – repetiu, e ela não se recusou.

Os dedos mornos de Richard tocaram o queixo dela, puxando seu rosto para o dele. Mesmo assim, o marido esperou e, por fim, Iris não pôde fazer mais nada a não ser baixar o queixo – apenas um pouquinho, mas ele percebeu.

Lentamente, tão devagar que, sem dúvida, o mundo teve tempo de girar duas vezes em seu eixo, o rosto de Richard se moveu na direção de Iris. Seus lábios se encontraram, um toque suave e eletrizante. Ele os roçou, o leve contato irradiando ondas de emoção ao âmago de seu ser.

– Richard – sussurrou ela, e talvez ele pudesse ouvir o amor em sua voz.

Naquele instante, Iris não se importava.

Os lábios da esposa se entreabriram, mas ele não aprofundou o beijo. Em vez disso, apoiou a testa na dela.

– É melhor você ir.

Ela se permitiu mais um segundo, em seguida deu um passo atrás.

– Obrigado.

Iris meneou a cabeça, pousando a mão no batente da porta ao rodeá-lo para sair.

Obrigado, ele dissera.

Algo no coração dela se alterou. *Em breve*, pensou. Em breve ela estaria disposta a perdoá-lo.

Richard a viu partir.

Viu-a deslizar pelo corredor e desaparecer ao fazer a curva para seguir pelas escadas. A pouca luz no corredor escuro parecia presa aos cabelos claros dela, como se o brilho das estrelas tivesse sido entremeado a eles.

Iris era uma verdadeira contradição. Uma aparência tão etérea e uma mente tão pragmática... Adorava isso nela, a forma como se mostrava incansavelmente sensível. Perguntou a si mesmo se teria sido essa característica que o atraíra nela no início. Ele teria pensado que sua racionalidade inata lhe permitiria superar o insulto em que se basearia seu casamento? Imaginara que ela daria de ombros e diria "Você tem razão, faz todo o sentido"?

Como fora tolo.

Mesmo que ela o perdoasse – e Richard começava a achar que sim –, nunca poderia perdoar a si mesmo.

Ele a magoara profundamente. Ele a escolhera como esposa pelo mais reprovável dos motivos. Fazia sentido que agora a amasse de modo tão ardente.

Tão desesperado.

Richard não via como ela poderia chegar a amá-lo algum dia, não depois do que havia feito. Mas precisava tentar. E, talvez, fosse suficiente o fato de que ele a amava.

Talvez.

CAPÍTULO 23

Na manhã seguinte

– Iris? Iris?

Os olhos dela se abriram. Na verdade, só um; o outro estava firmemente fechado e enterrado no travesseiro.

– Ah, que bom, você está acordada!

Marie-Claire, pensou Iris com sua habitual irritabilidade matutina. Meu Deus, que horas seriam e por que ela estava em seu quarto?

Iris fechou o olho.

– São dez e meia – disse Marie-Claire, alegre – e, por incrível que pareça, está quente lá fora.

Iris não podia imaginar o que isso tinha a ver com ela.

– Achei que poderíamos caminhar um pouco.

Ah.

O colchão se afundou sob o peso de Marie-Claire quando ela se sentou na beirada.

– Não tivemos oportunidade de nos conhecermos de verdade.

Iris soltou um suspiro, do tipo que teria sido acompanhado por um fechar de olhos, caso ela já não estivesse com a cabeça enterrada no travesseiro. Ela havia pensado exatamente nisso na noite anterior. Só não tinha a intenção de fazer nada a respeito antes do meio-dia.

– Vamos? – perguntou Marie-Claire, transbordando uma energia irritante.

– Mmphghrglick.

Depois de um breve silêncio, Marie-Claire perguntou:

– O que você disse?

Iris grunhiu em seu travesseiro. Na verdade, não sabia como poderia ter sido mais clara.

– Iris? Está se sentindo mal?

Ela finalmente rolou o corpo e se obrigou a responder:

– A manhã nunca é o meu melhor momento.

Marie-Claire apenas encarou a cunhada. Iris esfregou os olhos.

– Talvez se sairmos... O que foi? – A última parte não foi muito mais do que um rosnado.

– Ahn... – Um dos cantos da boca de Marie-Claire se esticou de forma bizarra, parecendo uma careta. – Sua bochecha.

Iris deixou escapar um suspiro aflito.

– Uma dobra do travesseiro?

– Ah, é isso? – perguntou Marie-Claire com altivez, e Iris desejou ter uma arma.

– Nunca tinha visto? – questionou Iris em vez de matá-la.

– Não. – Marie-Claire franziu a testa. – Eu sempre durmo de barriga para cima. Acho que Fleur também.

– Eu durmo em muitas posições, mas em geral... até tarde.

– Entendo. – Marie-Claire engoliu em seco, mas esse foi seu único sinal de desconforto antes de acrescentar: – Bom, você está acordada agora, então poderia se levantar e aproveitar o dia. Não acredito que ainda haja alguma coisa do café da manhã lá embaixo, mas tenho certeza de que a Sra. Hopkins consegue preparar algo frio. Você pode levar no passeio.

Iris olhou para a própria cama com certa nostalgia. Imaginou-a bem arrumada e acolhedora, com uma bandeja de café da manhã sobre ela. Mas Marie-Claire fizera um gesto de amizade e Iris sabia que devia aceitar.

– Obrigada – disse, esperando que seu rosto não a desmentisse e mostrasse o esforço que precisava fazer para pronunciar tais palavras. – Seria adorável.

– Que maravilha! – Marie-Claire sorriu, radiante. – Podemos nos encontrar na entrada, digamos, daqui a uns dez minutos?

Iris pensou em propor quinze, ou melhor ainda, vinte, mas então ponderou: *Já estou mesmo acordada.* Não importava. Dez minutos. Meu bom Deus.

Porém, para Marie-Claire, ela respondeu:

– Por que não?

Vinte minutos depois, as duas caminhavam pelos campos a oeste de Maycliffe. Iris ainda não sabia aonde iam; Marie-Claire dissera algo a respeito de colher frutinhas silvestres, mas ainda não deviam estar maduras. De qualquer maneira, não fazia diferença: ela trouxera um bolinho amanteigado quente e pensava que nunca comera algo tão delicioso em toda a vida. Alguém da cozinha *tinha* que ser escocês. Não havia outra explicação.

Elas não falaram muito enquanto desciam a colina. Iris estava ocupada saboreando seu café da manhã e Marie-Claire parecia bastante feliz, saltitante, balançando a cesta. Entretanto, assim que chegaram ao sopé da colina e tomaram um atalho bem surrado, a garota pigarreou e disse:

– Não sei se alguém lhe agradeceu adequadamente.

Iris ficou imóvel, esquecendo-se por um momento de mastigar. Não tivera o prazer de conversar muito com Marie-Claire e isso... Para dizer a verdade, isso a surpreendeu.

– Por... – A garota gesticulou para a barriga de Iris, a mão fazendo um pequeno círculo desajeitado. – Por isso.

Iris voltou de novo os olhos para o caminho. Richard havia lhe agradecido. Levara três dias para fazê-lo, mas, para ser justa, ela não lhe oferecera a oportunidade antes da conversa da noite anterior. E, mesmo que ele tivesse tentado, mesmo que tivesse jogado a porta abaixo e insistido que ela o escutasse, não teria feito diferença. Ela não teria ouvido uma única palavra. Não estaria pronta para uma conversa franca.

– Iris?

– De nada – disse ela, fingindo prestar atenção em uma uva-passa do bolinho.

Na verdade, não queria falar sobre aquele assunto com Marie-Claire. Porém, a jovem tinha outras ideias:

– Sei que Fleur parece ingrata, mas ela vai acabar entendendo. Com o passar do tempo.

– Temo que precise discordar de sua avaliação – replicou Iris.

Ainda não sabia como Richard pensava levar a situação adiante sem a cooperação de Fleur.

– Ela não é estúpida, não importa como esteja agindo agora. Na verdade, na maior parte do tempo não é assim... *tão* temperamental. – Marie-Claire franziu os lábios, pensativa. – Ela era muito próxima da nossa mãe, muito mais do que Richard ou eu, como você sabe.

Na verdade, Iris não sabia. Richard não tinha falado muito sobre a mãe, apenas que falecera e que sentia sua falta.

– Talvez isso tenha tornado Fleur mais maternal – continuou Marie--Claire. Olhou para Iris e deu de ombros. – Talvez por isso se sinta tão apegada ao bebê.

– Talvez.

Iris suspirou, olhando para o próprio ventre. Começaria a usar enchimento em pouco tempo. A única razão pela qual ainda não o fizera eram os quase 500 quilômetros que separavam Yorkshire de Londres. Ali, as damas não seguiam a moda tão implacavelmente e ela podia ainda usar vestidos de temporadas anteriores. Na capital, as cinturas baixas caíam em desuso; as indulgentes pregas do estilo da Regência ficaram para trás, dando lugar a roupas muito mais estruturadas e incômodas. Em 1840, Iris predisse, as mulheres seriam espremidas por corseletes até desaparecerem.

Caminharam em silêncio por uns minutos, então Marie-Claire disse:

– Bem, *eu* estou agradecendo.

– De nada – repetiu Iris, voltando-se para a cunhada com um pequeno e pesaroso sorriso.

A moça estava tentando. O mínimo que podia fazer era ser gentil.

– Eu sei que Fleur falou que deseja ser mãe – continuou Marie-Claire, de modo displicente –, mas isso é muito egoísmo da parte dela. Você acredita que ela não me pediu desculpas nem uma vez?

– Desculpas a você? – murmurou Iris.

Achava que *ela* é que merecia.

– Ela vai me arruinar. Se você não fizesse o que está fazendo…

Fazer o que estou fazendo, pensou Iris. *Que belo eufemismo.*

–… e ela seguisse adiante e tivesse esse filho fora do matrimônio, ninguém mais iria me querer. – Marie-Claire se voltou para Iris com uma expressão quase beligerante. – Provavelmente você vai dizer que estou sendo egoísta, mas sabe muito bem que é verdade.

– Eu sei – admitiu Iris em voz baixa.

Talvez se Richard desse a Marie-Claire uma temporada em Londres… Talvez pudessem encontrar alguém para ela, alguém que vivesse longe de Yorkshire. Os mexericos tinham pernas longas, mas, em geral, não iam tão longe.

– É muito injusto. *Ela* erra e *eu* tenho que pagar.

– Duvido muito que ela saia ilesa de tudo isso – assinalou Iris.

Marie-Claire pressionou os lábios, impaciente.

– Bem, *ela* merece, mas *eu* não.

Não era a mais apropriada das atitudes, porém Iris precisou admitir que Marie-Claire tinha um pouco de razão.

– Pode acreditar: há garotas por aqui que estão *morrendo* de vontade de encontrar algum motivo para me destruir. – Marie-Claire suspirou e um pouco de sua valentia se perdeu. Ela olhou para Iris, tristonha. – Você conhece garotas assim?

– Muitas.

Andaram mais uns dez passos e, de repente, Marie-Claire comentou:

– Acho que posso perdoá-la um pouquinho.

– Um pouquinho?

Iris sempre pensara no perdão como sendo tudo ou nada.

– Não sou completamente irracional – explicou Marie-Claire, fungando. – Reconheço que ela está em uma situação difícil. Afinal, não pode se casar com o pai da criança.

Isso era verdade, mas Iris achava que Fleur não estava enxergando com clareza. Não que concordasse com a atitude de Richard. Qualquer tolo podia ver que a única solução era encontrar um marido para Fleur. Ela não poderia esperar um cavalheiro de alta posição. Richard já dissera que não tinha o montante necessário para comprar um marido disposto a ignorar sua situação. Mas sem dúvida haveria alguém por ali desejoso de se relacionar com os Kenworthys. Um vigário, talvez, que não precisasse se preocupar com o fato de suas terras serem herdadas pelo filho de outro homem. Ou um proprietário novo por ali que desejasse melhorar sua posição.

Iris estendeu o braço para colher uma delicada flor branca que brotava na cerca viva. Perguntou-se de que espécie seria. Nunca a vira no sul da Inglaterra.

– É difícil se casar com um homem morto – tentou brincar.

Mas não era fácil gracejar com tamanha amargura na voz.

Marie-Claire bufou.

– O que foi?

Iris se voltou e a encarou com um olhar inquisidor. Marie-Claire soara muito estranha.

– *Por favor* – zombou a jovem. – Fleur é *muito* mentirosa.

Iris ficou paralisada, ainda tocando as folhas da cerca viva.

– Perdão?

Marie-Claire mordeu o lábio inferior, nervosa, como se acabasse de se dar conta do que dissera.

– Marie-Claire – insistiu Iris, agarrando o braço da cunhada –, o que você quis dizer com "Fleur é muito mentirosa"?

A jovem engoliu em seco e olhou para os dedos de Iris, que não afrouxou o aperto.

– Marie-Claire! Conte-me!

– Que diferença faz? – replicou a cunhada, tentando se desvencilhar. – Ela está grávida e não vai se casar. É só isso que importa.

Iris lutou contra o impulso de gritar.

– A respeito do que ela mentiu?

– A respeito do pai, é claro – grunhiu Marie-Claire, ainda procurando se libertar. – Não vai me soltar?

– Não – respondeu Iris, seca. – Não foi William Parnell?

– Ora, por favor. Até mesmo Fleur é inteligente para se manter longe dele. – Os olhos de Marie-Claire relancearam para o céu. – Que Deus o tenha. – Pensou melhor e acrescentou: – Eu acho.

Iris apertou ainda mais o braço da jovem.

– Não quero saber como está a alma de William Parnell. Nem onde. Quero saber por que Fleur mentiu. Ela disse isso a você? Contou que ele não era o pai?

Marie-Claire pareceu quase ofendida.

– É claro que não.

– *Quem é ele?*

Marie-Claire escolheu esse momento para adotar uma expressão empertigada.

– Não cabe a mim revelar.

Iris puxou a cunhada com força, dando-lhe apenas tempo para inspirar antes que estivessem cara a cara.

– Marie-Claire Kenworthy – disse Iris entre os dentes –, você vai me dizer o nome do pai da criança neste instante ou, que Deus me ajude, a única razão para não matá-la será a ameaça da forca.

A cunhada ficou olhando para Iris, que apertou o braço dela com mais força.

– Eu tenho quatro irmãs, Marie-Claire, e uma delas é extraordinariamente irritante. Creia-me: posso fazer da sua vida um inferno.

– Mas por que isso…

– Diga-me! – berrou Iris.

– John Burnham! – gritou Marie-Claire.

Iris deixou pender seu braço.

– O quê?

– Foi John Burnham – repetiu Marie-Claire, esfregando o local onde Iris a apertara. – Tenho quase certeza.

– *Quase?*

– Bem, ela sempre fugia para se encontrar com ele. Pensou que eu não sabia, mas…

– É evidente que sabia – murmurou Iris.

Ela sabia como as coisas funcionavam entre irmãs. Não havia maneira de Fleur escapar às escondidas e ir ao encontro de um homem sem que Marie-Claire soubesse.

– Vou precisar de uma tipoia – falou Marie-Claire com petulância. – Olhe para estas marcas. Você não precisava apertar com tanta força.

Iris ignorou o comentário.

– Por que você não falou nada?

– Para quem? Meu irmão? É tão ruim quanto ser William Parnell.

– Mas John Burnham está vivo! Fleur podia se casar com ele e ficar com a criança.

Marie-Claire olhou-a com desdém.

– Ele é um agricultor, Iris. Nem sequer é um pequeno proprietário. Não possui nenhuma terra.

– Você é mesmo tão esnobe assim?

– E você não é?

Iris recuou diante dessa acusação.

– O que você quer dizer com isso?

– Não sei – retrucou Marie-Claire com um resmungo de frustração. – Mas me diga: como *sua* família se sentiria se você se casasse com um arrendatário? Ou isso não conta porque *seu* avô era um conde?

Esse foi o limite. Iris não toleraria mais nada.

– Cale a sua boca. Você não tem nem ideia do que está falando. Se o título de meu avô me desse permissão para me comportar mal com impunidade, eu não teria me casado com o seu irmão.

Marie-Claire a encarou, boquiaberta.

– Richard me *beijou* e eu me vi presa ao altar – disparou Iris.

Odiava lembrar que imaginara que ele a cobiçava, que o desejo o afligira tanto que não pôde se controlar. Mas a verdade não era tão romântica. A verdade, conforme ela estava descobrindo, era outra.

Voltou-se para Marie-Claire com um brilho insuportavelmente duro nos olhos.

– Posso lhe assegurar que, se alguma vez eu tivesse ficado grávida de um arrendatário, eu teria me casado com ele. – Fez uma pausa curta. – Presumindo, é claro, que a intimidade tivesse sido consentida.

Marie-Claire permaneceu em silêncio, então Iris acrescentou:

– Pelo que você disse sobre sua irmã e o Sr. Burnham, assumo que as relações foram consensuais.

Marie-Claire assentiu.

– Eu não estava lá, é claro – murmurou ela.

Iris trincou os dentes e flexionou os dedos, esperando, assim, conter o impulso de torcer o pescoço de Marie-Claire. Não acreditava que estavam tendo aquela conversa. O problema não era Marie-Claire *saber* que John Burnham era o verdadeiro pai do bebê de Fleur. Nem ela ter optado por não dizer nada. O que atormentava Iris era Marie-Claire pensar que tinha agido certo ao se manter calada.

Meu Deus, será que ela estava vivendo em meio a idiotas?

– Preciso voltar para casa – anunciou Iris.

Deu meia-volta e começou a subir a colina. O sol brilhava no alto e o ar era cálido, mas ela não queria nada além de se isolar no quarto, trancar a porta e não falar com ninguém.

– Iris – chamou Marie-Claire, e algo na voz dela fez com que parasse.

– O que foi? – indagou ela, exausta.

A cunhada ficou imóvel por um instante, piscando rapidamente.

– Richard não... Quer dizer, ele nunca...

– É claro que não! – exclamou Iris, horrorizada só pela sugestão.

Era verdade que Richard a surpreendera com seus avanços, mas jamais se impusera. Não seria capaz disso. Era um cavalheiro e um homem bom demais para fazer uma coisa dessas.

Iris engoliu em seco. Não queria falar sobre as qualidades do marido.

– E você o ama – acrescentou Marie-Claire com suavidade. – Não é verdade?

Iris comprimiu os lábios, respirando com raiva pelo nariz. Não podia negar, mas também não o diria em voz alta. Precisava ser pelo menos um pouco orgulhosa.

– Estou cansada – foi sua resposta.

Marie-Claire assentiu e elas começaram a caminhar em direção à casa. Mas mal haviam dado dez passos e Iris pensou em um detalhe:

– Espere um instante... Por que Fleur não falou nada?

– Perdão?

– Por que ela mentiu?

Marie-Claire deu de ombros.

– Ela deve gostar do Sr. Burnham – pressionou Iris.

A cunhada encolheu os ombros outra vez. Iris teve vontade de bater nela.

– Você disse que ela saía às escondidas para vê-lo. Isso deve indicar algum nível de afeto.

– Não perguntei nada a ela sobre o assunto. Era evidente que estava tentando esconder o fato. Você não faria o mesmo?

Iris soltou um suspiro de frustração.

– Você tem alguma opinião sobre o assunto? – perguntou, com uma vagarosidade quase ofensiva. – Você por acaso tem alguma ideia dos motivos que levaram sua irmã a mentir sobre quem é o pai de seu filho?

Marie-Claire encarou Iris como se ela fosse imbecil.

– Ele é um *agricultor*. Eu já falei.

Iris teve vontade de bater de verdade na garota.

– Eu entendo que ele não seja o tipo de homem com quem a família esperava que ela se casasse, mas, se Fleur gosta de John, é claro que é melhor se casar com ele do que criar o bebê solteira.

– Mas ela não vai fazer isso. Ela vai dar o bebê para vocês.

– Não tenho muita certeza disso – murmurou Iris.

Fleur jamais afirmara concordar com o plano de Richard. Ele podia até pensar que o silêncio da irmã era um tipo de concordância, mas Iris não acreditava muito.

Marie-Claire suspirou.

– Sem dúvida ela sabe que não pode se casar com John Burnham, por mais que goste dele. Não quero parecer incompreensiva. Juro que não. Mas você não é daqui, Iris. Não sabe como são as coisas. Fleur é uma Kenworthy. Somos a família mais rica de Flixton há séculos. Você tem ideia do escândalo que seria se ela se casasse com um agricultor local?

– Não pode ser pior do que a segunda opção.

– É evidente que *ela* acha que é. E a opinião dela é a que conta, não acha?

Iris a encarou por um longo instante.

– Você tem razão.

Ela se afastou. Que Deus tivesse piedade de Fleur quando a encontrasse.

– Espere! – berrou Marie-Claire, levantando as saias para alcançar Iris. – Aonde você vai?

– O que acha?

– Não sei.

Marie-Claire soou quase sarcástica, e Iris se deteve. Quando olhou para trás, a cunhada perguntou:

– Você vai procurar Fleur ou Richard?

Ela nem havia pensado em levar essa informação diretamente para Richard. Mas talvez fosse a coisa certa. Era seu marido. Ele não deveria ser sempre a sua prioridade?

O certo seria... mas esse segredo era de Fleur, não seu.

– Então? – insistiu Marie-Claire, esperando a resposta.

– Fleur – respondeu Iris, seca.

Mas se a jovem não fizesse o certo, não contasse a verdade ao irmão, Iris teria o maior prazer em fazê-lo.

– É mesmo? Pensei que você fosse falar com Richard.

– Então por que perguntou? – retrucou Iris, recomeçando a subir a colina.

Marie-Claire ignorou o questionamento.

– Você sabe que Fleur não vai lhe contar nada.

Iris parou por tempo suficiente apenas para lançar um olhar de fúria para Marie-Claire.

– Você contou.

Marie-Claire gelou.

– Você não vai dizer a ela que eu contei, vai?

Iris se virou e a encarou, atônita. Então, disse uma palavra que jamais dissera antes e voltou a caminhar.

– Iris! – gritou Marie-Claire, correndo atrás dela. – Fleur vai me matar!

– Vai mesmo? É *essa* a sua preocupação?

Marie-Claire se curvou.

– Você tem razão. Você tem razão.

– É claro que tenho, maldição – replicou Iris, baixinho.

Iris continuou andando. Era incrível como um pouco de blasfêmia podia ser revigorante.

– O que você vai dizer a ela?

– Ora, não sei. Talvez eu diga: "Você enlouqueceu?"

Marie-Claire ficou boquiaberta. Então, apressando o passo, perguntou:

– Posso assistir?

Iris se virou, medindo o grau de crueldade em seus olhos pela distância que Marie-Claire retrocedeu.

– Estou a um passo de golpeá-la com um bastão de críquete. Não, você não pode assistir.

A expressão de Marie-Claire assumiu um ar quase reverente.

– Meu irmão sabe que você é tão violenta assim?

– Ele pode vir a descobrir até o fim do dia – esbravejou Iris, acelerando o passo.

– Eu vou com você! – gritou Marie-Claire às suas costas.

Iris bufou. Nem se deu o trabalho de responder. Marie-Claire se aproximou.

– Você não quer saber onde ela está?

– Na estufa.

– O quê... Como você sabe?

– Eu a vi andando naquela direção quando saímos. – E então, porque sentiu uma ridícula necessidade de se justificar, acrescentou: – Eu observo as coisas. É isso que eu *faço*.

Mas, aparentemente, não muito bem. Ou talvez Fleur fosse uma mentirosa de grande habilidade. Porém, não era nem uma coisa nem outra. A verdade fora revelada. E Iris estava prestes a chegar ao fundo da questão.

CAPÍTULO 24

Richard não conseguira dormir. Pelo menos achava que não. Seus olhos se fecharam uma ou duas vezes durante a noite, mas, se tivesse cochilado, fora um sono irregular. Calculou que deveria ter adormecido já ao amanhecer; eram quase dez e meia quando ele se arrastou para fora da cama, e onze horas quando estava pronto para descer.

Seu valete conseguira que sua aparência ficasse parecida com a de um cavalheiro, mas um olhar no espelho dizia a Richard que ele parecia tão mal quanto se sentia, ou seja, cansado.

Abatido.

E, acima de tudo, desolado.

A porta do quarto de Iris estava aberta quando passou e ele ouviu as criadas se deslocando em seu interior, indicando que ela já havia se levantado. Entretanto, ao chegar à sala para tomar o café da manhã, não encontrou a esposa.

E nem a refeição, na verdade, mas essa era uma decepção menor.

Ele deu um tapa no aparador, imaginando o que fazer em seguida. As contas, supôs. Seu estômago roncava, mas conseguiria aguentar até o almoço. De qualquer forma, não sentia vontade de comer.

– Aí está você, rapaz!

Ele olhou para a porta que dava para a cozinha.

– Sra. Hopkins. Bom dia.

Richard sorriu. Ela só o chamava de "rapaz" quando estavam sozinhos. Ele gostava, pois o fazia se lembrar da infância.

A governanta o encarou de uma maneira vagamente zangada.

– Bom dia? Não mais. Não o vejo dormir até tarde há anos.

– Tive dificuldades para pegar no sono – admitiu ele, passando a mão pelo cabelo.

Ela assentiu, compreensiva.

– Sua esposa também.

O coração de Richard saltou diante da menção a ela, mas ele se obrigou a não reagir de maneira visível.

– Você viu lady Kenworthy esta manhã?

– Brevemente. Ela saiu com sua irmã.

– Com Fleur?

Achou difícil acreditar nessa possibilidade.

A Sra. Hopkins balançou a cabeça.

– Marie-Claire. Tive a impressão de que lady Kenworthy não tencionava se levantar tão cedo.

Tão cedo? Iris?

– Não é cedo para *mim*, veja bem – continuou a Sra. Hopkins. – Já passava muito das dez quando as vi. Ela não tomou café da manhã.

– Iris não pediu que fosse levado para o quarto?

A Sra. Hopkins fez um ruído de desaprovação.

– Marie-Claire a estava puxando para a porta. Mas lhe dei algo para comer durante o passeio.

– Obrigado.

Richard se perguntou se devia comentar sobre a necessidade de uma mulher na "condição" de Iris se alimentar corretamente. Parecia o tipo de coisa que um marido carinhoso faria.

Mas, em vez disso, ouviu-se indagar:

– Elas mencionaram algo sobre o local aonde iriam?

– Acho que só foram dar um passeio. Faz bem a meu coração ver as duas se comportarem como irmãs. – A governanta se inclinou, com um sorriso cálido e maternal. – Eu gosto de sua esposa, senhor.

– Também gosto – murmurou Richard.

Pensou na noite em que se conheceram. Ele não havia planejado assistir ao recital da família; na verdade, nem fora convidado. Só quando Winston Bevelstoke lhe descreveu o evento é que ele achou que poderia ser uma boa oportunidade para procurar uma noiva.

Iris Smythe-Smith era, sem dúvida, o acidente mais feliz de sua vida.

Quando ele a beijara na noite anterior, sentira-se consumido pela mais deliciosa saudade. Não era simples desejo, embora sem dúvida ele estivesse presente em abundância. Quase não conteve a necessidade de sentir o calor do corpo da esposa, de respirar o mesmo ar.

Queria estar perto dela. Queria estar *com* ela, em todos os sentidos da palavra.

Ele a amava. Amava Iris Kenworthy do fundo de sua alma e devia ter destruído sua única chance de ser feliz ao lado dela.

Sempre tivera certeza de estar fazendo a coisa certa. Tentando proteger a irmã. Disposto a sacrificar seu direito como herdeiro para salvar a reputação de Fleur.

Porém, agora a irmã parecia empenhada em destruir a si mesma. Richard não sabia o que fazer para salvar uma mulher que não desejava ser salva. Entretanto, precisava tentar. Ele era o irmão, o encarregado de protegê-la. Mas talvez houvesse outra maneira.

Tinha que haver outra maneira.

Ele amava demais a esposa.

Iris havia atravessado os campos a uma velocidade recorde, mas Fleur não estava na estufa. Provavelmente era melhor assim. Levara quase uma hora para se livrar de Marie-Claire, que não tinha se amedrontado o suficiente diante de uma possível surra com um bastão de críquete.

Quando Iris enfim encontrou Fleur, ela estava podando as rosas de um pequeno arbusto com todo o cuidado, em um recanto no extremo sul da propriedade. A cunhada havia se vestido para a tarefa: o vestido marrom era desgastado, útil para trabalhar no jardim, e os cabelos estavam presos para trás de qualquer jeito, com várias mechas caídas nos ombros. Uma manta xadrez azul se achava sobre um banco de pedra, junto com três laranjas ainda não maduras e um pedaço de pão com queijo.

– Você descobriu meu lugar secreto – comentou Fleur, olhando de relance para Iris.

Ela examinou o arbusto com os olhos semicerrados e uma expressão crítica antes de pegar uma tesoura de cabo longo. Com um barulho brutal, as lâminas cortaram um ramo.

Iris entendia por que muitas pessoas consideravam a jardinagem uma empreitada das mais gratificantes.

– Minha mãe construiu este lugar – revelou Fleur, puxando o ramo morto da massa retorcida de videiras com o auxílio da tesoura.

Iris olhou ao redor. As rosas haviam sido plantadas para crescer em círculo, criando um espaço pequeno e escondido. Ainda não estavam em total florescência; Iris só podia imaginar como o local ficaria exuberante e perfumado em poucos meses.

– É maravilhoso. Muito tranquilo.

– Eu sei – disse Fleur, sem muita emoção. – Costumo vir aqui quando quero ficar sozinha.

– Que boa ideia.

Iris deu um sorriso insosso para a cunhada, entrando completamente no recanto.

Fleur a encarou, os lábios formando uma linha tensa.

– Precisamos conversar, só você e eu – declarou Iris.

– *Precisamos?* – Mais algumas tesouradas. – Sobre o quê?

– Sobre o pai do seu filho.

As mãos de Fleur pararam, mas ela se recuperou bem depressa, esticando o corpo para alcançar um ramo mais distante.

– Não sei o que você quer dizer.

Iris permaneceu em silêncio. Sabia que era o melhor a fazer.

Fleur não se virou, porém, dez segundos depois, repetiu:

– Eu *disse* que não sei o que você quer dizer.

– Eu ouvi.

Os sons da tesoura ficaram mais rápidos.

– Então, o que você… Ai!

– Um espinho?

– Você poderia demonstrar alguma compaixão – gemeu Fleur, chupando o dedo machucado.

Iris bufou.

– Você mal está sangrando.

– Mas dói assim mesmo.

– Sério? – Iris a olhou, sem demonstrar piedade. – Pelo que me disseram, o parto é muito mais doloroso.

Fleur a encarou, irritada.

– Não no meu caso, é evidente – prosseguiu Iris. – Meu primeiro parto será indolor. Não deve ser muito difícil arrancar um travesseiro.

Fleur congelou. Lentamente, tirou o dedo machucado da boca.

– Eu não vou lhe dar o meu filho – replicou ela, firme e agressiva.

Iris respondeu com a mesma intensidade, sibilando:

– Você acha mesmo que eu quero o seu filho?

Fleur entreabriu os lábios, surpresa, mas não por suas palavras, Iris pensou. Ela já deixara claro que era uma participante forçada do plano de Richard. Surpresa por seu tom de voz... Bem, não poderia ser descrito como gentil. Para falar a verdade, Iris não tinha certeza de que conseguiria falar de modo amável naquela conversa.

– Você é uma pessoa fria – acusou Fleur.

Iris quase revirou os olhos.

– Muito pelo contrário, eu seria uma tia muito amável e carinhosa.

– Nós duas queremos a mesma coisa! Eu quero ficar com o bebê. Por que você está discutindo comigo?

– Por que *você* está dificultando tanto as coisas?

Fleur levantou o queixo, desafiadora, mas começava a perder parte da audácia. Seus olhos se moveram para um lado e depois para baixo, parando em algum lugar da grama perto dos pés.

– Eu quero a verdade – exigiu Iris.

Fleur continuou calada.

– A *verdade*, Fleur.

– Não sei o que você quer dizer.

– Pare de mentir. Marie-Claire me contou tudo.

Fleur ergueu a cabeça de repente, só que parecia mais cautelosa do que qualquer outra coisa. Iris, então, lembrou que a cunhada não sabia que Marie-Claire tinha ciência dos encontros da irmã com o Sr. Burnham. E Iris não iria obter nenhuma resposta sem ser mais específica em suas perguntas.

– Marie-Claire me falou sobre o pai de seu bebê. Ela sabe. E agora eu também.

Fleur empalideceu, mas ainda assim não admitiu nada. Quase se podia admirar sua determinação.

– Por que não disse a Richard que John Burnham é o pai? – quis saber Iris. – Por que diabo você quis que ele pensasse que o pai era um desavergonhado como William Parnell?

– Porque William Parnell está morto! – explodiu Fleur, a pele num tom rosa bem forte, mas os olhos demonstrando desesperança. – Richard não pode fazer com que eu me case com um homem morto.

– Mas o Sr. Burnham está *vivo*. E ele é o pai de seu filho.

Fleur balançou a cabeça, embora não como se negasse.

– Não importa. Não importa.

– Fleur…

– Eu posso ir para outro lugar. – Como se quisesse indicar a direção, Fleur fez um amplo e histérico arco com o braço. Nem percebeu que Iris precisou saltar para trás a fim de evitar a ponta da tesoura. – Posso fingir que sou viúva. Por que Richard não me deixa fazer isso? Ninguém vai saber. Por que alguém saberia?

Iris se esquivou quando a tesoura foi agitada de novo em sua direção.

– Abaixe essa maldita tesoura!

Fleur sugou o ar, olhando com horror para a ferramenta.

– Desculpe-me – balbuciou. – Estou tão… Eu… Eu… – Com as mãos trêmulas, ela depositou a tesoura no banco. Seus movimentos eram lentos e cuidadosos, como se os calculasse exatamente. – Eu vou embora daqui – disse, ainda um pouco histérica. – Vou me tornar uma viúva. Será o melhor para todos.

– Pelo amor de… – Iris se interrompeu, tentando se controlar. Inspirou e expirou duas vezes, deixando o ar sair devagar. – Você não está raciocinando direito. Sabe melhor do que ninguém que, se quiser ser uma verdadeira mãe para essa criança, deverá se casar.

Fleur abraçou o próprio corpo, fitando o nada, o horizonte longínquo, através de uma brecha entre as plantas.

Iris enfim fez a pergunta que precisava ser feita:

– Ele ao menos sabe?

Fleur ficou tão tensa que estremeceu. Com um balançar de cabeça quase imperceptível, ela negou.

– Não acha que deveria lhe contar?

– Eu partiria seu coração – sussurrou Fleur.

– *Porque…* – Iris a incitou a responder, soando zombeteira, porque já não tinha muita paciência desde o início da conversa.

Agora, não restara nenhuma.

– Porque ele me ama – disse Fleur, simplesmente.

Iris fechou os olhos para tentar se acalmar e se portar de forma razoável.

– E você o ama?

– É claro que sim! – gritou Fleur. – Que tipo de mulher você pensa que eu sou?

– Não sei – respondeu Iris, franca. Como a cunhada lhe lançou um olhar de afronta, acrescentou, irritada: – E *você* sabe o tipo de mulher que *eu* sou?

Fleur a encarou por um tempo, o corpo rígido, até que enfim abaixou o queixo e retrucou bruscamente:

– Tem razão.

– Se você ama o Sr. Burnham – continuou Iris com uma paciência mais forçada do que sentida –, sem dúvida compreende que precisa lhe contar sobre a criança, para que ele se case com você. Eu sei que não é o tipo de marido que sua família sonhou...

– Ele é um bom homem! Não vou permitir que você o denigra.

Que Deus me ajude, pensou Iris. Como seria possível colocar juízo na cabeça de Fleur quando vivia contradizendo o que afirmara antes?

– Eu nem sonharia em falar mal do Sr. Burnham – garantiu Iris, cautelosa. – Só estava dizendo que...

– Ele é um homem maravilhoso. – Fleur cruzou os braços com beligerância e Iris se perguntou se ela havia percebido que ninguém estava brigando com ela. – Honrado e sincero.

– Sim, é claro...

– Melhor do que qualquer um desses que se dizem cavalheiros, que vejo nas reuniões locais.

– Então você deve se casar com ele.

– Eu não posso!

Iris inspirou fundo pelo nariz para se controlar. Ela jamais seria o tipo de pessoa que abraça amigos e irmãs desesperados e murmura "Calma, vai dar tudo certo".

Ela era o tipo de megera bem franca, que irrompia de repente e berrava:

– Pelo amor de Deus, Fleur, que diabo há de errado com você?

Fleur pestanejou. E deu um passo para trás. Com verdadeira preocupação nos olhos.

Iris se forçou a relaxar a tensão em seu maxilar.

– Você já cometeu um erro. Não cometa outro.

– Mas...

– Você *diz* que o ama, mas não o respeita o suficiente para lhe dizer que vai ser pai.

– Isso não é verdade!

– Então só posso deduzir que sua recusa tenha a ver com a condição social dele.

Fleur deu um leve e amargo meneio de cabeça.

– Bom, se é esse o caso – prosseguiu Iris, agitando um dedo perigosamente perto do nariz de Fleur –, você deveria ter levado isso em consideração antes de lhe dar sua maldita virgindade.

Fleur ficou boquiaberta.

– Não foi assim.

– Como eu não estava lá, não vou discutir com você. *Entretanto* – acrescentou Iris ao ver que Fleur abria a boca para protestar –, você se deitou com ele e agora está grávida.

– Você acha que não sei disso?

Iris decidiu ignorar essa pergunta completamente retórica.

– Quero saber uma coisa: se está tão preocupada com a posição dele, *por que* está brigando com Richard a respeito da adoção do bebê? Você sabe que é a única maneira de proteger sua reputação.

– Porque é *meu* filho! – exclamou Fleur. – Não posso abrir mão dele desse jeito.

– Não é como se ele fosse viver com estranhos – replicou Iris, de forma tão insensível quanto pôde.

Precisava levar Fleur até o limite. Não lhe ocorria nenhuma outra maneira de fazer com que tivesse algum bom senso.

– Não vê que isso é quase pior? – Fleur enterrou o rosto nas mãos e começou a chorar. – Ter que sorrir quando meu filho me chamar de tia Fleur? Fingir que não vou morrer cada vez que ele chamar você de mamãe?

– Então se case com o Sr. Burnham – implorou Iris.

– Não posso.

– Por que diabo você não pode?

A linguagem vulgar de Iris sacudiu Fleur momentaneamente e ela piscou, surpresa.

– É por causa de Marie-Claire? – indagou Iris.

Fleur levantou a cabeça devagar, os olhos vermelhos, úmidos e tristes. Ela não assentiu, mas não era necessário. Iris teve a resposta que procurava.

Marie-Claire já falara sobre isso naquela mesma manhã. Caso Fleur se casasse com o arrendatário das terras do irmão, o escândalo local seria gigantesco. Fleur não mais seria bem-vinda em nenhuma das melhores casas da região. Todas as famílias com quem se relacionava iriam virar o rosto e fingir não vê-la quando se cruzassem na rua.

– Nós, os britânicos, não pensamos com carinho naqueles que se atrevem a trocar uma classe social por outra – falou Iris, com uma inflexão irônica –, seja o movimento para cima ou para baixo.

– De fato – concordou Fleur, o pequeno sorriso trêmulo e sem humor.

Ela tocou em um botão de rosa ainda bem fechado, deslizando os dedos pelas pétalas pálidas. Voltou-se bruscamente para Iris, com uma expressão desconcertante, que não demonstrava nenhuma emoção.

– Você sabia que existem mais de cem tipos de rosa? – Como Iris negou, Fleur continuou: – Minha mãe as cultivava. Ela me ensinou muitas coisas. Estas – a jovem roçou a mão pelas folhas das trepadeiras atrás dela – são todas rosas centifólias. As pessoas gostam delas porque possuem muitas pétalas. – Inclinou-se para a frente e aspirou o perfume da flor. – E são muito cheirosas.

– Rosas de cem pétalas, né?

– Você entende de rosas?

– Um pouco – admitiu Iris.

Não sabia aonde Fleur queria chegar com aquela mudança de assunto, mas ela ao menos havia parado de choramingar.

Fleur ficou calada por um momento, contemplando as flores. A maioria ainda era de botões, as pétalas de um tom mais escuro do que as flores que já se abriam.

– Observe estas aqui. São todas do tipo Bishop. Desabrocham exatamente com o mesmo tom de rosa. Minha mãe gostava de uniformidade.

– São lindas.

– Não são? – Fleur deu uns passos sem rumo, detendo-se para inspirar o aroma. – Mas essa não é a única maneira de se criar um belo jardim. Eu escolheria cinco tipos diferentes de centifólias. Ou dez. Teria algumas roxas. Diferentes tons de rosa. Não há nenhuma razão para serem todas iguais.

Iris se limitou a assentir. Estava bastante claro que Fleur já não falava de rosas.

– Poderia plantar uma rosa-rubra. Seria algo inesperado num jardim cultivado, mas cresceriam.

– Poderiam até se sobressair – comentou Iris em voz suave.

Fleur se voltou bruscamente para encará-la.

– Poderiam.

Com um suspiro cansado, ela desabou no pequeno banco de pedra.

O problema não são as rosas, mas as pessoas que olham para elas.

– É verdade.

Fleur ergueu o olhar, já sem qualquer rastro de melancolia.

– Hoje Marie-Claire é a Srta. Kenworthy de Maycliffe, irmã de sir Richard Kenworthy, baronete. Ela pode até não atrair muitas atenções em Londres, mas aqui, em nosso rincão de Yorkshire, será uma das damas mais solicitadas quando tiver idade suficiente.

Iris assentiu.

De repente Fleur se levantou. Afastou-se, abraçando a si mesma.

– Aqui também temos festas. E bailes e reuniões. Marie-Claire terá a oportunidade de conhecer dezenas de jovens cavalheiros qualificados. E espero que se apaixone por um deles. – Virou-se um pouco a fim de olhar para a cunhada, mas só o suficiente para Iris ver seu rosto de perfil. – Mas se eu me casar com John…

– Você tem que se casar com John – insistiu Iris num tom gentil.

– Se eu me casar com John – continuou Fleur, dessa vez mais alto, como se pudesse convencer Iris apenas por elevar mais a voz –, Marie-Claire será a irmã *daquela garota Kenworthy que se casou com um camponês*. Não receberá convites, não terá nenhuma chance de conhecer jovens cavalheiros qualificados. Caso contraia matrimônio, será com algum comerciante velho e gordo, interessado apenas em seu nome.

– Atrevo-me a dizer que, entre os cavalheiros qualificados, também haverá os gordos e velhos e que, por certo, vão querê-la por seu nome.

Fleur virou-se, os olhos brilhando.

– Mas ela não *terá* que se casar com eles. Não é a mesma coisa. Não compreende? Se eu me casar com John… não, sejamos sinceras… se eu *optar* por me casar com John, Marie-Claire não terá nenhuma opção. Minha liberdade em troca da liberdade de minha irmã… Que tipo de pessoa eu seria se fizesse isso?

– Mas você não tem escolha. Pelo menos não a que imagina ter. Ou você se casa com o Sr. Burnham ou permite que finjamos que o bebê é nosso. Se for embora e se passar por uma viúva, será descoberta. Você acha mesmo que ninguém vai perceber o que fez? E, quando perceberem, você terá arruinado as chances de Marie-Claire muito mais do que se fosse a Sra. Burnham.

Iris cruzou os braços e esperou que Fleur refletisse. Na verdade, provavelmente ela exagerara. A Inglaterra era muito grande, talvez não tanto quanto a França ou a Espanha, mas se fazia necessário viajar quase uma semana para ir de um extremo a outro. Caso Fleur se estabelecesse no sul, poderia levar a vida inteira como uma falsa viúva sem que ninguém de Maycliffe descobrisse a verdade.

Mas essa não podia ser a melhor solução.

– Eu queria... – Fleur se voltou com um sorriso triste. – Eu gostaria que... – Ela suspirou. – Talvez, se eu fosse da sua família, se meu primo fosse um conde e minha outra prima tivesse se casado com um...

Não faria diferença, pensou Iris. Não para uma dama de berço nobre que desejasse se casar com um arrendatário. Ainda assim, afirmou:

– Eu vou apoiá-la.

Fleur a encarou, surpresa.

– Richard também – garantiu Iris, rezando para ter razão. – Haverá um escândalo e alguns passarão a ignorá-la, mas Richard e eu estaremos ao seu lado. Você e o Sr. Burnham serão sempre bem-vindos à nossa casa e, quando realizarmos algum evento, vocês serão nossos convidados de honra.

Fleur sorriu, agradecida.

– É muito gentil de sua parte – disse ela, mas sua expressão era de leve condescendência.

– Você é minha irmã.

Os olhos de Fleur brilharam e ela fez um leve meneio, do tipo que se faz quando a pessoa não confia na própria voz. Iris já se perguntava se a conversa tinha chegado ao fim, mas então a cunhada a encarou com renovada compreensão.

– Eu nunca estive em Londres.

Iris piscou, confusa pela repentina mudança de assunto.

– Perdão?

– Eu nunca estive em Londres. Você sabia disso?

Iris negou. Londres era superlotada, uma cidade com muitas pessoas. Parecia impossível que alguém nunca tivesse pisado lá.

– Na verdade, nunca quis ir a Londres. – Fleur deu de ombros, olhando para Iris com uma expressão de cumplicidade. – Sei que você me acha frívola e desajuizada, mas não preciso de sedas e cetins nem de convites para as melhores festas. Tudo o que desejo é um lar aquecido, boa comida e um marido que possa me propiciar essas coisas. Mas Marie-Claire...

– Pode ir a Londres! – exclamou Iris, levantando a cabeça bruscamente. – Meu Deus, por que não pensei nisso antes?

– Não estou entendendo.

– Vamos enviar Marie-Claire para minha mãe. Ela poderá lhe proporcionar uma temporada.

– Ela faria isso?

Iris fez um gesto de desdém, indicando que a pergunta era ridícula. Quando Marie-Claire atingisse a idade apropriada, Daisy estaria casada e fora de casa. Sua mãe ficaria entediada e triste, sem uma filha que pudesse conduzir ao encontro de um bom casamento.

Sim, Marie-Claire seria uma ótima distração.

– Eu teria que acompanhá-la durante parte da temporada – explicou Iris –, mas isso não seria nenhuma dificuldade.

– Mas sem dúvida as pessoas comentariam... até mesmo em Londres... se eu me casasse com John...

Fleur parecia incapaz de enunciar uma frase de uma vez só, mas, pela primeira vez desde que Iris a conhecera, havia esperança em seus olhos.

– Eles só saberão o que lhes dissermos – afirmou Iris com certeza. – Quando minha mãe terminar o trabalho, o Sr. Burnham será visto como um pequeno mas respeitável proprietário de terras, exatamente o tipo de homem sóbrio e sério com o qual uma jovem como você deveria se casar.

E talvez, até lá, ele *fosse* mesmo um proprietário. Iris achava que Mill Farm seria um excelente dote. John Burnham deixaria de ser arrendatário e, com a antiga Fleur Kenworthy como esposa, estaria a caminho de obter o status de cavalheiro.

Haveria um escândalo, seria inevitável. Porém, nada tão permanente como o que aconteceria se Fleur desse à luz um bastardo, e nada que Marie-Claire não pudesse suportar, estando a mais de 300 quilômetros, em Londres, com todo o peso da família de Iris como suporte.

– Vá contar a ele – instou Iris.

– Agora?

Iris quase gargalhou de felicidade.

– Há algum motivo para esperar?

– Bem, não, mas... – Fleur a encarou, quase desesperada. – Tem certeza?

Iris apertou as mãos de Fleur.

– Vá encontrá-lo. Diga a ele que vai ser pai.

– Ele ficará zangado – sussurrou Fleur. – Por eu não ter dito nada. Ficará furioso.

– Tem todo o direito de ficar. Mas, se a ama de verdade, vai entender.

– Sim – disse Fleur, como se tentando convencer a si mesma. – Sim. Sim, acho que vai.

– Vá – insistiu Iris, agarrando a cunhada pelos ombros e apontando para a saída do recanto das rosas. – Vá.

Fleur começou a se afastar, mas então se virou para Iris e, inesperadamente, abraçou-a. Iris tentou retribuir o abraço, porém, antes que conseguisse se mover, a jovem já corria, segurando as saias, os cabelos esvoaçando, pronta para embarcar em sua nova vida.

CAPÍTULO 25

Havia certa ironia na situação, refletiu Richard. Ali estava ele, disposto a se declarar, a transformar sua vida, a ficar à mercê da esposa, e nem sequer era capaz de encontrá-la.

– Iris!

Atravessara os campos a oeste depois que um dos criados lhe avisara que a vira caminhando naquela direção, mas o único sinal que tinha dela era um bolinho doce meio comido, perto da cerca viva, atualmente sob um feroz ataque de corvos.

Mais irritado do que desanimado, voltou a subir a colina a fim de voltar para casa. Cruzou a residência em tempo recorde, passando pelas portas com estrépito e quase matando de susto não menos do que três criadas. Por fim, encontrou Marie-Claire, emburrada no hall principal. Ele observou a pose da irmã – os braços cruzados com força, os pés batendo de irritação – e achou melhor não saber nada sobre o que provocara aquela reação.

Entretanto, precisava de sua ajuda.

– Onde está minha esposa?

– Não sei.

Ele deixou escapar um ruído. Poderia ter sido um grunhido.

– Eu não sei! – protestou Marie-Claire. – Estive com ela mais cedo, só que ela fugiu.

Richard sentiu um aperto no coração. *Ela fugiu?*

– Ela me *derrubou* – completou, afrontada.

Espere um pouco… *O quê?* Richard tentou dar sentido às palavras da irmã.

– Ela derrubou você?

– Isso mesmo! Estávamos saindo da estufa, ela colocou o pé na minha frente e me derrubou. Eu poderia ter me machucado gravemente.

– Você se machucou?

Marie-Claire fez uma careta e respondeu de má vontade:

– Não.

– Aonde ela foi?

– Não sei direito, já que estava ocupada vendo se ainda era capaz de caminhar.

Richard esfregou a testa. Não deveria ser tão difícil encontrar uma mulher pequena e frágil.

– Por que vocês estavam na estufa?

– Procurando Fleur...

Marie-Claire tapou a boca, embora Richard não pudesse imaginar por quê. Em geral ficaria desconfiado. Mas agora estava sem paciência.

– O que ela queria com Fleur?

A boca da irmã permaneceu firmemente fechada.

Richard soltou um suspiro exasperado. Não tinha tempo para tolices.

– Bem, se você a vir, diga a ela que a estou procurando.

– Fleur?

– *Iris.*

– Ah. – Marie-Claire fungou, ofendida. – É claro.

Richard assentiu de modo seco e saiu marchando pela porta principal.

– Espere! – gritou Marie-Claire.

Ele não esperou.

– Aonde você vai?

Richard seguiu em frente.

– À estufa.

– Mas ela não está lá – disse Marie-Claire, sem fôlego.

Ele concluiu que a irmã precisava correr para se manter no mesmo passo.

– Iris também não está no saguão – replicou Richard, dando de ombros. – Vou procurar na estufa.

– Posso ir com você?

Isso foi suficiente para detê-lo.

– O quê? Por quê?

Marie-Claire abriu e fechou a boca algumas vezes, sem conseguir falar.

– Eu só... Ora, não tenho nada para fazer.

Ele a encarou sem acreditar.

– Você mente muito mal.

– Não é verdade! Eu sei mentir muito bem.

– Tem certeza de que deseja manter esta conversa com seu irmão mais velho e tutor?

– Não, mas… – Marie-Claire ofegou. – Ali está Fleur!

– O quê? Onde? – Richard seguiu o olhar da irmã para a esquerda e, de fato, lá estava a irmã, correndo a toda a velocidade pelo campo. – Mas que diabo aconteceu? – murmurou ele.

Marie-Claire arquejou de novo, dessa vez com um som mais profundo e obscuro. Como o desinflar de um acordeão.

Richard protegeu os olhos com a mão enquanto observava Fleur. Parecia perturbada. Talvez fosse melhor correr atrás dela.

– Até logo!

Antes que Richard pudesse piscar, Marie-Claire seguiu Fleur.

Ele se virou para a estufa, mas pensou melhor. Iris provavelmente estaria no lugar de onde Fleur viera. Voltando-se para o sul, desceu a colina e, uma vez mais, gritou por Iris.

Não a encontrou. Verificou o campo de morangos, um local onde Fleur gostava de ficar, perto do riacho, retornou para o roseiral da mãe, que exibia sinais de ocupação recente. Por fim, desistiu e se dirigiu de novo à casa. Essa rota ridícula conseguira aliviar um pouco da urgência de sua busca e, quando entrou em seu quarto e fechou a porta, estava mais exasperado do que qualquer outra coisa. Calculou que havia caminhado mais de 4 quilômetros, a metade deles pelo mesmo caminho, e agora se encontrava ali de novo, no próprio aposento, sem ninguém para…

– Richard?

Ele se virou.

– Iris?

Ela estava de pé à porta que comunicava os dois cômodos, a mão apoiada nervosamente no batente.

– A Sra. Hopkins falou que você estava me procurando.

Ele quase riu. *Procurando por ela.* De alguma maneira, parecia um monstruoso eufemismo.

Iris inclinou a cabeça, fitando-o com uma mistura de curiosidade e preocupação.

– Algum problema?

– Não.

Richard a encarou, perguntando a si mesmo se algum dia recuperaria a capacidade de pronunciar mais que monossílabos. O problema era que, quando Iris parou ali, os tons róseos do quarto dela às suas costas se assemelhando a uma nuvem em meio à aurora, ela ficou tão linda…

Não, não linda. "Linda" era pouco para descrevê-la.

Não sabia a palavra adequada. Não sabia se *existia* uma palavra para representar o que sentia naquele momento, a maneira como podia enxergar o próprio coração batendo quando seus olhos se encontravam.

Ele umedeceu os lábios, mas não conseguia sequer *tentar* falar. Sentiu-se tomado pela mais desconcertante urgência de se ajoelhar aos pés dela, como um cavaleiro medieval, tomar sua mão e jurar eterna devoção.

Iris deu um passo para dentro do quarto dele, depois mais um, e parou.

– Na verdade – disse ela, as palavras saindo aos borbotões –, também preciso falar com você. Não vai acreditar…

– Sinto muito – interrompeu ele de repente.

Atônita, Iris pestanejou.

– O quê? – perguntou, num tom fraco e surpreso.

– Sinto muito – repetiu ele, a voz embargada. – Sinto muito. Quando pensei nesse plano, não achei que… Eu não sabia…

Richard passou a mão pelos cabelos. Por que era tão difícil? Ele tivera tempo para pensar no que ia dizer. Enquanto percorria os campos e gritava o nome dela, ensaiava mentalmente as palavras, testando-as, medindo cada sílaba. Mas agora, diante dos olhos azuis tão claros da esposa, sentia-se perdido.

– Richard, preciso lhe contar…

– Não, por favor. – Ele engoliu em seco. – Permita que eu continue. Eu lhe suplico.

Iris ficou imóvel e Richard pôde ver em seus olhos como ela estava surpresa por vê-lo se humilhar.

Ele pronunciou o nome dela, ou pelo menos pensou que o fez. Não se lembrava de ter atravessado o quarto, mas de alguma forma estava diante da esposa, tomando-lhe as mãos.

– Eu amo você.

Não era o que havia planejado dizer, pelo menos não já naquele instante, mas disse, e era mais importante e valioso do que qualquer outra coisa.

– Eu amo você. – Ele caiu de joelhos. – Eu amo tanto você que às vezes me dói, mas ainda que eu soubesse como parar, não o faria, porque a dor é, pelo menos, *alguma* coisa.

Os olhos de Iris estavam marejados e ele a viu engolir em seco.

– Eu amo você – repetiu, porque não sabia como parar. – Eu amo você e, se me permitir, vou passar o resto da vida provando meu amor. – Colocou-se de pé, sem soltar as mãos dela, e seus olhos se encontraram, fazendo um voto solene. – Farei de tudo para merecer seu perdão.

Ela umedeceu os lábios trêmulos.

– Richard, você não…

– Não, eu farei de tudo. *Eu a magoei.* – Era difícil admitir isso em voz alta, um reconhecimento absoluto, desolador. – Eu menti para você, eu a enganei e…

– Pare – suplicou ela. – Por favor.

Seria perdão o que Richard via em seus olhos? Pelo menos uma sombra?

– Preste atenção – pediu ele, tomando uma de suas mãos firmemente na sua. – Você não precisa fingir a gravidez. Vamos encontrar outra solução. Vou convencer Fleur a se casar com outra pessoa ou vou reunir recursos e encontraremos uma forma de fazê-la se passar por viúva. Não poderei vê-la com tanta frequência quanto gostaria, mas…

– Pare – interrompeu Iris, colocando um dedo sobre os lábios do marido. Ela estava sorrindo. Seus lábios tremiam, mas definitivamente era um sorriso. – Estou pedindo. Pare.

Ele balançou a cabeça, sem compreender.

– Fleur mentiu – revelou Iris.

Richard ficou paralisado.

– O quê?

– Não sobre o bebê, mas sobre o pai. Não é William Parnell.

Richard piscou, tentando dar sentido ao que ela dizia.

– Então quem?

Iris mordeu o lábio inferior, desviando o olhar, titubeante.

– Pelo amor de Deus, Iris, se você não me disser…

– John Burnham.

– Quem?

– John Burnham, seu arrendatário.

– Eu *sei* quem ele é – retrucou Richard, muito mais ríspido do que pretendia. – Eu só... – Ele ficou de boca aberta. Tinha certeza de que parecia um maldito idiota, pronto para receber um chapéu de burro. – John Burnham? É mesmo?

– Marie-Claire me contou.

– Marie-Claire *sabia*?

Iris assentiu.

– Vou esganá-la.

Iris franziu a testa, hesitante.

– Para ser honesta, ela não tinha *certeza*...

Ele a encarou, incrédulo.

– Fleur não contou a ela – explicou Iris. – Marie-Claire descobriu por conta própria.

– *Ela descobriu por conta própria* – repetiu ele, sentindo-se, mais do que nunca, merecedor do chapéu de burro – e eu não?

– Você não é irmã dela – replicou Iris, como se isso pudesse explicar tudo.

Richard esfregou os olhos.

– Santo Deus. John Burnham. – Ele a olhou, piscando com força para espantar a perplexidade. – John. Burnham.

– Você vai permitir que ela se case com ele, não vai?

– Não vejo alternativa. O bebê precisa de um pai... O bebê *tem* um pai. – Richard se levantou de repente. – Ele a forçou?

– Não.

– É óbvio que não. Ele não faria isso. Eu o conheço bem.

– Então você gosta dele?

– Sim. Já até comentei. É só que... ele... – Richard suspirou. – Suponho que tenha sido por esse motivo que ela não disse nada. Pensou que eu não o aprovaria.

– Por isso e também porque temia por Marie-Claire.

– Ah, Deus! – gemeu Richard.

Ele nem havia pensado na outra irmã. Ela nunca conseguiria um bom partido.

– Não, não se preocupe – disse Iris, com uma expressão entusiasmada. – Já cuidei disso. Já planejei tudo. Nós a enviaremos a Londres. Minha mãe será madrinha dela.

– Tem certeza?

Richard não conseguia identificar a estranha sensação que lhe comprimia o peito. Fora completamente humilhado por Iris, por seu brilhantismo, por seu coração carinhoso. Ela era tudo o que ele nem sequer imaginara que precisava em uma esposa e, por um milagre dos céus, era sua mulher.

– Minha mãe não fica sem uma filha solteira em casa, em idade de se casar, desde 1818 – explicou Iris, abrindo um sorriso sarcástico. – Ela não vai ter nada para fazer quando Daisy se for. Acredite em mim, não queira ver mamãe aborrecida. É um verdadeiro pesadelo.

Richard riu.

– Não estou brincando.

– Não achei que estivesse. Lembre-se de que conheci sua mãe.

Os lábios de Iris se curvaram com um ar malicioso.

– Marie-Claire e ela vão se dar muito bem.

Richard assentiu. A Sra. Smythe-Smith certamente faria um trabalho melhor. Ele olhou de novo para Iris.

– Você sabe que preciso matar Fleur antes de permitir que ela se case com John Burnham.

Iris sorriu diante de tanta tolice.

– Apenas a perdoe. Eu já a perdoei.

– Pensei que você tivesse dito que não era nenhum modelo cristão de caridade e perdão.

Ela deu ombros.

– Estou virando a página.

Richard tomou a mão dela e a levou aos lábios.

– Você acha que seria capaz de me perdoar?

– Já perdoei – garantiu ela num sussurro.

Foi um milagre Richard permanecer de pé, tamanho o alívio que tomou conta do seu corpo. Ao encará-la, viu que suas pestanas pálidas ainda estavam úmidas das lágrimas e não suportou. Tomou o rosto da esposa e a beijou com toda a premência de um homem que se salvara de cair num precipício e agora dava mais valor à vida.

– Eu amo você – disse ele, rouco, cada palavra significando um beijo. – Eu amo muito você.

– Eu também amo você.

– Nunca pensei que um dia a ouviria dizer isso.

– Eu amo você.

– Mais uma vez – ordenou ele.

– Eu amo você.

Richard levou as mãos dela à boca.

– E eu venero você.

– Isso é uma competição?

Lentamente, ele negou.

– Vou venerá-la neste exato momento.

– Neste exato momento?

Ela olhou para a janela. O sol da tarde estava radiante, iluminando o quarto com alegria.

– Esperei muito tempo – grunhiu ele, tomando-a em seus braços. – E você também.

Iris deu um gritinho de surpresa quando Richard a jogou na cama. Eram só uns poucos centímetros até o colchão, mas o suficiente para que o corpo dela ricocheteasse e para que ele aproveitasse o momento para cobri-lo com o seu, deleitando-se com a sensação primitiva de tê-la imobilizada.

Ela estava à sua mercê.

Ela era sua e ele podia amá-la.

– Eu venero você – murmurou Richard, enfiando o rosto na curva do pescoço de Iris.

Beijou o delicado espaço da clavícula, deliciando-se com o suave gemido de prazer. Seus dedos encontraram a extremidade rendada do corpete.

– Tenho sonhado com este momento.

– Eu também – revelou Iris, e ofegou ao ouvir o inconfundível som de tecido rasgando.

– Sinto muito – disse ele, olhando apressadamente para o pequeno rasgo no corpete.

– Não sente, não.

– Não sinto mesmo – concordou ele, contente, mordendo o tecido.

– Richard! – ela quase guinchou.

Ele olhou para cima. Oh, céus, Richard parecia um cão com um osso na boca e nem se importava com isso.

Os lábios dela tremiam com uma risada contida.

– Não piore ainda mais.

Ele abriu um sorriso voraz, puxando o tecido entre os dentes.

– Assim?

– Pare!

Ele soltou o tecido e usou as mãos para puxar o vestido para baixo, revelando um seio perfeito.

– Assim?

A única resposta de Iris foi a respiração acelerada.

– Ou assim? – perguntou ele com voz rouca, agarrando o seio com a boca.

Iris soltou um grito de lamúria, afundando as mãos nos cabelos dele.

– Definitivamente assim – murmurou Richard, provocando-a com a língua.

– Por que eu sinto isso? – sussurrou ela, impotente.

Espantado, ele questionou:

– Por que você sente o quê?

O rubor do rosto de Iris se estendeu além do pescoço.

– Por que sinto... lá embaixo?

Talvez ele fosse um canalha. Talvez fosse muito pervertido, mas só conseguiu lamber os lábios e sussurrar:

– Onde?

Ela estremeceu de desejo, porém não respondeu.

Richard fez com que a sapatilha dela deslizasse do pé.

– Aqui?

Iris negou. A mão dele deslizou pela delgada panturrilha até a parte posterior do joelho.

– Aqui?

– Não.

Ele sorriu para si mesmo. Ela também estava desfrutando do jogo.

– Que tal... – levou os dedos mais acima, parando na suave dobra entre a coxa e o quadril –... aqui?

Iris engoliu em seco e sua voz era quase inaudível quando sussurrou:

– Quase.

Ele se aproximou mais do alvo, brincando com a ponta dos dedos através dos suaves pelos que cobriam sua condição de mulher. Queria olhá-la de novo, enxergar à luz do dia aqueles cachos de um louro extravagante, mas isso teria que esperar. Estava muito ocupado observando seu rosto enquanto deslizava um dedo dentro dela.

– Richard – disse ela, arquejando.

Ele gemeu. Iris estava úmida e pronta. Porém, era muito pequena e, como ambos sabiam muito bem, ainda virgem. Teria que fazer amor com muito cuidado, movendo-se devagar e de modo suave, em total desacordo com o voraz incêndio que ardia em seu interior.

– O que você faz comigo... – sussurrou ele, parando um momento para recuperar ao menos uma parte da compostura.

Iris sorriu, e havia algo tão ensolarado e íntimo em sua expressão... Ele sentiu isso se refletir no próprio rosto e começou a sorrir como um louco, quase pelo simples prazer de sua companhia.

– Richard? – chamou ela, alegre.

– Estou tão feliz... – Ele se sentou e tirou a camisa pela cabeça. – Não posso evitar.

Iris lhe tocou o rosto, passando sua pequena, suave e delicada mão pela linha do maxilar do marido.

– Levante-se – ordenou ele de repente.

– O quê?

– Ponha-se de pé.

Ele se levantou da cama e a puxou pela mão até ela fazer o mesmo.

– O que você está fazendo?

– Eu acho – respondeu Richard, deslizando o vestido da esposa pelos quadris – que a estou despindo.

Os olhos dela pousaram sobre a parte frontal da calça dele.

– Ah, eu vou chegar lá – prometeu Richard. – Mas em primeiro lugar...

Ele encontrou os delicados laços que amarravam a camisa de dentro de Iris e os puxou, prendendo a respiração quando a peça caiu no chão, em uma nuvem de seda branca. Ela ainda estava de meias, mas Richard não poderia esperar tempo suficiente para se desfazer delas. De qualquer maneira, Iris já desabotoava seus calções com premência.

– Você é muito devagar – murmurou ela, puxando-os para baixo.

Seu desejo ficou impossivelmente tenso e ereto.

– Estou tentando ser gentil.

– Não quero que seja gentil.

Ele a agarrou pelas nádegas, elevando-a para perto de seu corpo, e ambos caíram na cama. As pernas de Iris se abriram e, sem sequer tentar se segurar, Richard se viu na entrada dela, reunindo todo o controle de que dispunha para não mergulhar lá dentro.

Ele a encarou, os olhos perguntando: "Você está pronta?"

Iris agarrou as nádegas dele e soltou um grito frustrado. Talvez tivesse sido o nome dele. Não sabia. Não conseguia ouvir nada além do sangue correndo através de seu corpo quando se lançou para a frente, aprofundando-se dentro dela.

Foi tudo muito rápido. Ele a sentiu ficar tensa e se levantou da melhor maneira que pôde.

– Você está bem? Machuquei você?

– Não pare – grunhiu ela, então a conversa terminou.

Ele investiu muitas e muitas vezes, impulsionado por uma urgência que não entendia completamente. Só sabia que precisava dela. Precisava preenchê-la, ser consumido. Queria sentir as pernas dela ao seu redor, o impulso de seus quadris quando ela se elevava para encontrar o corpo dele.

Iris estava faminta, talvez tanto quanto ele, inflamando o desejo de Richard. Ele estava perto, tão perto que mal podia evitar a explosão. Então – graças a Deus, porque não poderia ter se segurado por nem mais um segundo –, sentiu-a tensa ao redor dele, apertando com força, soltando um grito. Ele gozou tão depressa que ela ainda pulsava quando tudo terminou.

Richard caiu em cima dela, descansando ali por alguns instantes antes de deslizar para o lado, para não machucá-la. Ficaram assim por um bom tempo, deixando seus corpos esfriarem, até que Iris soltou um pequeno suspiro.

– Uau.

Ele sorriu, com uma sensação de calma e contentamento.

– Isso foi…

Mas ela não terminou a frase.

Richard rolou de lado e se apoiou no cotovelo.

– Isso foi o quê?

Iris apenas balançou a cabeça.

– Nem mesmo sei como descrever. Não sei como começar.

– Comece – disse ele, beijando-a suavemente – com "Eu amo você".

Ela assentiu, seus movimentos ainda lentos e lânguidos.

– Acho que termina assim também.

– Não – retrucou ele, com uma voz suave mas que não tolerava questionamentos.

– Não?

– Nunca termina – sussurrou ele. – Nunca termina.

Iris tocou o rosto do marido.

– Não, nunca termina.

Então, Richard a beijou novamente. Porque queria. Porque *precisava*.

Mas, em especial, porque sabia que, mesmo quando seus lábios se separassem, o beijo permaneceria ali.

Ele também nunca terminaria.

EPÍLOGO

Maycliffe
1830

– O que você está lendo?

Iris ergueu os olhos da correspondência, sorrindo para o marido.

– Uma carta de minha mãe. Ela disse que Marie-Claire foi a três bailes na semana passada.

– Três?

Richard estremeceu.

– Uma tortura para você, talvez. – Iris riu. – Mas Marie-Claire está no paraíso.

– Suponho que sim. – Richard sentou-se ao lado da esposa, no pequeno banco em frente à escrivaninha. – Algum pretendente em potencial?

– Nada sério, mas tenho a sensação de que minha mãe não está se empenhando *tanto* quanto poderia. Acho que ela quer outra temporada com Marie-Claire. Sua irmã demonstra ser uma debutante muito mais ardilosa do que qualquer uma das próprias filhas.

Richard revirou os olhos.

– Que Deus ajude a elas duas.

– E há mais notícias – revelou Iris, rindo. – Marie-Claire está tomando lições de viola de arco três vezes por semana.

– Viola de arco?

– Talvez outra razão pela qual minha mãe esteja resistindo tanto a deixá-la ir. Marie-Claire tem um lugar no recital do próximo ano.

– Que Deus ajude a *nós* dois.

– Ah, sim, não poderemos faltar de jeito nenhum. A não ser que eu esteja grávida de nove meses…

– Então devemos começar agora mesmo – disse Richard, entusiasmado.

– Pare! – protestou Iris.

Mas ela estava rindo, até mesmo quando os lábios do marido encontraram um ponto particularmente sensível logo acima de sua clavícula. Ele sempre parecia saber onde beijá-la...

– Vou fechar a porta – murmurou Richard.

– Ela está aberta? – guinchou Iris, afastando-se.

– Sabia que não deveria ter dito isso.

– Mais tarde. – De qualquer maneira, agora não temos tempo.

– Posso ser rápido – afirmou Richard, esperançoso.

Iris lhe deu um longo beijo.

– Não quero que você seja rápido.

Ele gemeu.

– Você está me matando.

– Prometi a Bernie que o levaríamos ao lago para testar seu barco de brinquedo.

Como Iris já esperava, Richard assentiu com um sorriso e um suspiro. O filho já tinha 3 anos, um gorduchinho adorável, com bochechas cheias e rosadas e olhos escuros como os do pai. Era o centro do mundo de Iris e Richard, mesmo que *eles* não fossem o centro do mundo de Bernie. Essa honra pertencia ao primo Samuel, que, aos 4 anos, era mais alto e mais ardiloso. O segundo filho de Fleur, Robbie, era seis meses mais novo que Bernie e completava o trio travesso.

O primeiro ano de casamento não tinha sido fácil para Fleur e John Burnham. Como esperado, sua união havia causado um grande escândalo e, apesar de serem agora proprietários de Mill Farm, algumas pessoas não permitiam que John se esquecesse de que não nascera um cavalheiro.

Contudo, Fleur dissera a verdade ao afirmar que não desejava riquezas. John e ela haviam formado um lar muito feliz e Iris estava agradecida por seus filhos crescerem com os primos por perto. Ainda era apenas Bernie, mas nutria esperanças de que... Percebera alguns sinais...

Sem se dar conta, pousou a mão na barriga. Logo saberia.

– Bom, acho que temos um barco para lançar – disse Richard, ficando de pé e lhe estendendo a mão. – Entretanto, é meu dever avisar – prosseguiu, enquanto Iris se levantava e lhe dava o braço – que tive um barco parecido na infância.

Iris se contraiu diante de seu tom de voz.

– Por que estou com a impressão de que isso não vai acabar bem?

– Temo que navegar não esteja no sangue dos Kenworthys.

– Ora, não tem problema. Eu sentiria muita saudade de você se gostasse de sair por aí de barco.

– Ah, quase esqueci! – Richard deixou pender a mão de Iris. – Tenho algo para você.

– Tem?

– Espere bem aqui. – Ele saiu do quarto, voltando após um momento com as mãos atrás das costas. – Feche os olhos.

Iris revirou os olhos e depois os fechou.

– Pode abrir!

Ela obedeceu, então ofegou. Richard segurava uma única flor de íris, de caule comprido, a mais bela que Iris já contemplara. A cor era brilhante – nem roxa nem vermelha por completo.

– É do Japão – explicou Richard, extremamente orgulhoso. – Nós as estamos cultivando na estufa. Tivemos muito trabalho para manter você longe de lá.

– Do Japão – repetiu Iris, balançando a cabeça com incredulidade. – Não consigo acreditar…

– Eu iria até o fim do mundo – murmurou Richard, inclinando-se para roçar seus lábios nos dela.

– Por uma flor?

– Por você.

Ela o encarou, os olhos brilhantes.

– Você sabe que eu não ia querer que você fosse.

– Ao fim do mundo?

– Você teria que me levar junto.

– Ora, isso está implícito.

– E Bernie.

– Ora, é evidente.

– E… *Opa*.

– Iris? – falou Richard cuidadosamente. – Há algo que você queira me contar?

Ela deu um sorriso tímido.

– Pode ser que necessitemos de espaço para quatro nessa viagem.

Richard abriu um sorrisinho.

– Não tenho certeza ainda. Mas acho que… – Ela fez uma pausa. – Onde fica o fim do mundo?

– E isso importa?

– Acho que não.

Richard tomou a mão da esposa, beijou-a e a conduziu até o saguão.

– O lugar onde estivermos nunca será importante – disse em voz baixa –, contanto que estejamos juntos.

CONHEÇA OS LIVROS DE JULIA QUINN

OS BRIDGERTONS

O duque e eu
O visconde que me amava
Um perfeito cavalheiro
Os segredos de Colin Bridgerton
Para Sir Phillip, com amor
O conde enfeitiçado
Um beijo inesquecível
A caminho do altar
E viveram felizes para sempre

Os Bridgertons, um amor de família

Rainha Charlotte

QUARTETO SMYTHE-SMITH

Simplesmente o paraíso
Uma noite como esta
A soma de todos os beijos
Os mistérios de sir Richard

AGENTES DA COROA

Como agarrar uma herdeira
Como se casar com um marquês

IRMÃS LYNDON

Mais lindo que a lua
Mais forte que o sol

OS ROKESBYS

Uma dama fora dos padrões
Um marido de faz de conta
Um cavalheiro a bordo
Uma noiva rebelde

TRILOGIA BEVELSTOKE

História de um grande amor
O que acontece em Londres
Dez coisas que eu amo em você

DAMAS REBELDES

Esplêndida – A história de Emma
Brilhante – A história de Belle
Indomável – A história de Henry

Os dois duques de Wyndham – O fora da lei / O aristocrata

A Srta. Butterworth e o barão louco